夏休みの空欄探し

似鳥 鶏

ポプラ文庫

夏休みの空欄探し

1

キィン、とひときわ小気味よい音がして、ボールが高く打ち上がった。こういう時は「白球」という言い方をするんだっけ、と思う。実際に自分で投げたり捕ったりしていれば実感は「ボール」なのだろうが、こうして打ち上げられたりするのを遠くから見ているとやはり「白球」がふさわしく、つまり「白球」という言い回しは傍《はた》から見ている人のものなのだろう。眩《まぶ》しい日差しと青空に、白はよく映える。野球部員たちの掛け声を燃料にするように、白球は高く弧を描いて舞い上がり、入道雲に溶け込んで一瞬だけ見えなくなる。小走りにそれを追っていたレフトが軽くキャッチし、ひと続きの動作で振りかぶってピッチャーに投げる。オイ、ともホイ、ともつかない文字変換困難な掛け声を常に誰かがあげている。じりじりと照りつける真夏の日差しと、それを音声に翻訳して歌い上げるアブラゼミの合唱。バックコーラスにミンミンゼミ。日差しの中で白く光る野球部員たちのユニフォーム。彼ら自身は自分が夏の情景の一部を構成していることにはおそらく無自覚で、白球だけを見て走り、構え、声を張りあげているのだろう。なるほど青春だな、と思う。あっちは。

僕の方は別に野球部関係者でも何でもなく、ざらざらに錆《さ》びて茶色い地肌を覗《のぞ》かせるフェンス越しに、ぼけっとそれを眺めているのだった。別に野球部員の中に憧れの先輩がいるとか、昔はエースだったのに重い心臓の病で野球ができなくなって感慨に耽《ふけ》っているとか、そういう事情はない。というかそもそも、元々は野球部自体見るつもりはなかった。僕が見ていたのはフェンスについているゴマフカミキリである。いや、ナガゴマフカミキリだろうか。あのあたりの区別はよく覚えていない。携帯を出してまず写真を撮り、ついでに検索してみる。おそらくナガゴマフカミキリの方だ。体長約二センチ。沖縄を除く日本全域に生息し、サクラや柑橘類の樹皮が好き。本人も全身、樹皮のような色をしており、これは保護色なのだが、それを自覚していないのか緑の葉っぱの上とか、こうしてフェンスなんかにくっついていて逆に目立ってしまっている奴もいる。見慣れないやつだなと思ったがやはりどちらかといえば珍しい種であるらしい。こんな街中の学校内で見られるというのは、それなりに貴重なようだ。

これは得をしたぞ、と思っていたら、背後から話し声が聞こえてきた。屈《かが》んでいた背筋を伸ばして振り返ると同時に、僕の方に声が飛んできた。

「あ、虫博士じゃん」

こちらを見ているのは同じクラスのキヨこと成田清春《なりたきよはる》。その隣にクラス委員の塩《しお》沢《ざわ》さん。やっぱりかわいいな、と思い、それが成田清春と一緒にやってきたことに軽く胸が疼《うず》く。そりゃそうだ。彼女はあっち側の人だ。

「博士、何やってんの？　なんか面白い虫見つけた？」

成田清春は笑顔であり、隣の塩沢さんも「えっ、いつもそうやって虫、見てんの？」と笑っている。僕は「いや、別に」などともごもご答える。別にそんなに熱心に見ていたわけではないし、いつも虫を探しているわけではないし、僕は虫博士ではない。だがそれらの言葉を成田清春相手にするすると出せないし、出したところで彼らは「は？」と首をかしげるだけだろう。そうしているうちに二人は笑いながら去っていってしまう。塩沢さんは親しげに成田清春の腕に触れている。ああ触っている、と思う一方で別にどうでもいいことだろう、と自分に言い聞かせている。二人は今、僕のことをあれこれ言って笑っているのだろうか。いや、そこまで明確に性格の悪い二人ではない。クラスで一番人気のある男子と一番人気のある女子なのだ。そういう人はいちいち地味な奴を嗤《わら》って自己の優越を確かめたりしない。それとも僕のことなんてすでに忘れているだろうか。あの手の人たちにとっては、僕のようなタイプはそこらの木や電柱と同じ「風景」に過ぎず、たとえ会話をしても「電柱」が「自動音声を流す電柱」になったに過ぎないはずだから。たとえば彼らの目の前でいきなり手首を切ったらどう反応するだろうか、と考えてみる。電柱が手首を切った、と驚くのか。手首を切る電柱、と面白がるのか。

どうにも性格が悪かったな、と思い、ずり落ちていた鞄をかけ直して歩き出す。

彼らに悪意はない。頭の中でそう繰り返すが、どうしても引っかかっているものが一つ、喉《のど》の上あたりにあった。五月のある日、成田清春から言われたことだ。

――それ、何か役に立つの？

歩きながら植え込みの木を見る。コナラ、スダジイ、タブノキ。世界的にも珍しい日本の照葉樹林をさりげなく再現するラインナップで四季も感じられるから、生物の授業を校内ですることもある。この学校を設計した人か、造園業者にセンスがあったのだろう。飛んできた小鳥を見る。シジュウカラ♂、夏羽。見分け方のポイントは白いお腹にまっすぐに一筋走る黒の「ネクタイ」であり、これがすごく可愛い。その上の空を見る。入道雲または立ち雲。関東での言い方は坂東太郎《ばんどうたろう》だが信濃・越前地方では信濃《しなの》太郎。奈良では奈良次郎《ならじろう》、四国では四国三郎《しこくさぶろう》。気象学上は積乱雲。その上空に高層雲。小さく巻雲。風向きからして夕立は来ない。二十四節気《にじゅうしせっき》で言うと大暑《たいしょ》、の日差し。

はいはい役になんか立たねーよ、とふてくされ気味に呟いてみる。

成田清春はいつもクラスの中心にいた。何をもってクラスの「中心」とするのか、そもそもクラスなどという抽象概念に中心も周辺もあるのかという面倒臭くてまっとうな話はさておき、なんとなく「空気」で判断される「中心」に彼は常にいた。というより彼のいる座標が中心だった。いつも一番大きな声で盛り上がっている人たち。そのグループのさらに中心。面白いことに、観察していると立ち位置で彼の地位が分かるのだ。成田清春自身は誰の方も向いておらず、対して周囲の友人たちは全員が体を彼の方に向けている。周囲の皆は基本的に彼に向かって話し、時折自分たち同士でもやりとりをするが、成田清春はその時々で好きな方に向かって、あるいは皆を見回しながら話をする。関東の道路・鉄道網がすべて東京に向き、その周囲を申し訳程度に武蔵野線やら南武線が走っているのと、概念的には似ている。僕はそのはるか外周で、クラスでは唯一言葉を交わす青原《あおはら》君と、言うなれば都心に直結しない両毛線《りようもう》＊1とか身延線《みのぶ》＊2の位置でやりとりをしている。まあそんな状態だったから、成田清春とその一味にはこれまで特に関わってはこなかった。ちなみに僕の姓も「成田」なのだが、彼らからは「じゃない方」と呼ばれているのを知っている。彼らからすれば当然の言い方なのかもしれないが、その「当然」こそが残酷なのである。そういったこともあったので、僕の方でも彼らに興味を持たないようにして

＊1　栃木県小山市と群馬県前橋市を結ぶローカル線。自転車を押して乗り込んでくる人もいる。
＊2　静岡県富士市と山梨県甲府市を結ぶローカル線。やたらのんびり走る。

いた。

だがそれでも、偶発的に接触が発生してしまうことがある。あの日、移動教室から戻ると、半分くらい人のいた教室が少しだけざわついていたのだ。成田清春と、塩沢さん他数名の女子がなぜか窓ガラスに注目していて、「何これ」「怖い」「どうする?」と騒いでいた。見ると、窓ガラスに黒い虫がとまっていたのだった。平べったい体に長い口吻《こうふん》のサシガメ。どこにでもよくいるヨコヅナサシガメというやつだ。僕は特に興味もなかったのでさっさと自分の席についたのだが、その近くで成田清春たちがあまりに騒ぐので困った。「刺される」「なんとかしてよ」と女子たちが騒いでいるのはいいとして、「見たことない虫」「新種じゃない?」とまで言っているのが聞こえると、さすがに何か言いたくなった。僕は立ち上がって適度に距離を取りつつ言った。

「それ、ただのサシガメだけど。ヨコヅナサシガメ。どこにでもよくいる。……手で摑んだりしなければ刺さないけど」

情報だけ与えて撤退するつもりだったがそうはいかず、成田清春と女子たちは目を丸くしてこちらを振り返った。サシガメの情報にではなく、「じゃない方」が喋ったことに驚いているのだと分かった。

「えっ。そうなの? ええと」塩沢さんは明らかに僕を何と呼ぼうか迷った様子だった。さすがに「じゃない方」とは呼べない。だが名前でも呼べない。「知ってるの?」

「別に」たまたま知っていただけ、という部分は省略する。この話し方はよくない、と自分でも分かっていた。「でも、別に刺さないから。大丈夫」

「詳しいの？」もう一人の女子が訊いた。

「別に。……サシガメっていって、カメムシに近い種類。公園とかによくいるけど」

「えっ、これよくいるの？　気持ち悪い。ていうかカメムシって何？」

そこからか、と愕然《がくぜん》としたが、一応塩沢さんが「洗濯物についてる臭い虫」という的確な説明をしてくれ、その女子もなんとなく思い当たったらしく、成田清春ともども「知ってる」「見たことある」と盛り上がった。だが女子たちが「詳しいね」と褒《ほ》めてくれる空気になると、成田清春が僕を「虫博士じゃん」と言った。いや別に虫だけじゃないんだけど、と口から出かけたが、これは口に出したらとんでもなく偉そうな言葉になると気付いて黙った。その数秒の隙で、僕は虫博士という称号を受け容れる形になってしまった。

詳しいんだね。ねー、すごいよね、と盛り上がる女子に調子を合わせるように、成田清春は笑顔で言った。「すげーわ。でもそれ、何か役に立つの？」

確かに、などと笑う女子たちの手前もあって、僕は「何かの役には立つと思うけど」と言った。

だが成田清春は笑いながら、気軽に言ってきた。「あ、じゃあ虫得意ならさ。これ外に捨てて？　俺、虫とか苦手だし」

「いや、それは」摑むと刺す、と言ったはずなのだが。別に虫博士ではないので経験したことはないのだが、刺されるとかなり痛いらしい。

僕が困っていると成田清春は「役、立ってねーじゃん」と笑い、周囲の女子を笑わせた後、自分で窓をバンバンと叩いてサシガメを追い出した。


汗でぺたりと張りついてはぷくりと離れるシャツの背中に気持ち悪さを覚えながら、僕はいつの間にか下を向いている。

それだけのことだった。別に真っ向から馬鹿にされたわけでもないし恥をかかされたというほどでもない。それまで認識されていなかった「じゃない方」が、「虫博士」という形でクラスの中心人物たちに覚えてもらえたのだから得だろう——と、彼らなら考えるのかもしれなかったが。

——何か役に立つの？

そう言われたのがずっと残っている。実際に僕の知識は役には立たなかった。僕は横からあれこれ言っただけで、サシガメを追い出したのは成田清春の方だ。

裏門から公道に出て、信号で立ち止まる。

小さい頃から知ることが好きだった。昆虫。自動車の車種。電車の車両。世界の国旗。他言語の挨拶。日本と世界の歴史。ジャンルはそれほど偏りがなく、ただ知らないことを知るのが好きだった。知らなかったことを調べて知識を得ると、また一つポイントが上がった、と嬉しかったし、親たちは僕の物識《ものし》りを褒めてくれた。ただ名前を知るだけでなく、それがどんなもので、それの属する体系の中でどんな地位を占めるか。そういうことまで知るようにすると、その体系における「常識」がなんとなく分かるようになって、未知の話でも推測ができるようになる。知識というものは、体系化すると無敵になるのだ。「理解」したという実感があり、世界の解像度が少しだけ上がる。その感覚が好きだった。だから中学でも、授業と関係ない知識ばかり食べ歩いていた。国産ロケットの開発史、昔の映画のスターたち、イヌイットの諺《ことわざ》、経済学の基本。知ることは楽しく、何かの役に立てようなどとは思っていなかった。

それでも内心では、自分はすごいのだ、強いのだ、と思っていた。自分は普通の人より「よく見えている」と。

だが実際にはあんなものだった。成田清春の言う通りだ。僕の知識は役に立たない。そしてそれほど勉強ができるわけではなく、友達も少なく、会話が苦手で、運動もできない僕はその「役に立たない知識」に特化してしまっている。つまり僕は全人的に「役に立たない」人間なのである。

もちろん、違う、と言ってくれる人もいる。クイズ・パズル研究同好会副会長（会員は二人だけで、会長は僕）の風羽《かざば》君などは、あいつらなんて流行を追いかけているだけで何も考えていない、と言う。すぐに古くなる芸能だのファッションだのの知識しかない人種。今この場の、高校生という時期にしか通用しない「友達が多い」ことなんて、それこそ長い人生の中では何の役にも立たない。そもそも役に立つか立たないかを今の自分の価値観だけで決めるのは浅はかだ。電話の発明からmRNAワクチンまで、およそ当初は「何の役に立つのか」と言われていたものが世界を支えているではないか、と。

たぶん、風羽君はいい奴なのだと思う。彼はもともと成田清春を嫌っていたが、その感情自体が「僕が彼らに見下されている」と思ってのことかもしれないからだ。信号が変わる。横断歩道を渡る。駅まで歩いて、本屋に寄って帰るつもりだった。来週から夏休みだ。だが特に予定はない。それが悪いことなのかどうかは分からないけど、これでいいのだろうか、とは思っている。十七歳の夏休みは、少なくとも世間ではもっと特別視されているのではないか。青春礼賛若さ盲信のメディアに毒されている。風羽君ならそう言うだろうか。

学校を振り返ると、塀と校舎のさらにむこうから、キン、というバットの音がここまでかすかに聞こえた。

2

当然のことながら、もともと何も書いていなかったカレンダーが、夏休みに入ったからといって突然埋まるはずがなかった。それでも本を読んだり適当に勉強したり、部屋のベッドで寝転んでゲームをしたり、部屋のベッドで寝転んで一度読んだ漫画をまた読んだりしていると（これが一番後悔した……）、いつのまにか一日が過ぎた。バイトでもすればいいのだがうちの学校では禁止で、それを破ってまでする動機はないし、どうせそろそろ受験の準備で忙しくなるからすぐ辞めることになりかねないし、社会の末端に飛び込む勇気を出せるほど切羽詰まっていなかったのだ。本とゲーム以外にお金を使わないので小遣いがそれなりに貯まっている。今みたいに一人で出かけ、本屋で文庫本を買い、国分寺駅前のモスバーガーでオニポテをつまみながら読む、といった程度の贅沢は何の躊躇《ためら》いもなく可能だった。店内はぽつぽつと客がいるが、すごく「夜」という感じのジャズが流れていて落ち着いた雰囲気である。一人そこに座って本を読んでいるのは優雅に見えなくはないが、心の底ではずっと「これでいいのか。これが正しい高校二年の夏休みなのか」という気持ちがわだかまっていた。

結果、本にもあまり集中できず、だからこそ、隣のテーブルにいる女性二人組の話が、ちらちらと耳に入ってきたのだった。

二人が席に着いた時から意識してはいた。片方は大学生、もう片方は僕と同じくらいに見えたが、ちらりと見たところでは何やら二人ともえらく綺麗で、いやそうだったか、本当にそんなに可愛かったか、と確かめるため、その後も何度かちらちら見ていたのである。むこうからしたら気持ち悪いに決まっているので、見ていることを気取られないようぎりぎり最低限しか視線を向けていないのだが。二人は姉妹のようで、「お姉ちゃん」「七輝《ななき》」と呼びあっていた。なるほど美人姉妹。世界は広いし東京は人が多いから、そういうのもいるだろう。だが落ち着かなかった。別に何か期待していたわけではないが、変なふうに見られたらどうしようと思い、小説の内容が頭に入ってこない。これはさっさと出よう、と思った時、姉の方の言葉が聞こえた。

「……これ、分からないよ。こんなの解ける人いるのかな？」

何が？　ととっさに反応してしまうのが僕の性分だった。「分からない」「解けない」なんていうのは、その単語だけで十中八九、僕のテリトリー内の話である。

「でも、ここにヒントあったらむしろつまらなくない？　情報がこれだけしかない、っていうのがポイントなんだと思うけど」

妹らしき七輝さんが言う。姉の方がふうん、と唸《うな》り、かけている眼鏡をちょっと直す。今、横目でしっかり見たが確実に美人だった。まっすぐな長い髪。図書室の先生といった雰囲気で、しっとりと落ち着いた声だ。一言ずつしか聞いていないが、抑揚《よくよう》のつけ方などから「たぶん頭のいい人の話し方だ」と分かった。

「むー……確かにこれしか言っていないなら、答えは『これしかない』っていうものになるはずなんだけど」姉の方が腕を組む。「これが最初の問題っていうことは、この出題者がフェアであるっていう証拠がまだ、ないわけだよね？　解く側からすれば。つまり『何それ？』っていう答えになる可能性も考えられるわけでしょ」

「言われてみれば」姉妹だからなのか、妹の方も全く同じ仕草で腕を組んだ。毛先がくるんと巻いたボブのせいか姉より活発そうに見えるが、顔だちは似ている。

「……全く知らない人、なんだよね」

これ以上観察すると目が合いかねないな、と思ってやめたが、二人のいるテーブルの方に体の中心から吸引されているような感覚があった。僕にとって存在感のありすぎる姉妹だ。しかもこの二人はどうやら、何かを「出題」され、それが解けなくて悩んでいるらしい。受験勉強などではない。パズル、というか暗号だ。

――すいません。それ得意なんですけど。

無音の声が体から勝手に出る。もちろん態度には出さない。ファストフードの店内で隣のテーブルにいる人などというのはそれこそ「風景」であって、風景が突然動いて話しかけてきたら驚くに決まっている。相手は女性だし。

だが。

見えてしまったのである。いや、ちらちら見ていたから半ば意図的なのだが。姉妹のトレーの間、テーブルの中央に、文字通り場の中心でございい、という存在感で置かれているA４判の紙に、不可解な文字列がほんの数行、大きく書かれていた。

この数字が表す2桁の数字をつなげた場所に向かった

0305
2224
2224
8082
2224

書いてあるのはそれだけだった。書きぶりは明らかに「暗号を解け」という指示だが、これでは情報が少なすぎて混乱するのも無理はない。そもそも日本語として意味が分かりにくい。「この数字が表す2桁の数字」とはどういうことだろうか。「つなげた」と書いてある以上、「０３０５」や「２２２４」のひとかたまりずつをそれぞれ「2桁の数字」に変換できて、変換後の2桁の数どうしをつなげていくと「何か」が出てくるのだろう。だが、設問がシンプルすぎて逆に分からない。４桁の数字が表す2桁の数字とは何だろう。しかも暗号である以上、答えは「思いついた瞬間、『それ以外にない』とはっきり分かるもの」にならなくてはいけない。

確かに、これは難しい。

だが僕は、一瞬で分かってしまった。いや、別に僕がすごいわけではなくて、分かる人は一瞬で分かるのだ。

最初は約数だろうと思った。４桁の数字が特定の2桁の数字に変換できるなら、これらの数が何かの二乗なのだろう、と誰でも考える。あるいはこの数の平方根か何かに、特定の２つの数字が繰り返す循環小数が出てくるとか。だが違う。最初にくるのは「０３０５」だ。「３０５」ではなく。「整数」ではなく「番号」なのだ。そして並べられた４桁の数字にははっきりとした、露骨な共通点がある。「03」「05」。「22」「24」。「80」「82」。上2桁の数字に2を足すと下2桁の数字になる。これが偶然のはずがない。

そこに着目すればすぐに分かるのだ。他には何の情報もなく、数字そのものしかないのなら、「０３」と「０５」の二つが表す2桁の数字は「０４」しかない。「22／24」なら「23」。「80／82」なら「81」。これらをつなげると、04、23、23、81、23。

０４２−３２３−８１２３。

僕は携帯を出し、電話番号検索をしてみた。見事にヒットした。つい「っし！」と声が出てガッツポーズしてしまうが、隣の姉妹は気付いていないようだ。

武蔵国分寺公園サービスセンター。この近所だ。

頭の中で乾いた小気味よい音が鳴り、胸の中を涼風が吹き抜ける。突然ぶわっと空に舞い上がり、地平線の彼方まで見渡したかのような快感。こんなことがあるなんて、と思った。僕が最も得意なのはクイズやパズル。役に立たない能力だった。料理なら時々披露する機会がある。ピアノでも突然弾く機会があるだろう。だがクイズやパズルの能力というのは、クイズやパズルを自分から解きにいった時しか使えないはずのものだった。周囲を見回す。昼時を過ぎて半分くらい席の空いたモスバーガーの二階席。こんな日常的な場所で自分の得意分野と遭遇戦になり、しかも見事に勝利できるなんて。

こんな体験はそうそうない。どういう事情か知らないが、僕は出題者に感謝した。そしてこの姉妹を隣に座らせてくれた神様にも。

だが無言の快哉《かいさい》の後、僕は全身がそわそわうずうずと勝手に震えるのを自覚した。教えたいのだ。隣の二人に。

問題の紙を挟んでそれぞれのポテトをつまんでいる二人を視界のぎりぎり端に入れる。答えを教えたい。だが真剣に取り組んでいる暗号の答えを横からいきなり言うのはお節介を通り越して迷惑行為だろう。それどころか初対面の、爽やかとは言いがたい空気をまとったオタクに突然話しかけられたら、言う内容以前に気持ち悪いだろう。いつ周囲から話しかけられるか分からない、となってしまえば今後、二人はこの店でリラックスできなくなるかもしれない。そもそもこの店に来られなくなるかもしれない。となると店にも悪い。そこまでして得られるものは何か。僕一人の満足感だけではないか。呪文のように頭の中で「いかんいかん。いかんぞいかん」と繰り返した。

ここはもう席を立って帰るべきだと思った。そろそろ挙動も不審になり始めている頃だろう。挙動不審者は自分の挙動を不審だと気付いていないものだ。つまり自分ですら気付き始めている今の僕は「超挙動不審者」ということになる。

だが立ち上がろうと鞄を摑むと、姉妹の方が先に立ち上がった。「シェイク」「私も」というやりとりが一瞬聞こえた。僕はまだ腰を浮かす前だったので、ちょっと鞄を取っただけですよ、というふりをして動きを止める。姉妹は階段を下りていった。テーブルには席取りのために残しておいたのであろうトレーと妹のものらしきネイビーのペンケース、それに暗号の紙が残された。とっさに紙を盗み見る。問題に読み違えはなかった。やはり正解だ。

本人たちがいなくなったことでプレッシャーがなくなり、かえって思考が図々しくなった。話しかけてみたらどうか。「たまたま目に入ったんですけど」でおかしくはないだろう。やりとりは断片的にしか聞こえなかったものの、二人ともまだ解けてはいない様子で、しかも「難しい」と困り顔をしていた。それなら、先方の意向を確認した上で答えを話すのは迷惑ではないのではないか。

感謝されたいとは思っていない。「すごい」と言われたい、という気持ちは否定しきれないが、正直なところなくてもいい。それより何より、自分のクイズ能力が他人の役に立つかもしれないチャンスを逃したくなかった。それに、普段は風羽君ただ一人としかできない（親は中学くらいから相手をしてくれなくなった）クイズやパズルの話をできるかもしれないのだ。別にそれであの美人姉妹と仲良くなろうなどとまで期待するほど強欲ではない。ただ、もしかしたら、風羽君以外の、こういったものを面白いと思ってくれる人と話ができるかもしれないのだ。

当然、無理に決まっていた。見ず知らずの、しかも女性にいきなり話しかける度胸など自分にないことは、最初から分かっていた。謎解き以外の面では僕はまぎれもなく「じゃない方」レベルだ。成田清春なら造作もないことだろうし、姉妹に好感を持たれて連絡先を交換するところまで自由自在なのかもしれない。そう考えると彼我《ひが》のレベル差が絶壁に感じられる。

だが、それでも諦めきれない僕は、偶然ある数字を見つけた。自分のレシートの中に。

当然のことながらレシートには店舗の電話番号が書いてあり、その市外局番は「042」である。つまりこれは暗号の解答、最初の3桁と一致する。それならば、と思いレシートを隅々《すみずみ》まで見ると、奇跡のような偶然が起こっていた。存在したのだ。「伝票番号」に「32」が。「端末認識番号」に「38」が。「WEBオーダーID」に「12」が。当然最後の「3」もある。

筆記用具は持ち歩いている。僕は赤ボールペンを出し、目をひくようにくっきりとそれらの番号を囲み、そのレシートを隣のテーブルに残した。それから、姉妹が戻ってくる前に急いで席を立ち、階段を早足で下りて出口の自動ドアを開けた。ちらりと見たが、姉妹はシェイクを受け取って階段を上っていくところだった。棚に檸檬《れもん》を置いて丸善を出る梶井基次郎《かじいもとじろう》はこんな気分だったのだろうか。いや、こんなにこそこそとしてはいなかっただろう。姉妹は僕のメッセージに気付くだろうか。心当たりのないゴミが置かれているだけ、で終わるかもしれない。

でもそれでいいのだ。僕は確かに爆弾を仕掛けた。

3

が、そのわずか二分後、爆発したのは僕の方だった。

モスバーガーの店舗に背を向け、妄想の爆風を「今だ」「きっと今だ」と何度も背中で受けながら信号待ちをしていると、まさにその背後から足音が来たのだった。振り返ると、早足でまっすぐにこちらに向かってくる人がいた。七輝、という妹の方だ。彼女は少し息を切らしつつ、こちらをまともに見て口を開く。「あっ、いた」

僕の方はさっきの姉妹の片方が真っ正面から突撃してきたという圧に負けて声が出ない。周囲に視線をやるが、間違いなく彼女は僕に向かってきていた。

「あの、すみません」妹の方は息が切れたのか膝に手をついて下を向き、顔だけ上げてこちらを見て、ええと、と口ごもった。どう声をかけていいか分からないという様子だったが、こちらもどう反応していいか分からない。

「ちょっと七輝、いきなり走るとか。危ないって」後ろから別の声が来る。長い髪を揺らして走ってきたのは姉の方だ。両手に何か持っていると思ったらさっき頼んだのであろうシェイクだった。「すみません。さっきモスで隣のテーブルにいらした方ですよね？」

姉の方はこちらに会釈しながら妹にはシェイクを差し出す。妹の方はほっとした様子で体の向きを変え、姉を前に出しながら自分のシェイクを受け取る。お互い声もかけず見もしないのに、差し出す手と受け取る手が同時に出た。ノールックパスだ、と、どうでもいいところに感心した。

「ええと、ですね」姉の方は言葉を探す様子で、眼鏡を直し、視線を横に向け、ついでにシェイクを一口すすった。「私たち、隣のテーブルにいたんです」

「はい」

「つまり、あなたが私たちのテーブルの隣にいたわけです」

「はい」話が進まない。

「つまり」

姉の方はそこで眼鏡を押さえて悩み始めた。結局あんたも進まないんかい、と反射的に心の中でつっこみ、それのおかげで緊張と驚きが急速に引っ込んだ。

「ええと、隣で何か、暗号……？　を……」

「そうです。それです」姉の方が僕を指さす。「すみません私、話し始めが下手で」

「いえ」外見のイメージと違う。

「あの。これがテーブルに置いてあって」妹の方が僕の置いたレシートを、警察手帳を見せる刑事の仕草で掲げる。「あなたのですよね？　モスライスバーガー[*3]の焼肉オニポテセット。それにひんやりドルチェのベイクドチーズ、食べてたし」

「はい」なぜ覚えている、と驚く。僕の方はあれほどちらちら見ていたくせに、二人が最初頼んでいたメニューを覚えていない。普通そういうものだと思うが。

＊3　パンではなく「焼きおにぎり」で具材を挟んだ衝撃の食べ物。「苺のモンブラン」同様、「ハンバーガーの本質とは何か」と考えさせられる。

「これって、暗号の答え、教えてくれたんですよね？　さりげなく」

赤丸をつけた部分を指先で示してくる。どうしようか、と思ったが、彼女は「教えてくれた」と言っていた。「……はい。すいません」

妹の方は姉と顔を見合わせると（お互いを見るタイミングがまた完璧に同時だった）、ぱっと僕に頭を下げた。

「ありがとうございます。ずっと分からなかったんで。それで」妹の方が顔を上げ、〇・三歩だけこちらに接近してきた。「どうして分かったか教えてくれますか？」

えっ喋っていいのか、と思う。だが妹の方は「なるほど『目を輝かせる』とはよく言ったものだ」という顔でこちらを見ている。

僕が口を開きかけると姉の方がシェイクを飲みながら、空いた右手で妹の腕を摑んで引っぱった。右にずれた妹のいた場所を、イヤホンをして携帯を見ている男性がすり抜けていく。

「ここに立ってると邪魔になりますし」

後ろから来た人にどうやって気付いたのか分からないが、姉の方は一度モスバーガーを振り返り、手にしたシェイクのカップに視線を落とした。それからうん、と頷いてストローを咥《くわ》え、一気に同時にズゴ！　と吸いきった。「……戻るのもあれですからデニーズ行きません？」

空になるどころかカップが陰圧で凹んでいる。水滴のついていた位置からして半分は残っていたはずなのにすごい肺活量である。だがそんな所に驚いている場合ではなく、妹の方も目を輝かせてこちらに頷きかけてくるので、僕もはい、と頷いた。姉の方がだいぶイメージと違ったので多少緊張がほぐれてはいるが、マジか、と頭の中で繰り返してはいる。いいのだろうか。僕なんかで。

だが姉はさっさと道の向かいにあるデニーズに歩き出し、妹もお姉ちゃん私のも飲む？　と姉をつつきながら並んでいる。なんとなく両足が浮遊しているような感覚を味わいつつ、僕も続いた。

「……つまり、ノーヒントだという事実そのものが逆にヒントだったんです。何もヒントがないなら、『0305』の数字だけから導ける2桁の数字、ということになります。しかも解釈の余地がない、絶対にそれ一つだ、というもの」テーブルに置かれている暗号の紙を指さす。「あと最初が『0305』って、単純に『電話番号っぽい』ですよね」

自分一人が喋っている。初対面の人たちを相手に。いいのだろうか、と思う。謎解きなどという普通の人はおよそ興味がないであろう話題で、しかも「僕はいかにして暗号を解いたか」という、自慢話ともいえる内容だ。なのにテーブルの向かいに座る姉妹は黙って、というよりむしろ興味深げに聞いてくれている。姉の方は要所要所で頷きながら。妹の方は少し身を乗り出して。

「でも、これは難しいとか簡単とかじゃなくて、『気付くか気付かないか』っていうタイプの問題だと思うんです。……あの、『ゴルゴ13』って漫画、知ってますか？」

「ヴァイオリンのＧ線を撃ったり」

「宇宙空間で狙撃したり」

「知ってますね」二人揃ってしっかり読んでいるらしい[*4]。びっくりだ。「あれ、どうして『13』なのかっていうのが、まさにこの暗号でした。ゴルゴって、昔刑務所にいたとき囚人番号が１２１４番だから『13』、っていうエピソードがありましたよね」

二人は顔を見合わせ、お互いを指さして頷いた。この姉妹が『ゴルゴ13』の表紙を表示したタブレットを貸し借りしている情景を思い浮かべてみる。意外と似合うのかもしれなかったが。

「ありがとうございます。助かりました」姉の方はきちんと背筋を伸ばし、両手を膝の上で揃えて綺麗に最敬礼した。「妹と二人で『解けなかったらどうしよう』ってなってたところなので」

「いえ、そんな、別に」いやこの言い方はよくない、と必死で口を止め、言い直す。

「こちらこそ、ありがとうございました。面白かったので」

「『面白かった』……」妹の方も微笑む。「ありがとうございます」

「あ、遠慮しないでどんどん頼んでくださいね。おごりますから」姉の方がタブレットを出し、なぜかステーキのページを表示させる。「ステーキでもパフェでも」

「いえ、自分で。それにさっき昼食べたので」

ドリンクバーのメロンソーダで充分で、それすら話に夢中で手をつけていない。向かいの姉妹も同様で、姉の前ではブレンドが冷め、妹の前ではコーラの炭酸がしゅわしゅわと抜けている。「それより、あの暗号ってどういう」

「不動産みたいなんですけど、資産を大きくしたのはむしろ金融？　だった気がします」

「はあ」

「すみません説明が下手で。……ええと、東京学芸大学教育学部E類二年、立原雨音《たちはらあまね》です」姉の方がいきなり自己紹介した。「高校時代は文芸部で、三年次は生徒会長も務めました。座右の銘は『深謀遠慮《しんぼうえんりょ》』」

「はい」面接か。

「趣味は……」

隣の妹が「居眠り」と言い、雨音さんは力強く頷いた。「……です！」

＊4　『ゴルゴ13』75巻より「G線上の狙撃」及び191巻より「1万キロの狙撃」（さいとう・たかを／リイド社）。

知的でできるお姉さん、という最初の印象がどんどん崩れてゆく。しかし彼女だけに面接をさせるわけにはいかないだろう。僕も背筋を伸ばした。何だろうこの状況は、とは思うが。「都立萩山《はぎやま》高校二年、成田頼伸《らいしん》です。クイズ・パズル研究同好会会長。趣味は……読書で」

なんでこの趣味こんなに言いにくいんだろうと思うが、妹の方が「クイズ・パズル研究同好会」に反応したようではある。僕と雨音さんを見比べ、とりあえず、という顔で頭を下げた。

「日清《にっしん》高校一年、立原七輝です。趣味は」七輝さんは少し考えるそぶりを見せ、こちらを向いて微笑んだ。「読書です」

たぶんこの瞬間だったと思う。彼女の笑顔を見て、可愛い、と思ったその刹那、顔の中と胸の中で同時に何かが発火した。炎は一瞬で過ぎ去ったが僕の内部に焦げつきを残し、僕はざらざらするその感触に気を取られていろいろなものを忘れた。具体的にいうと深くしっかりした呼吸の仕方とか、初対面の人と会話をする時にどこにに視線を置けばいいかとか、テーブルに置いた手は軽く握っていた方がいいのかこ開いていた方がいいのかとかを。要するに、そわそわして落ち着かなくなった。

だが雨音さんが僕の前に、もう一枚の紙を出した。

「実は、『暗号』はあれだけではないんですよ」

あうえうぃしさつさそ
こくなゆにのねりせほ

あうすしとあてとつ
よにまみよらりるの
うぃとつさそひ
みまによらりせぼけろ
えすしさえかきこは
ゆよわほよらりる
ふたちつさそはすえ
こくなゆにのらわせれめ

4

「紙に印刷して逆さにする。裏から透かす。巻いて一行目と最後を繋げる……そういうのも全部試したんだけど」

「一行の文字数も違うし、特定の文字が頻出しているわけでもないですね。アルファベットに変換する、とかでもなさそうだなあ」

「最初の二行のあとに一行空いてるのは？」

「全体で二つの文字か言葉を表す……にしては分量のバランスが悪すぎですよね」

「とりあえず漢字に変換してみたんだけど。あう画ウイ刺殺佐生。酷なユニの根理世保」

「いえ雨音さん。音声で読んだら意味ないです」

「それもそうか」

ノートに突っ伏すようにしてシャープペンシルを動かしていた七輝さんが、待って今ローマ字に変換してる、と言う。その傍らでグラスが空になっているのを見つけ、ドリンクバー行くけど、と声をかける。ありがと。あ、コーク&オレンジ！と顔を上げないまま返事がある。僕はグラスを二つ取って席を立つ。

どうしてこうなったんだっけ、と思う。むこうが姉妹でお互いは気楽にやりとりをしているせいか、雨音さんがこの短時間で分かるほどいろいろ抜けているせいか、僕まで気軽になっていた。客観的に見たらすごいぞ、と思う。初対面の美人姉妹の中に僕が交じっている。どういうことなのだろうか。それで今や、昔からの知りあいだったかのように普通に会話している。

デニーズに来てからそこまで時間は経っていなかった。強いて言えば新たな暗号を見た後、話が一度脱線し、なぜか『ゴルゴ13』について盛り上がったくらいである。現在進行形の名作なのにまわりに読んでいる奴がおらず、それなのに目の前の二人は読んでいて、つい熱く語ってしまった。特に雨音さんの方の読み込みは素人ではなかった。基本的に連載開始当時の価値観である「漢《おとこ》のロマン」が芳醇《ほうじゅん》に香る作品なのに、変わった人だ。

たぶん「趣味を分かってくれる」とお互いに感じたのだろう。『エリア88』の話をし、『君に届け』の話をし（雨音さんは眼鏡をとるとあれのヒロインに似ていた）、『ブラック・ジャック』の話をし、話が暗号に戻った時にはもう部分的にタメ口だった。そして今は、皆で膝をつきあわせて二つ目の暗号を解こうとしている。僕はオレンジジュースのボタンをもうひと押しし、コーラとオレンジジュースを正確な4：6にする。グラスを持ち上げて底を布巾で拭き、すでに気の抜け始めている自分のメロンソーダも持ち、ゆっくりと席に戻る。観葉植物の葉のむこうに姉妹が見える。

離れて見ると客観的になれるわけで、やっぱり美人姉妹だと再認識した。雨音さんの方はたぶん「好みとか抜きに明らかな美人」で誰でも綺麗だと認める外見なのだろうが、僕個人としては七輝さんの方がめちゃくちゃ可愛くて、この人が目の前にいるという状況には背後に神の関与を疑わずにはいられなかった。そんな人たちがどうして自分とファミレスで親しげに話しているのか。席を離れたことで暗号から頭が離れたから思うのだが、冷静に今の状況を見ると、これは一体どういうことなのだろう、と思う。普段はクラスの女子とすらめったに話さないのに、いきなり盛りすぎではないだろうか。あまりのことにこの幸運が自分のものではなく、他人の作った神輿《みこし》に乗せられて運ばれているだけのような感覚がある。僕自身には制御不能な流れであり、そのうち落とされるのではないかとか、そのまま生け贄《にえ》にされるのではないかという抽象的な不安もある。だが七輝さんはグラスを二つ持って戻った僕を見上げてありがとうございます、とやや丁寧にお辞儀をする。

「どうすか。何か手がかり」

「駄目ですね」そう言いながらも楽しそうだ。彼女のノートにはAUEUISIという
アルファベットと3454233342413554243という数字が並んでいる。達筆ではないが真面目に勉強する人の字、という感じだった。僕はこれまで「女子の字はみんなきれい」だと雑に認識していたが、当然ながら実際には色々な字があるのだ。

「縦読み、逆読み、飛ばし読み」僕はその向かいに座る。「アルファベット変換、数字変換、それらと逆読みや飛ばし読みの組み合わせ」

「あと何かあったっけ?」

「ないかも」今のやりとりは普通にタメ口だったな、と思う。

だが七輝さんは気にする様子もなく、むしろ何か嬉しそうだ。いま何か喜ぶ要素あったっけ、と思って見ていると、彼女は顔を上げて僕の視線に気付き、今度ははっきり微笑んだ。

「ええと……」

「あ、ええと」七輝さんは弁解する調子になった。僕が怪訝《けげん》そうな顔をしていたのだろう。「……楽しいね」

聞いて即、領けた自分を褒めたい。「うん。こういうの好きだし」

「七輝は昔から暗号とかパズルとか好きだったもんね、その手の本、与えとけば何時間でも静かにしてた」雨音さんは親みたいな言い方をして苦笑する。「解答者としてはうってつけだね」

そういえば、まだ聞いていなかったことがあるのだ。

「あの、念のため訊いておきたいんすけど。これってそもそも……」

「あ、そうだね。ごめん」雨音さんが察してくれたらしく、眼鏡を直しつつ急いで言う。この人は急ぐと眼鏡を触る。「古本屋で挟まってたらしいんだけど」

「はあ」

「ごめん説明下手で。七輝がね。学校の近くの古本屋で見つけたの。店の外でワゴンセールされてる本に挟まってたんだって」

七輝さんが頷き、雨音さんは「いきなり津田塾大の赤本持って帰ってきたから早くない？　って思った」

「さっき解いてくれた暗号と、この暗号が書いてあって」七輝さんは置かれた紙を指さす。「成田さん、板橋省造《いたばししょうぞう》って人、知ってる？」

「いや……誰？」

訊き返す間に七輝さんはもう携帯を操作している。この人、と見せられた画面には、「ウーリッジホールディングス」なる会社のサイトが表示されていた。「創業者板橋省造について」という教科書体の太字の左下で、どっしりと構えた口髭の老紳士がこちらを見ている。

「ウーリッジって初めて聞いたけど……」ブリヂストンに似ている。[*5]

「Wikipedia にはウーリッジの項目はあったけど、この人自身の項目はなかったから。そんなに大きな会社じゃないと思うんだけど」七輝さんはグラスを撫《な》でている。「この人が亡くなる前、親戚とか友人知人に公開したんだって。『遺産の一部はこの暗号の指し示す場所にあるよー』って。だけど誰も解けないから、もう知らない人でもいいから解いてください、って書いてあった」

「なるほど」酔狂《すいきょう》、と言うのだろう。こういうのを。板橋→ウッドブリッジ→ウーリッジの人だから、やりそうなことではある。「cicada3301 みたいだな。……面白い人っているんだね」

つい説明なしで言ってしまったが、七輝さんはその名前を知っていたらしい。驚いたように一瞬目を見開き、それから頰を緩めて「うん」と頷いた。

cicada3301。ウェブ上で一種の都市伝説のように語られる名前だ。ある日突然、アメリカの5ちゃんねるにあたるサイトに謎の書き込みがされた。“Hello. We are looking for highly intelligent individuals. To find them, we have devised a test.”（こんにちは。私たちは高い知性を持った人を探しています。そのために私たちはテストを用意しました。）で始まるメッセージが、蟬（cicada）の画像と共に出現したのだ。そしてこのメッセージをテキストエディタで開くと、奇妙な文字列の「暗号」が現れた。

多くの人が解読に挑んだらしい。暗号は各種の専門知識の他、プログラムの知識も必要なかなり難解なものだった。そして解くと「次」の暗号が現れる、という形式で続き、暗号を解くとGPSスポットが表示されることもあった。表示された場所には紙でQRコードが貼りつけられていたという。だが驚くべきは、それが世界十四都市に散らばっていたことだ。さらに解いていくとまた別の都市が複数示され、その中には日本の沖縄もあった。

２０１２年の話である。多くの人がウェブ上で協力し、謎の解明に挑んだが、現在に至るまで、最後まで謎を解いた、という人間は出現していない。cicada3301が何者で、何のためにこんなことをしたのかも結局、謎のままだ。悪戯《いたずら》だったのか、それともＩＴベンチャーか何かが「採用試験」として出したのか。

＊５（創業者）石橋→Bridge Stone→ブリヂストン。

そういえばウーリッジグループの中にはシステム関連の会社もあったから、板橋省造氏もこれを知って真似をしたのかもしれない。そう思うと何とはなしに嬉しかった。自分とは最もカテゴリーの違いそうな会長のおじいさんが、自分と同じものに興味を持っていた。

そして何より、目の前の七輝さんがそれを知っていたことが嬉しいのだった。cicada3301は「スレンダーマン」「シュレーディンガーの猫」「オッカムの剃刀《かみそり》」「スタンフォード監獄実験」といったものと同じ、「オタクだけが反応する単語」の一つである。

「暗号は他にもたくさんばらまいてるだろうから、もしかしたら、もうないかもしれないんだけどね」雨音さんが言う。「でも、もし本当に遺産があるんなら、ちょっと見てみたくない？」

「見てみたいです。別に、それ自体はたいしたものじゃなくてもいいし。……でも、最初の『解答者』の一人がこんなふうにしてメモを残しているぐらいですから、少なくともこの人の知る範囲では、解けそうな人はいなかったんだと思います」津田塾大の偏差値はわりと高い。それを考慮して「手に取る人」を選んだとすれば、わりと本気で託したのかもしれない。「普通、あまりに誰も解けなかったら、もう遺産は山分けということにしてみんなで協力しますよね。そうすればそのうち解ける。なのにそういう様子もなかったとなると、協力してもまだ解けなかったのかもしれないです」

そうだったらいい、と思う。手応えがあってほしい。七輝さんも頷いていた。

雨音さんが暗号の紙を持ち上げる。「でも、解けるようには作ってあるんだよね？」

「たぶん。……cicada3301を参考にしたなら、あと何問か出るんだと思います。だとすれば、最初のこの問題はそんなに難しくないはずです」

七輝さんが眉をひそめる。「なんで？」

「みんなが解いて先に進んでくれないと、あとの問題を見せられないから」

七輝さんは眉を上げ、「そうか」と呟くと、なぜかとても楽しそうな顔で、肩を震わせて笑った。「なるほど。……だとすると、特に専門知識とか、大変な調べ物とかもなくてよくて、この紙だけで解けそうだね」

「うん。みんなが面倒臭くなっちゃったらおしまいだし」

七輝さんが「よし」と呟いて座り直す。その仕草が可愛かった。あかんいちいち可愛い、と思う。

それに、たぶん好感の源泉は他にもあった。話していて感じたのだが、彼女の声には独特の柔らかさがあるのだ。柔らかさ、というより、まろやかさ、と言った方が近い気がする。声を抑えているわけでもなく、どちらかといえばハキハキ喋るのに、高級なチョコレートみたいに喉の奥にするりと落ちていく、心地よい声。

もちろん、もっと聞きたいなら暗号を解くべきだった。何よりこれは、まさか日常生活で出会うとは思っていなかった本物の「謎解き」なのだから。僕は文面に集中する。この文字列。ひらがなで意味のない羅列だから、おそらく変換式だ。「あうえういしさつさそ」。「こくなゆにのねりせほ」。一行ずつが一文字を表しているのだろうか。それとも一単語？　だが変換方法が分からない。例によってヒントが全くないし、頻出する文字も特にないのだ。だが。

そこで気付いた。「……頻出する文字列なら、ある。『あう』『よに』『みまに』……『にまみ』も、ある。これ、偶然じゃないと思う」

ん？　と言って雨音さんが紙を取り、ちょっと見せてよ、と七輝さんに言われる。僕はその間に、携帯であるものを検索していた。表示させて画面を見る。「あうえういしさつさそ」。「こくなゆにのねりせほ」。

画面を見つつ考えを進める。マニュアルのないタイプの謎解きに取り組む時のいつものやり方だ。多方向に思考を「這《は》わせる」。僕の場合は藪《やぶ》を刈り進むイメージだ。刈って進む。何も現れそうになければ戻る。この場合のベースキャンプは、携帯で表示しているこれ。これは絶対に関係あるはずなのだ。戻り、別の方向にまた刈り進む。時折横にそれ、時折少し戻って道を二股にする。進む場合は何も出てこなくてもすぐ戻らず、息をつめてしばらくは前進を続けるのがこつだった。そうしているといずれ何か出てくる。目の前が急に開けて、右も左も広くつながるようになる。

「……見つけた」

呟くと、姉妹は同時にこちらを見た。僕は慌てて目を伏せ、そうする必要などどこにもないことに気付いて視線を上げた。

「解けました。これにさえ気付けば、一発です」

5

あるいはけっこう期待されていたのかもしれないと思う。そう言った瞬間の反応を見るに、雨音さんの方はそれほど驚いたふうもなく、七輝さんは嬉しそうですらあった。モスバーガーで隣のテーブルにいただけの人間が解いてしまっているが、でしゃばりにはならないようだ。

「ええと、各行の最初の文字に注目してもらいたいんです」僕は暗号の紙を指でなぞる。最初の文字は、「あ」「こ」「あ」「よ」「う」「み」「え」「ゆ」「ふ」「こ」だ。「この最初の文字に共通点がありました。どこかで見たような並びだな、って思ったんです」

「どこかで……」雨音さんは物理的に記憶を掘り返そうとでもいうのか、こめかみを指でぐりぐり押している。「……見た？」

訊かれた七輝さんが、ふあ、と息を吸い込むのが聞こえた。「……見た！　キーボード！」

「それです」

「そうだよね？」

「うん」身を乗り出してくる七輝さんに頷く。ここはあくまで興奮せず平坦に話して、ちょっと恰好つけたいという欲もあった。「各行の最初の文字はいずれも、キーボードの一番上の段か、一番下の段にキーが配置されている文字なんです」

「えっ、ちょっと待って。キーボードの……？」

慌てて携帯を出す雨音さんに、さっき検索した携帯の画面を見せる。表示されているのは「ＱＷＥＲＴＹ配列」と呼ばれる、一般的なキーボードの配列だ。左上が「ぬ」で右下が「ろ」。

「それを見ながら暗号を読めば、すぐに解けるんです。いいですか？　一行目は『あうえういしさつさそ』」

「ふんふん」雨音さんは素直に画面上のキーボードをなぞる。

「二行目は『こくなゆにのねりせほ』」

「こくなゆ……あっ」雨音さんも気付いたようだ。覗き込んでくる七輝さんと頭をぶつけて呻《うめ》きつつ、答えを言った。「文字を書いてる。キーボード上の指の動きで」

「そうです。だから一文字目は一番上の段か下の段だけだったんです。書き始めだ

から」

　キーボードが目の前にあれば、もっと簡単に解けただろう。文字列を見れば、キーボード上で隣りあった文字ばかりが連続していることに気付く。「あ」から右に進んで「う」「え」。「う」からは下に進んで「い」→「し」→「さ」。

　一行目は「あうえ」で横棒を書く。「ういしさ」で上から下に縦棒。「つさそ」で下に横棒を書く。おそらくは二行目の方が分かりやすいだろう。「こくなゆ」で下から上に棒。「にのね」で上から下へ下がる。そして「りせほ」で再び上がる。キー自体がまっすぐ並んでいないため少し歪むが、この動きの軌跡はアルファベットの「N」だ。一行目は「I」。そうやって文字に直していくと、言葉が浮かび上がってくる。キーの配列上いささか歪みはするが、読めることは間違いない。

「三行目は『あうすしとあてとつ』……で、『P』かな？　四行目は『よにまみ』『よらりる』『の』で……『A』」

　五行目は「ういとつさそひ」で「L」。六行目は「M」。七行目は「A」、八行目が「T」で「U」「M」と続く。つまり。

「──『ＩＮ ＰＡＬＭＡＴＵＭ』」七輝さんが言った。「『ＰＡＬＭＡＴＵＭ』って何だっけ？」

「イロハモミジのことみたい」携帯を見ながら雨音さんが言う。「ってことは、さっきの暗号と合わせると……」

続きを僕が言う。「……武蔵国分寺公園の、イロハモミジの中」

一拍おいて、わあ、という歓声が二人からあがる。歓声もハイタッチも息がぴったりで、こちらに掌《てのひら》を出してくる動きも二人同時だった。どっちに、とあたふたし、まず七輝さんの手と合わせる。柔らかくて小さい、子供のような手だった。

「武蔵国分寺公園」七輝さんは僕が雨音さんとハイタッチしている間にもう立ち上がっている。「ここからすぐだよ」

「よっしゃ」雨音さんが伝票を摑んで立ち上がる。「成田君、今日時間ある？」

「はい」

「じゃ直行」

正直に言えば、解答を言った瞬間、もしかするとここでお役御免かもしれない、という不安がかすかに横切ったのだ。中学の頃から何度か、クラスの「目立つ人」たちにそういう扱いを受けた記憶がある。普段絡まない彼らにいきなり呼ばれる。何かを質問される。答えると、「はい、ありがとう」と帰され、彼らは僕に背を向けて彼らだけで盛り上がり続ける。僕はどんな話題だったのかも聞かされないまま自分の席に帰る。

用があったから声をかけただけ。彼らにしてみればそうなのだから、当然かもしれない。だがまるで手軽な辞書みたいに扱われた気がして、正直面白くなかった。たとえば相手がクラスの人気者だったら、彼らは同じ振る舞いをするだろうか？そうも思った。

一瞬、もしかしてそうなるのではないかと思ったのだ。だが立原姉妹は当然という態度で僕を誘い、僕が断ることすら考えていないようだった。雨音さんは僕の分もさっさと支払ってくれて、「いいって」「このくらいは」と笑っている。七輝さんは「坂、上るっけ？　どのくらい？」と訊きつつもう出ていこうとしている。胸の中に痺《しび》れたような感覚があった。まるで仲間みたいだ。

そしてこの感覚は、たぶん「感動」だった。

僕は普段あまり自転車を使わないので、地元なのに駅前の駐輪場には入ったことがなかった。そういえば立原姉妹はどこに住んでいるのだろうと思ったが、月極でここの駐輪場を使っているということは、意外と家が近いのかもしれない。そんなことをぼんやり考えていると、姉妹が続けて自転車を押し、地下からスロープを上がってきた。先に来た雨音さんがペダルに臑《すね》をぶつけたらしく「いてっ」と呻き、後ろから来た妹に追突されている。

「お待たせ」

「行こう」

「大丈夫ですか」

「よくやるから」

想像通りです、という軽口が口から出かかる程度に気安くなってはいた。二人と一緒に道に出るが、雨音さんが自転車にまたがったまま動きを止める。「あ、成田君は？　ええと、歩行して来た？」

僕はロボットか。「徒歩です」

後ろから七輝さんが来る。「タクシーで行く？」

「いや、そこまでは」

「成田君、最高速度はどのくらい」

「ロボットですか。……走れますから大丈夫です。あとから行くんで」

七輝さんは何かに気付いたようで口を開きかけたがなぜか視線をそらす。雨音さんが僕と彼女を見比べ、よし、と言って妹を指さす。「七輝チェンジ」

七輝さんが自転車を体の前に押して出し、スタンドを立てる。「……いい？」

「サドル限界まで上げれば大丈夫じゃない？」

「え。いや」ようやく分かった。僕が自転車を漕ぐ、ということらしい。「いえ、走りますんで」

「それもちょっと悪いし。七輝のパワーじゃ二人乗りとか無理だし」雨音さんは僕の視線に気付き、なんとなくふんぞり返った。「私が二人乗りなんてできると思う?」

無理だろう。頭の中で状況を整理する。確かに三人で移動するのに、他の方法はない。えええマジですか、いいんですか、とシンプルすぎる困惑を抱えて七輝さんを見ると、彼女も上目遣いでこちらを窺っていて、それでかえってどぎまぎしてしまった。もっと普通の様子なら変に意識しないでさらっと爽やかに乗れたかもしれないのに、と思ってしまう。だが口はもごもごと「はあ」「まあ」と動きつつ、七輝さんから自転車を受け取り、サドルのレバーを緩めて高さを上げる。七輝さんは一所懸命に車体を押さえてくれているが、歩道の真ん中で通行人の邪魔になっている。まず端に寄ってから作業すればいいのに、そのことに気付かないあたりからして、彼女もわりと困惑しているらしい。それはそうだ。そもそも道交法違反というのはさておいて、初対面なのである。

いや、別に意識するようなことではないはずだ、ただの移動手段だ、と思って顔を上げると、雨音さんの方は妹を促しつつ何やら微妙に口許《くちもと》を緩めている。

荷台はないので後輪のどこかに足をかけて立ってもらうしかないが、七輝さんは問題なくできるようだ。こちらはもう彼女の顔が見られないくらい緊張しているのだが、自転車にまたがり、サドルが今ひとつまっすぐになりきってないけど今さら直すのも、などとあたふた考えつつペダルに足をかけると、両肩に手が乗せられ、思ったより強く体重をかけられた。

「……大丈夫？　重い？」

「余裕」

そう答える程度の恰好つけは許されると思う。二人分の体重がかかったペダルは重く、最初は大きくよろけたが、七輝さんはわりと身軽で、倒れるどころかうまく体重を移動させて重心を保つサポートをしてくれた。他人の自転車のハンドルは手になじまなくて握りにくかったが、全力でバランスを取った。交差点で止まると彼女はひらりと着地し、横断歩道を渡るともう慣れた様子でととん、と再び後ろに乗った。

ペダルを全力で踏むと見慣れた風景が動き出す。白い日差しを反射して眩しいアスファルト。植え込みの緑とそこから響く蟬の声を通り過ぎる。下り坂になり速度が上がるとかえって安定した。肩に乗せられている手を意識してしまうが、時々片手が離れる。そういえば彼女は短めのスカートだったが大丈夫なのだろうか。だが速度が上がると「おお―」「気持ちいい」と呟くのが聞こえてきた。振り返ることはできない。とにかく安全に安全に、とそれだけを考えることにしていると上り坂になる。彼女が飛び降りたのだろう。自転車が跳ねるように軽くなり、ありがと、と声が聞こえてくる。

風があってそこまで暑くはない日だったが、それでも上り坂で汗が噴き出す。下を向いてうー……と唸りながら坂を上る七輝さんに合わせてゆっくり上り、狭い歩道で雨音さんに追い抜かれつつ（彼女は必死の形相で前だけを見て立ち漕ぎをしており、声をかけても視線すら寄越さなかった）ゆっくり坂を上り、上りきったところで、自転車を停めハンドルに突っ伏すようにして力尽きている雨音さんに追いつく。

だが、こちらを向いて手を振った雨音さんの後ろに、意外な人間がいた。

「お？　……あれ？」

よく通る声に雨音さんが振り返る。それから、声の主が僕を見ていることに気付いた様子で再びこちらを見た。

なんでここに、と思う。何やらちゃんとしていて高そうなスポーツサイクルにまたがって登場したのは、クラスの成田清春だった。

6

もともと特に接点もなければお互いに興味もなく、共通するところもないだろう相手である。困惑したのはむこうも同じだったようで、僕たちは二人、似たような挙動不審で「おう」「ぁ」「うん」と牛同士の会話のような音声をやりとりしていた。もとより学校の人に外で、つまりプライベートで遭遇するのは気まずい。私的領域だと思っている部分に侵入された感じと相手の私的領域に侵入してしまった感じ。物理的にも心理的にもそうで、本来なら鉢合わせした野生動物同士のようにお互い視線をそらしてさっさと素通りしたいのだが、人間同士だとそれも失礼と言われかねないのが難しい。女子などは大きな声で「えー?」「きゃー! なんでー?」みたいに騒ぐが、あれはそうした難しさを大声で吹き飛ばし、どういう態度をとっていいか分からないややこしさをハイテンションで押し流す戦術だと思う。男子もあれができたら楽なのかもしれない。

だが雨音さんが自転車を押してこちらに来てくれる。彼女は僕の隣に来て成田清春と向きあうという「僕側」の位置取りをしたが、おそらく雨音さんと僕を関連付けていなかった様子の清春は僕たちが並んだことに驚いたようで、濁点の入った「ゑ?」と半濁点の入った「ゑ?」を繰り返した。

雨音さんが清春に「こんちは」と軽く声をかけ、こちらを見る。「学校の友達?」「ええ、まあ……はい」少なくとも友達ではないが、「別に」と言うのはなんとかこらえた。

ついさっき会ったばかりの雨音さんの方が僕と親しげに「この人は誰?」などと

やっているのはどうも変だったが、清春の方は僕よりもっと混乱していた。雨音さんと僕を何度も見比べているから、釣り合わないことに困惑しているのだろう。失礼な奴だ。

「東京学芸大学教育学部E類二年、立原雨音です」雨音さんはまた面接みたいな自己紹介をし、僕を示した。「ええと……さっきそこで会ったんだけど」

「はあ……え？」そりゃそうだ。全く説明になっていない。「あ、成田清春です。同じクラスの」

「あ、お兄さん？」

「違います」

「違います」

声が揃った。清春がそんなんじゃないんで、という様子でぱたぱたと手を振る。「たまたま名字が一緒なだけです。……な、頼伸《ライ》！」

僕は笑顔で呼ばれて驚愕した。その呼び方はうちの家族か中学時代の親友宇賀崎《うがさき》篤志《あつし》しかしない。この男はなぜいきなり、と思ったが、雨音さんを見る目ですぐに分かった。僕と親しく見せたいのだろう。

「で、今、ライとはさっきそこで会った、って」

訊きたくて仕方がありませんという文字を顔面に点滅表示させて清春（兄ではない）が食いついてくるが、雨音さんは「モスバーガーでレシートを置いてってくれて」「デニーズで暗号を解いたから」と、唐突に出されても第三者には全く分からないであろう断片を並べて清春を混乱させた。別に意地悪をしたのではなく「素」なのだろう。単体では理解できない断片を単体では理解できない断片で補足するから分からなくなるのだな、と横で分析しつつ、さすがに清春がかわいそうなので「初対面で」「たまたまモスバーガーの隣の席にいて」と一から順に説明した。七輝さんに目で確認したが、板橋省造の遺産が絡んでいることも別に話してよさそうだった。

「遺産？　いくら？」

清春は呆《ほう》けたような顔で僕の説明を聞いていたが、「遺産」という単語が出た途端に「いくら貰えんの？」と反応した。大変分かりやすくてよろしい。

そして全く悪意を感じさせない自然な笑顔で言った。

「ていうかなんでわざわざ暗号？　意味なくない？」

一瞬、空気が止まった。音も消えたように感じたが、これは気のせいだろうか。

斜め後ろを見ると、七輝さんは自転車の籠《かご》のあたりを見たまま動いていなかった。

「まあ、意味はないけどね」雨音さんが苦笑した。「でもちょっとよくない？　資産家の実業家が自分の死後、みんなをちょっと楽しませてあげようとしてそういうことをやるの」

「ああ。まあ、そうっすね」

清春は笑顔で言ったが、これはたぶん全く理解できていない時の顔だな、というのがなんとなく分かった。

なのに清春は、よっしゃ、と言って自転車を持ち上げ、ぐるりと反転させて僕たちと同じ方向にした。「俺も手伝います。武蔵国分寺公園のどっかでしょ？」

「いいの？　予定あるんじゃない？」

「いや、別にないんで。面白そうだし」

お前今の話の流れでよくそれ言えたな、と思ったが、どうも雨音さんに対する視線を見る限り、途中の流れがどうなっても無理矢理同行するつもりのようだ。まあ雨音さんは綺麗だからな、と納得はできたし、雨音さん自身もＯＫなようである。僕後ろを見ると七輝さんも怪訝そうな顔ながら、否定はしていないように見える。僕の斜め後ろから真後ろに移動しているが。

「っしゃ行きましょう。モミジの木っすね。あ、でも俺分かるかなモミジ」

楽しくなってきた、と一人でテンションを上げている清春に雨音さんが続き、僕は自転車を押し、停止している七輝さんをなんとなく促すようにして歩き出した。意外なところで仲間が増えたが、戦力になるかどうかは不明である。

武蔵国分寺公園。平成十四年、国分寺市泉町二丁目に開園。総面積十一万平方メートル近くの広大な公園で、真ん中を都道１４５号線（多喜窪《たきくぼ》通り）が走って南北に分かれている。ざっくり言うととにかくだだっ広くて何もない公園だ。遊具もほとんどなく大部分が林道と原っぱだが、池があって橋が架かっていたりして、子供の頃はこれで充分、楽しい場所だった。この歳になって見てみると植物の種類が豊かでその価値も分かる。僕の家からは自転車でも少し遠いのだが、清春は完全に家の近くらしく、勝手知ったる様子で花壇脇の駐輪場に自転車を置く。そして姉妹がそうしている間に大急ぎでこちらに寄ってきて囁《ささや》いた。

「あのさちょっと訊きたいんだけど、ほんとに今、知りあったの？　どうやって？」

ずっと訊きたくてうずうずしていたのだろう。僕は「本当」と答えるしかないが。

「でもさ、すごい親しげだったし。なんで？　クイズ王だから？」

「さあ」虫博士から変化した。格上げなのか格下げなのか。「でも、とりあえず謎を解くまで手伝おうかな、って」

「『謎を解く』」清春はなぜかその単語を面白がった。「うける。じゃ俺もそうするわ。よろしく」

うん、まあ、と言っているうちに手を差し出され、半ば強引に握手された。僕よりも分厚く、押しも強い手だ。そして手を離すと携帯を出してこちらに背中を向け、高速で操作し始めた。友達に連絡しているのだろう。やっぱり予定あったんじゃないか、と思うが、そうしてまで参加してくるのは意外だった。もちろん、僕は成田清春の交友関係を心配する立場ではないのだが。

姉妹が戻ってくると、清春は目の前に広がる広大な芝生を見回し、元気に言った。

「よっしゃ。じゃ、みんなでモミジの木？　探しましょう。うおー楽しくなってきた」

だが雨音さんは無慈悲《むじひ》にも「ここすごい広いし、たぶんモミジ何百本もあるよ。手分けしない？」と提案する。えー何だよそれ、クイズ王何か言ってよ、という分かりやすい視線が清春から来るが無視し、僕は「ですね。木が多いのは西側だから、そっちを三人くらいで手分けして」と続ける。

「了解」清春は携帯を出した。「あ、ＩＤ交換しときませんか。バラけたら連絡要るし」

内心のがっかりを少しも見せないどころか、とっさにＩＤを交換する流れにもっていった。なんだかんだこの男凄いな、と思う。たぶんこうした当意即妙《とういそくみょう》を「コミュニケーション力」と言うのだろう。しかも声のトーンや表情や動きで、「なんかテンション上がってきた」という空気を作ろうと常に働きかけている。

そして驚くことに、その影響を受けて僕のテンションも明らかに上がっているのだった。これが清春の人気の秘訣なのかもしれない、と思った。「清春がいると楽しい」「清春がいないと盛り上がらない」になれば、どこでも必要とされる。意図して頑張っているのか、すでに習い性になっていて自然とそうできるのか。どちらにしろ凄いことだ。風羽君は露骨に見下していたが、そう馬鹿にしたもんでもないぞ、とも思う。

とはいえ僕は、IDを交換したことで連続する清春の「よっしゃ」を止めなければならない。「あっ、ちょっと待って。今、考えたんですけど」

ばらけようとしていた姉妹と清春が振り返る。

「この『IN』PALMATUMってどういうことかな?」

姉妹が顔を見合わせ、清春が二人を見る。じー、というアブラゼミの声と日差しに、先に日陰に誘えばよかったかな、と思う。

「普通に『中』じゃないの?」雨音さんは風で口にかかる髪をよけながら首をかしげる。「木のうろの中とか。そういう木を探せばいいんじゃないかって思ってたけど」

「え? 普通に貼ってあるとかじゃないの?」清春も首をかしげる。

「実際に暗号文を置いたのは板橋省造本人じゃないと思うけど」襟元をぱたぱた広げながら公園内を見回す。この広場は木が少ないが、林道には山ほどある。「いずれにしろ、置いた場所をずっと張り込んでるわけにはいかないですよね。つまり置かれてから相当な期間、関係ない人に見つけられたり、風や雨で駄目になったりしない場所でないといけない」

雨音さんもいるので敬語にするべきかタメ口にするべきか難しい。

「で、公園の木ってすごい大事に管理されてるじゃないですか。イロハモミジはうろができやすい木ですけど、そういうとこに突っ込んどいたらけっこう、管理している人が取っちゃう危険があると思うんです。普通に子供とかが取るかもしれないし」

「確かに、解答者が見つけるのが何ヶ月後になるかも分からないんだよね」雨音さんは公園を見回す。「でも板橋省造としては、暗号を解いた人間にはなるべく見つけてほしいわけだし」

「そう。板橋省造が」あれここは呼び捨てでいいんだっけ、と思う。「したいのが知恵比べなら、何百本もある木を探させるのは変です。もっと、ここしかない、っていうポイントに絞る気がします。それなら暗号の答えを『IN　PALMATUM』だけで済ませたのは変です。『POND（池）』とか『NORTH（北）』とか、範囲を絞る単語を足せばよかったのに『IN　PALMATUM』だけっていうことは、それだけで、明らかに『ここだ』って分かる場所なんじゃないでしょうか」

清春は「ほう。んー？」とアルパカの鳴き声風に反応しているためおそらく全く話についてきていないのだが、七輝さんは何かしら分かったようである。木のうろなどに仕掛けるのは困難だということと考え合わせれば。

七輝さんが僕を見て言った。

「『IN　PALMΛTUM』は木そのものではない？」

「たぶん」僕は頷く。「たとえば園内に設置されている、木の説明をしている看板、とか」

雨音さんが口を○の形にして「おおー」と反応してくれる。その隣で清春が「あ！」

と言った。「ある！　木の説明とかしてる看板！　どこだっけ」

「おっ」雨音さんは腰に手を当てる。「よしキヨ君、探せ《シーク》！」

「オッケーす。ワン！」清春はノリがいい。

　小走りで道路を渡り南側の林道に向かう清春を全員で追う。清春の足が速いので雨音さんが「どうどう。ステイ！」などと言っている後ろを、七輝さんと並んで歩く。彼女を見ると、彼女もこちらを見上げて微笑んだ。頷いてはみせたが、これで外れだったら恥ずかしすぎる。

　だが清春はちゃんと林道沿いに植物の説明をしている看板を見つけたし、当然のように立入禁止のロープをまたいで看板の裏側に回り「なんか発見！」と快哉を叫んだ。ビニールパックに入った青色の紙であり、パックの外側は雨か露で濡れていたものの、中の紙は無事だった。

「裏側の凹んだとこに貼りつけてあったっす」清春は看板の裏に屈み込んで絵を見る。「確かに『イロハモミジ』の絵の裏あたりだわ。ライすげえ」

　賞賛されるとは思っていなかったので照れくさかった。もう自然にライと呼ばれていることについては気にしないことにする。

「キヨ君もよく覚えてたね。成田兄弟グッジョブ」雨音さんがサムズアップする。兄弟じゃないというのに。「で、次の暗号は？」

「え？　まだあるんすか？」

「話聞いてた?」

雨音さんがパックを受け取り、中の紙を出す。「さて、第三問は」

それっきり、雨音さんは紙を覗き込んだまま沈黙してしまった。時間経過を告げるようにミンミンゼミが鳴き始める。仕方がないので三人、なんとなく彼女の周囲に集まって紙を覗き込んだ。

(W−L)+(2−Z)+E+(2−Z)
(8−X)(A−M)+(8−X)(A−M)
(W−L)+(2−Z)+E+(2−Z)
(2−Z)+8+(2−Z)
(2−Z)+3
(V−L)
(V−L)
(E+I)

この場所で南を向いて休んだ。

7

「あ、ちょ、待って無理」なんと清春は一・二秒で降参した。「数学マジ無理。俺数学ダメなんすよ」

「いやキヨ君、落ち着いて」雨音さんはまだ暗号を見ている。「連立方程式だよ。中学二年生で習ったやつだよ」

「いやなんか文字多くない？」

「あれ？　多すぎるか。これ解けないね」雨音さんも今気付いた様子で首をひねる。「覚えてるよね？　連立方程式は、文字の種類と同じ本数の式が必要」

家庭教師のバイトでもやっているらしき雨音さんに対し、清春も「ですよね！　文字多すぎ！」と反応がいい。実のところ清春は僕より成績がよく、クラスでは常に上位、学年でもたまに十位以内に入るらしい。あんまり勉強しているように見えないのだが、見せないようにしているのかもしれない。

「あの、そもそもそれ、方程式じゃないと思います」

僕は手を挙げた。他人が「分からない」と悩んでいる問題に横から口を出して解答してしまう、という行為はたとえ相手が分からないことで困っていたとしてもしばしば嫌がられるが、この話題この相手ならし放題だと分かっている。翼が生えたようである。「方程式ならどこかに=《イコール》がないと。これ、数式に見せかけた文字列か何かなんだと思います」

清春は口を開けた。「あーそうか。じゃ、どう読むの？」

「いや、そこまではまだ」

「まあそうか」

冗談めかして「使えねー（笑）」といったことを言われるのかと思ったが、清春は神妙だった。なるほどね、仲間がまわりにいる時と、初対面の雨音さんの前では使い分けるよね、と、頭の中の僕が嫌味を言うが、これではどちらかというと僕の方が嫌な奴ではないか、という疑念がよぎる。これまでだって清春は僕のことを軽く扱いはしても、露骨に嗤ったり、自分が面白いことを言うためにいじったりはしなかったはずだ。

だが、やっぱり彼は自分とは別の人種のようだった。雨音さんと七輝さんはくっついて暗号を覗き込み、僕が暑いからとりあえず日陰に行きませんかと言うと歩き出したのだが、清春はその後ろで二人を見ながら「まだやるのか」という顔を見せた。確かに真夏に外で顔を突き合わせて暗号に取り組んでいるというのは変な構図だが、同じ構図で携帯ゲーム機に向きあっている子供たちはそこらじゅうにいるし、変に思えるのは単に見え方のせいだと思う。そもそも現実世界で、それもアトラクションではなく遺産のかかった本物の「暗号」と対峙《たいじ》するなどという面白い状況はおそらく二度とないわけで、むしろ乗り気にならない人間の方が珍しいと思うのだが、一般的な感覚は違うのだろうか。

さすがに真夏であるためか公園全体に人が少なく、藤棚の下のベンチは空いていた。蚊がいそうだなと思ったが、立原姉妹は気にならないらしく、ベンチに暗号を広げてその周囲にしゃがんだ。自分たちは座らず、テーブルとして使うらしい。こちらを振り返る七輝さんの隣に膝をつく。風が吹き、広場で遊んでいる子供たちの声がシジュウカラの囀《さえず》りと競い合うように交ざる。

「方程式じゃないのは確かだよね。（　）も外してないし」彼女はもう暗号を見ている。

「この（　）は数式じゃなくて、『この二文字でひとまとまりですよ』っていう意味じゃないかな」

「決まった組み合わせしかないよね。『2－Z』とか。何度も同じ組み合わせが出てくるけど」

「普通に考えればアルファベットの母音だよね。使用頻度が高いのはeかi。でも『2－Z』は……」に、二、2、two。万葉仮名なら「仁」。どれもつながらない。「Zは『最後』の意味？　でも『－』が分からないね」

「『十』もあるから、ハイフンじゃなくてマイナスだよね」

「二行目の『(8－X)(A－M)』だけ『＋』や『－』でつないでないのは、扱いが違うからかな」

雨音さんも唸っている。「書き忘れ、とかじゃないよね？」

「それはないと思います」僕は首を振った。「この出題者はかなりしっかりしてます。問題にも理不尽さとか、ないし。信用していいと思います」

雨音さんは体を起こし、僕を見る。「……楽しそうだね」

「はい」それはもう、という意味も込めて強く頷いた。「こんな面白いことを本気でやってくれる人がいるなんて、ちょっと嬉しいです」

七輝さんがこちらを見る。それから頷いた。

「その板橋省造さんって、きっと本当は、すごく面白い人だったんだと思います。……もう亡くなってるんですよね。会ってみたかった」

僕がそう言うと七輝さんは目を見開いて、それからマニアの顔で頷いた。雨音さんも「確かにね」と苦笑している。「変わり者だわ」

視界の隅に清春が映ったが、彼は暗号に向かって身を乗り出すでもなく、半歩下がってただしゃがんでいた。集中して頭を巡らせているのではなく、携帯で調べものをしている様子もない。そもそもあの位置と角度では紙が見えないわけで、要するに一人だけ参加していないのだった。

それを見てか、雨音さんが彼をつつく。「さっきまでもお茶は飲んでたけど、暑いし。みんなの分、ジュースでも買ってこない？」

「あ、はい。うっす」清春は自分の仕事が見つかった、とでも言いたげに立ち上がった。雨音さんも一緒ということで、止まっていたエンジンが再始動したように清春の顔が「オン」になるのが分かる。分かりやすい奴だ。

僕たちにお茶でいいね？と確認し、雨音さんは手を振って離れていく。それを見た七輝さんがベンチに座り、僕も彼女の視線に応じて、暗号を挟んで座る。二人乗りでここまで来たせいか、このくらいの距離なら特に気にすることなく近付ける。

七輝さんは口許に手をやって暗号を見ている。視線が左、右、また左、と文面を往復しているのが分かる。彼女は時々小さく頷いたり首をかしげたりするだけで喋らなかった。外見からも声からも逆のイメージがあるが、この姉妹は七輝さんの方が無口で大人しく、雨音さんの方が落ち着いた穏やかな口調で常に喋り続けているのだった。

「……ライくん、は」七輝さんが暗号に視線を落としたまま口を開いた。「クイズ研究同好会、だっけ？」

清春のおかげで彼女からもそう呼ばれたぞ、と思う。「うん。会長が僕で、あとは副会長しかいないけど」

「そうなんだ。でも……いいな。私、そこ行けばよかった」

一つ下だから、来てくれればクイズ・パズル研究同好会期待の新人になっていたわけだ。彼女が入会してくれたという状況を想像するが、何やら眩しすぎてイメージが白濁しており「わああ。いいなああ」という感覚しか分からない。だが三人いれば高校生クイズにも出られたな、と思う。その世界線を想像してみても、フィクションとしか思えなかったが。

「……七輝さん、は」なんかえらい照れ臭いぞ、と思ったが、そういえば口に出して彼女の名前を呼んだのは初めてだった。「……部活は」

「七輝、でいいよ。一つ下だし」暗号を見たまま言う。「私は帰宅部。できそうな部活がなくて」

「僕も、こういうのしかできないなあ。運動はだいたい全部駄目だし、音感もないし、あと不器用」ちょっと並べすぎた、と思う。言いながら自分で悲しくなってきた。「清春の方はすごいよ。勉強もできるし、スポーツはだいたい未経験でもうまいし、本人はダンスやってる。二年で一番うまいらしいよ」

「すごいね。……そういう人、いるよね。なんかオーラが違うっていうか、いつも完璧に自信あります、っていう顔してる」七輝さんは清春の消えた方向に目をやる。「友達も多そうだし、みんなといつも盛り上がってて、楽しいんだろうな、って思う……でも、ライくんもそうなんじゃないの？　キヨくんと仲いいなら」

「いや」並べられるとますます兄弟っぽく聞こえる。違うのだが。「実を言うと、同じクラスなだけでほとんど話したこともない。あっちが、なんていうか、分け隔てないから親しげに見えるけど」

「そうなんだ」

「あっちは、ほら、クラスで一番明るいグループで。僕は地味な方っていうか。そもそもクラスで話す人、一人しかいない」

自分はどうして今日会ったばかりの人にこうも自虐《じぎゃく》をしているのだろうと思う。だが止まらなかった。自分の自信のない部分を今のうちに話してしまわないといけないという奇妙な焦りがある。その一方で、口に出してみると、同い年で同じ名字なのに自分と清春がこんなにも違うのだと実感させられる。役に立たないことしか知らない自分。

ネガティヴだし自分語りっぽいし、面白い話ではないと思う。彼女はどういう気持ちで聞いているのだろうか。それが気になって顔を窺うが、七輝さんは黙って聞いているだけで特にコメントはせず、かわりに「ちょっと待って」と言って僕の肩に手を伸ばしてきた。

何だろうと思ったら、視界の隅で緑色の何かが動くのが見えた。

「オオカマキリ」

彼女は緑色のカマキリの胴体をつまんでいた。持ち上げられたカマキリは体を捻って鎌を振ろうとしている。「肩についてた」

七輝さんは立ち上がると、暴れるカマキリの顔をちょっと観察し、後ろの植え込みに置こうとしたが、カマキリの腹を見ると「そうか」と呟き、周囲を見回した。花壇を回り込んで植え込みに入っていき、大きな木を選んでカマキリを置く。

さっきの自虐的な気分が中途半端に折られて下半分だけ残った。「……ついてた、か。ありがとう」

「お腹大きかったから、もうすぐ産卵かも。早いね」植え込みからぴょんと跳んでこちらに来る。ああそうか、と思う。後ろの植え込みは目立ちすぎて産卵に向かないのだ。

「私も友達、少ないよ」七輝さんは言い、もとの位置に座った。「でも楽しいし」

「……そうだね」

そうだ、と思う。本当の問題はそこではなく。

だがそこで足音がして、振り返ると雨音さんと清春が戻ってきていた。うまいこと二人きりになったよな、と思うが、二人の距離は妙に空いているというか、どちらかというと清春が遠慮しているように見える。会話はしているのだが。

「七輝」雨音さんがペットボトルを投げるが、なぜか変な回転をしながらこちらに飛んできた。慌ててお手玉しつつキャッチする。「ごめん私、投げるの下手で」

アンダースローで三メートルも離れていないのになぜ斜め前に飛ぶのだろう。続いて「ん」と手を振って、清春が七輝さんにペットボトルを投げた。立ち上がって二人に礼を言い、財布を出す。「ありがとう」

「ん」

清春は頷いたが、何か雰囲気が変わったというか、それまであったノリと勢いが消えていた。どうしたのと声をかけようか悩んだが、気のせいかもしれないと思った。

その後もベンチに居続けたのだが、結局その日、第三の暗号は解けなかった。

僕は様々なパターンを試したし、雨音さんも七輝さんも「こうではないか」と色々考えたのだが、結局どれも違ったたし、思いついた法則に従って変換してみると意味のない文字列になったり、そもそも文字にならなかったりして、歯が立たなかった。

だがそれがなぜか嬉しかった。手強いということは、もっともっと全力で挑んでいいということだ。正直、パズルやら暗号やらはこれまで日常的にやっていたが、解けないことはほとんどなく、たまに解けないのは問題設定が理不尽だったり複数の解答が成立してしまう欠陥問題だったりするものだけだったのだ。この暗号はきっとフェアで、なのに皆でこんなに考えても解けない。掘り尽くした洞窟の奥に地下水脈を見つけたかのようで、いつしか心が躍っていた。たぶん立原姉妹もそうだったのだろう。雨音さんはよく喋り唸り、七輝さんは無言で問題文を見続けていた。しばしば動きがシンクロする姉妹なのに、のってきた時の反応は対照的なのだった。

もともとモスバーガーの時点で午後二時を回っていたこともある。ベンチの上でああでもないこうでもないと考え、お互いの考えを出しあい、時にみんなで携帯を出して調べたりしていたら、いつの間にかペットボトルは空になり、紙に書かれた文字が陰って見えにくくなっていた。曇ってきた、と思って顔を上げたが、曇ってきただけでなく、日も落ちかけていたのだった。

「七輝、時間」雨音さんが妹の肩を揺すり、七輝さんが顔を上げる。

「あ、時間切れすか」いつの間にか後ろに下がり、携帯を出していじっていた清春が顔を上げた。「せっかくだし夕飯どうすか」

「ごめん。私たち今日は、帰らないと」雨音さんが手を合わせる。「暗号、まだなのが残念だけど、ここまでかな」

七輝さんが急いで付け加える。「また今度集まらない？　これは宿題にして」

そしてこちらを窺うように見る。ああこれで終わりか、と落日の様相だった心が一気に浮上した。

「是非、呼んでください。次は解きます」

「期待してる」雨音さんが微笑む。「撮影したよね？　とりあえず誰か解けたらみんなに送るってことで」

「ういす」清春が暗号を撮影する。「次、国分寺駅集合でいいすか？　来週とか？」

「明日」七輝さんは言ったが、すぐに訂正した。「無理か。明後日」

「いいね。早い」清春が親指を立てる。

日が暮れ始めていた。自転車にまたがる立原姉妹を見送る。姉妹からは礼を言われ、また、と言う僕に対し、七輝さんは「うん。楽しかったね」と応えてくれた。姉妹がいなくなると、急に周囲がもの寂しくなった。ヒグラシのカナカナカナ……という声がさらに寂しさを煽《あお》りたてる。

僕は清春になんとなく頭を下げ、じゃ、と言って国分寺駅方向に歩き出す。二人だと何を話していいか分からないし、そもそもここまで組むとは予想外だった。

だが僕は、「明後日」のいち単語に内側からじんわり温められていた。約束をしてしまった。それまでは、ここまでがうまくいきすぎただけで、まあ今日が終わればお役御免だよな、と思っていたのに。夏休みに予定ができた。しかもまた彼女たちに会えるのだ。信じられない。

気がつくと、清春がなぜか後ろをついてきていた。

「あれ」

「ん？」

「いや」

「ん？　いや俺もこっちなんだけど」

「そう」

なら仕方がないか、と思う一方で、どうして自転車に乗らないのだろうと、その時は思った。別に一緒に歩いても嫌ではないが、だからといってお互い特に話すこともないだろう。いや、探せばあるのだろうが、そもそも話題を探してまで話すべきなのかどうかが分からないし、清春側がそれを望んでいるのかどうかというとささか怪しいのだった。なぜなら清春は自転車を押しながら僕の「後ろ」を歩いており、振り返らないと話しかけられないこの位置取りは、特に話したくない、という意思表示なのではないかと思うのである。

僕は前を見て若干遅めの速度で歩いた。日が落ちる。駅に向かって坂を下り始める。響くヒグラシの声に耳を澄ませることで、沈黙の気まずさから目を背ける。

だが清春がぼそりと口を開いた。

「あのさ、本当にたまたま会っただけなの？」

振り返ると、清春は携帯を操作しながら自転車を押していた。

「雨音さんたちと？」

「そう」清春はまだ携帯を操作している。「なんかすごい親しげだったじゃん」

「いや、本当。なんかすごい話が合ったっていうか、いつの間にか親しげになってたけど」

「そうかあ」清春は嘆息して自転車のハンドルに突っ伏した。「俺、なんか話、合わなかった」

落ち込んでいたらしい。「雨音さんと？」

「そう。いやあれ合わねえんじゃねえんだよな。俺がついていけてなかった」

この男がコミュニケーションで悩むことがあるというのが驚きだった。それともコミュニケーション道を極めたがゆえの、達人にしか分からない高度な悩みとかなのだろうか。「普通に盛り上がってなかった？」

「いや違うんだよ」清春は携帯をしまい、手で何やら抽象的な、ろくろを回すジェスチャーをした。「あれは表面上盛り上がってるように見えるだけで、実際にはお互い変な間があるというか。気を遣いあっている空気が濃くて」

「はあ。……雨音さん、話しやすいと思うけど」

清春は破壊光線を吐くがごときの派手な溜め息をついた。「お前はな」

お前と言われた。しかし清春の方は一人で唸っている。「うー……でも可愛いんだよなあ。仲良くなりたい。なりたいよう」

怖いが、一応訊かなくてはならない。「……塩沢さんは？」

「別れた。こないだ」

「そう」あっさりしたものだった。「……ていうか、なんかどっかに断りの連絡とか入れてなかった？　今日、いて大丈夫だったの」

「それはさっきもフォローした。あとで取り返せる。そんなダメージないと思う」

遊びの約束をキャンセルすると「ダメージ」を受け、「取り返」さないといけないらしい。なんかすごい世界だな、と思う。文化が違う。

と思ったら、清春の方がそれを言った。

「つーかなんか文化が違う。雨音さん休みの日とか何してるんだろう」

「普通に本とか読んでるって聞いたけど」

「『本』か」清春はまた唸った。「お前も読むの？　本とか」

「いやそりゃ、普通に」

読むかどうか、のレベルで訊かれるとは思わなかった。普通「どんなものが好きか」だろう。だが清春は「いや普通って」と困惑している。

「読まないの？　全く？」

「いや読まないでしょ。だって高いじゃん。本って」

「えっ。……」

二の句が継げない、という状態を現実に体験したのは初めてだと思う。本が、高い。そんな考えは全くなかった。だって何度も読めて千数百円なのだ。文庫本なら数百円。なんなら図書館でタダである。それも選《よ》りすぐりの世界最高峰作品から唯一無二の一点突破型マニアック作品まで選び放題。それこそ清春の好きな「効率」を考えれば、いいのだろうかというくらい安いと思っていたのだが。

「それにさあ。最後、正直びっくりした」

「何が？」

「七輝ちゃん、『楽しかったね』っってたじゃん。正直マジかって思った」

七輝ちゃん、と「勝手に」呼ばれた気がして一瞬だけ息苦しさを感じた。だが。「……そう？　普通に楽しくなかった？　……彼女、も楽しそうだったけど」

「いや、だって。全員沈黙して、ずーっと暗号の紙見てただけじゃん」

「……はあ」

　としか反応のしようがなかった。確かに外見上はそうだが、みな頭の方は活発に動かしていた。別にわいわい賑やかに盛り上がっていなくても、楽しい時間などいくらでもあると思うのだが。

　だが、清春にとってはそうではないのだろう。なるほど文化が違うのだ、と思った。そしてこうまで文化が違ってしまうと、自分はもう清春のいる華やかな世界に交じることは死ぬまで無理なのではないかと思う。

　だが、むこうも同じことを感じているようだった。今は並んで歩いているが、まるで隣にいるのに、お互い物理法則も時間の流れも違う別の宇宙にいるかのようだった。

　いや、ただ違うだけならいいのだ。だが世間的には「勝ち組」は明らかに「むこうの文化」の方である。圧倒的多数がむこうだし、偉い人も人気者もみんなむこうだ。人間は結局、他人の評価がないとやっていけない生き物だ。そして他人が評価するのは清春の方なのだ。誰も評価してくれなければ、自分一人でどれだけ「文化が違うだけだから！」と叫んでも、負け犬の遠吠えにしかならないのではないか。

　だが隣を見ると、清春も清春で何かに悩んでいるらしかった。

「……なんか、難しいね」

「ほんとだよ」

「明後日、来る？」

「もちろん。リベンジする」何かに負けたらしい。「それに」

言いかけたはずなのに言葉が続かないので、どうしたのだと思って清春を見る。口を閉じた彼の表情が変化していた。場の空気が求めるならすぐに踊り出し、かけ声を大声で出すような快活な顔から、一人でじっと考える顔に。

こんな顔もするのか、と意外だった。「……どうしたの」

「いや、考えすぎだと思うけど」珍しく言い淀んでいるようだ。「……一応、ヤバいかもしれないし」

「ヤバい？　何が？」

「いや、気にしすぎだと思うけど」清春は弁解口調で言った。「雨音さんたちだけでこのまま解いてったら、ちょっと、危なくない？　裏とかがあったら」

思わず立ち止まってしまった。「『裏』……？」

「いや、だってさ」清春は自転車を押して横に来た。「最初の紙、津田塾大の赤本に挟んであったって言ってたじゃん。てことはあそこを受験する予定の人に取らせようとしてたってことでしょ。つまり女子高生に」

なるほど女子大であるから、必然的にそういうことになる。

「普通、高校生なんかに託すか？　それもわざわざ女子を選んで。あの二人は無作為でたまただと思ってるみたいだけど、女子高生の、それもこの辺に住んでる子が狙われたのかもしれないじゃん」

「狙ったの？」

「分からんけど」清春はハンドルをぽんぽんと叩く。「でも念のためだよ。念のため。板橋、だっけ？　もとの出題者は素性とか分かってるけど、あの暗号を雨音さんたちに託した奴の方はどんな奴なのか分からないし、信用できるとは限らないじゃん」

　ヒグラシの鳴き声が、暗くなり始めた路上に響く。アスファルトの灰色が不安を煽るように濃くなっていく。

「いや、ないと思うけど。念のため。俺らもいた方がいいって」

　それほど深刻な話にするつもりはなかったのだろう。清春はさっさと自転車を押して再び歩き出した。僕は数歩遅れてそれを追う。

　……考えてもみなかった。

　だが考えられる話ではあった。もちろん清春が危惧《きぐ》した通りだったとして、解答者をどうやって追跡するのか、という問題はある。だが解答者が行く場所はすべて暗号で指示されているのだ。先に答えを出して待ち伏せする……あるいは暗号自体を一部改竄《かいざん》して指定した場所に来させる、ということも可能ではある。

　ただ楽しいことを提供してくれているのだと思っていた。出された暗号を解けばそれでいいのだと。いや、板橋省造自身は間違いなくそうなのだ。だが。

考えれば考えるほど、清春の心配はもっともに思えてきた。もちろん赤本に暗号を挟んだという人物自身も高校生で、「わざわざ高校生に託すだろうか」という疑問を抱かなかっただけかもしれない。だが世間一般の常識に照らせば、わざわざ女子大の受験生を狙うだろうか。そして高校生の、女子を選んで接触してくる人間というのは。

ネットで見たことがある映画のことが浮かんだ。学校でも先生が紹介していた。映画『SNS　少女たちの10日間』。——SNSで俳優が12歳の少女を装って投稿をしたら、どんな人間が接触してくるかを実験した海外のドキュメンタリーだ。結果はぞっとするようなものだった。わいせつ目的の男が大半だったのだ。12歳だと明言しているのに性的な画像を送らせようと誘ってくる奴。性的な画像を送りつけてくる奴。チャットをしながら自慰行為をしている奴。後半では接触してきた人間と実際に会うが、彼らは当然のように「12歳の」彼女らを性行為に誘った。チェコの映画だが、日本だったらどうだろうか？　もっとひどい可能性も大いにある。

僕たちだって安全とは言えないだろう。だが女子は、そういう奴らに常に狙われている。匿名の場にはそういう人間が集まってくる。方法はアナログだが、この「暗号」だって匿名なのだ。

溜め息が出た。そして自分があまりに何も考えていなかったことを反省した。清春は暗号の「周囲の事情」まで、ちゃんと考えていたのに。

「キヨ」僕が大きな声で言うと、清春は「おっ」とこちらを見た。

「……ありがとう。僕も気をつける」反省も込めて頭を下げる。「でも、できれば最後まで付きあってくれると助かる。……んだけど」

「いや、もしかしたら、ってだけだから」清春は僕の反応に驚いたようで、いやいや、と繰り返した。だが話が通じたことで満更ではないようだった。「もちろん俺も行くよ？　雨音さんも来るし」

　別にそれで清春と急速に打ち解けた、ということではないのだが、残りの帰り道は少しずつ会話を交わした。教室で見ていた時は楽しく盛り上がることしか頭にないように見えたが、それこそ偏見だったようだ。それに今日の雨音さんとのやりとりで、彼も何かしら彼なりの悩みを自覚したらしい。そう見てみると、これまでクラスで一面しか見ていなかった成田清春が立体になった気がした。

　……まあ、そうだよな。同じ人間なんだし。

　平面の人間などいるはずがなかったのだ。パステルピンクから藤色に沈んでゆく空の下、清春とぽつぽつ話しながら、なんとなく考えた。

　たぶんこいつとは仲良しにはなれないだろうけど、嫌いあうようなことにもならないだろう。むこうがどう感じているかは分からないけど。

8

夕飯と入浴を済ませると部屋に籠《こ》もり、机に向かった。勉強ではない。暗号だ。携帯で撮影していた暗号の文面を自室のパソコンに移し、リビングのプリンタで紙に出力していたのである。画面で見るのと実際の「物」を紙で直接見るのとでは、思考の潜水速度とでもいったものがまるで違う。なんでも人間の脳は「透過光」と「反射光」を見る時でモードが違い、画面越しの透過光より紙に書かれた反射光を見る時の方が集中するようになっているらしいのである。

(W−L)+(2−Z)+E+(2−Z)
(8−X)(A−M)+(8−X)(A−M)

数時間おいてあらためて見ても、何かヒントが出現しているわけではなかった。一つ目、二つ目に続いて全くヒントのない、とっかかりにくい暗号だ。(W−L)とは何のことだろう。そもそも「W」が何で「L」が何なのかを特定できなければ解けない。だが特定するためのヒントが全くないのだ。何かの頭文字？　違う。もしそうであるならば、どの文字にも複数の解答が考えられることになってしまう。「W」はやはり「W」そのものであると考えるべきだろう。では。たとえば三十五進数だろうか、と考えてみる。9の次で桁が変わって「10」になる10進数ではなく、「9」の次は「A」、その次は「B」と続き、35まで桁が変わらない数字体系だ。だがそれを試し、計算結果を再び文字に戻してみてもまるで文章にならなかった。違うのだ。この暗号は、もっと。

仕方ない、と呟き椅子に座り直す。わずかにずるい気がするので避けていたのだが、メタ思考を使うべきだ。つまり、出題者の癖や狙いといった「問題の外側」から、ありそうな解答を絞っていく解き方である。なにせ、それ以外に役に立ちそうな情報がない。暗号文に添えられていた「この場所で南を向いて休んだ」も、おそらく暗号を解いた後にするべきことの指示であって、本文のヒントではない。せいぜい本文が「場所を表していて」「南を向いて休むことができる場所である」ということが分かるだけだ。とはいえ板橋省造のことは知らない。ウェブで手に入る情報では、彼の性格や好みまでは分からないだろう。資料はこれまで解いた二問しかないと考えるべきだろう。

前の問題も携帯で撮影していた。画像フォルダを開いて表示させる。

これまでの問題の共通点は「本文以外にヒントが全くないこと」だった。それゆえ何も分からないうちは思案の方向性を決めることすらできず、実はこれらの暗号を最も難しくしているのはその点だと言ってもいい。そしてもう一つ、「あれのことではないか」と気付けば一発で答えが浮かぶようになっている、という点もある。ある意味、それこそが暗号パズル問題の「出来」だと言ってもよく、この出題者もそこにこだわっているように思える。

つまりこれも一発で、思い当たった瞬間にすぐ解けるはずなのだ。

机の隅に置いていた携帯が短く震動した。SNSの通知である。普段あまりないことなので画面を開く。帰ってすぐにした「今日はありがとうございました」のやりとりの後に、新たなメッセージが来ていた。

じぞう（1分前）

別に特に用事はないんですけど、なんとなく今何してる？ 的なのと、あと途中経過を。英単語の頭文字ではないかと思って各種試してみたのですが、さしあたり全部外れでした。

すみません。用事がある時以外はやりとりしない流派でしたらスルーしてください。

画面から熱風が吹いたように感じ、携帯を持った姿勢のまましばらく動けなかった。「じぞう」はつまり七輝さんのことだ。考え事を始めると地蔵のように動かなくなるからそう呼ばれていたことがあって、当時は嫌だったが今は可愛いと思っているとのことだった。

メッセージが来た。しかも全員で共有しているグループチャットではなく僕個人のところに。皆がいる前で内緒話を耳打ちされたような気がして急に心臓が跳ね動き、その動きで手が揺れて指がうまく動かない。入力ミスを繰り返しながらすぐ返信した。用事がなくてもまったく気にしません。こっちもちょうど今、暗号を解いているところでした。

するとすぐに携帯が震えた。送信後もそのまま手に持っていた僕は、携帯の震動がなかなか止まないことに気付いた。SNSのメッセージではなく電話である。画面には「立原七輝」の文字が表示されている。泡を食って画面上の通話ボタンをタップし、耳に当てて何も聞こえないことに訝《いぶか》り、違う通話ボタンはスワイプしないといけないんだった、と慌てる。「もしもし」

——もしもし。こんばんは。あの、今、電話は。

「あ、大丈夫です大丈夫」なぜ敬語に戻った、と思うが、電話ではついそうなる。「僕もちょうど今、暗号解いてて。画面だと集中できないから、紙に出力して」

そんなに焦る必要もないのだがつい早口になってしまう。だが七輝さんの声は明るかった。

——私も同じことしてた。原本はお姉ちゃんが持ってるから、コピーして。紙の方が頭に入るよね。

「うん」

——なんか嬉しいです。

「うん。いや面白くて」

——ありがとう。

「いや、こちらこそ面白いもの、やらせてもらって。ありがとう」やっぱり電話は苦手だ、と思う。「なんか夢中になっちゃって、今日、解けるまで寝なそう」

——夢の中でも解いてそうですね。

「あ、画面つなぎます？」

でないといつまでも敬語の気がする。だが七輝さんは「いや、ちょっと、だらしない恰好なんで」と答えた。そういえばこっちもそうだ。それでカメラをオンにしようというのは、どちらに対する配慮も甘い。

電話だと間が怖い。「あ、ＳＮＳのアカウント名が『じぞう』で表示されるから、面白くて」とつい口から出たが、彼女はちゃんと反応してくれた。アカウント名とかパスワードをどこでも求められるから困る、という話をし、「さとし」さんの暗証番号は八割方「３１０４」らしいという話をし、ゲームの主人公に「どうやって名前をつけるか」も話した。僕はそのゲームの世界観に合わせて主人公っぽくつけるのだが、彼女は「おもち」とか「しばいぬ」とか、キャラクターの印象で簡単につけるらしい。そんなことを喋りながら、なんだかどうでもいい会話をしているなあ、とくすぐったく思う。夜に友達とどうでもいい会話を、電話で。そんなことはこれまで宇賀崎篤志としかしたことがなかったのに、次がいきなり七輝さんである。本棚に置いてある目覚まし時計に視線をやる。無意識のうちに、あとどれだけこうしていられるのだろうかと気になったのだろう。まだそう遅くなかった。しばらくは彼女も大丈夫なはずだ。

だがその瞬間、僕は気付いた。

「あ」

声が出たので、電話口から「どうしたの」と反応がある。

「いや、その」別に隠すようなことではない。「解けた、かもしれない。可能性に気付いた。試してみる」

そう言った後、電話で話している最中なのだから、と気付いた。

「……一緒に試してみない？」

——うん。

電話は通話状態にしたまま、二人で検索した。出てきた画像をもとに、暗号の最初を解いてみる。七輝さんが（2－Z）をやってくれているから、僕は（W－L）だ。

「どう？」

——残った。他のも試してみるね。

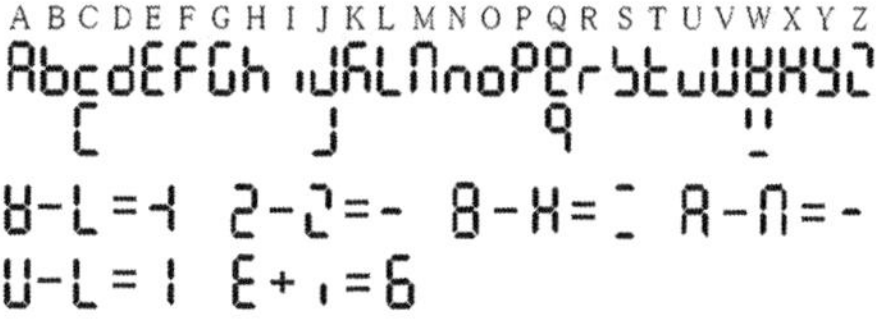

「了解。じゃ、こっちは二行目の（A－M）と（8－X）を試すね」

　表示した画像をもとに、手元のルーズリーフに手書きで書いていく。間違いない。線が残った。というより、これらを＋するということは、つまり。

　――正解だと思う。

「だね」全身を、波紋のように満足感が広がっていく。「この暗号は『7セグメント』だ」

　部屋の目覚まし時計を見た時に気付いたのだ。デジタル表示の時計などに使われる「7セグメント方式」。これは0から9までの数字だけでなく、アルファベット26文字も表示することができる。もちろん無理のある文字もあるのだが、「E」や「F」などはどの家電でも表示するのではないだろうか。

　つまり、暗号に出てくる文字は上記のように変換できる。

　これを「計算」してみると、ひと目で分かる解答が出るのだった。

「『（8－X）（A－M）』のところだけ『＋』でくくられていないのは、それが一つの項だからだ。だから（8－X）と（A－

M）は合体させる。つまり二行目は『≡』になる。解答は……」
やはり、並べてみるとひと目で分かる。理屈も何もいらない。問答無用の解答だ。

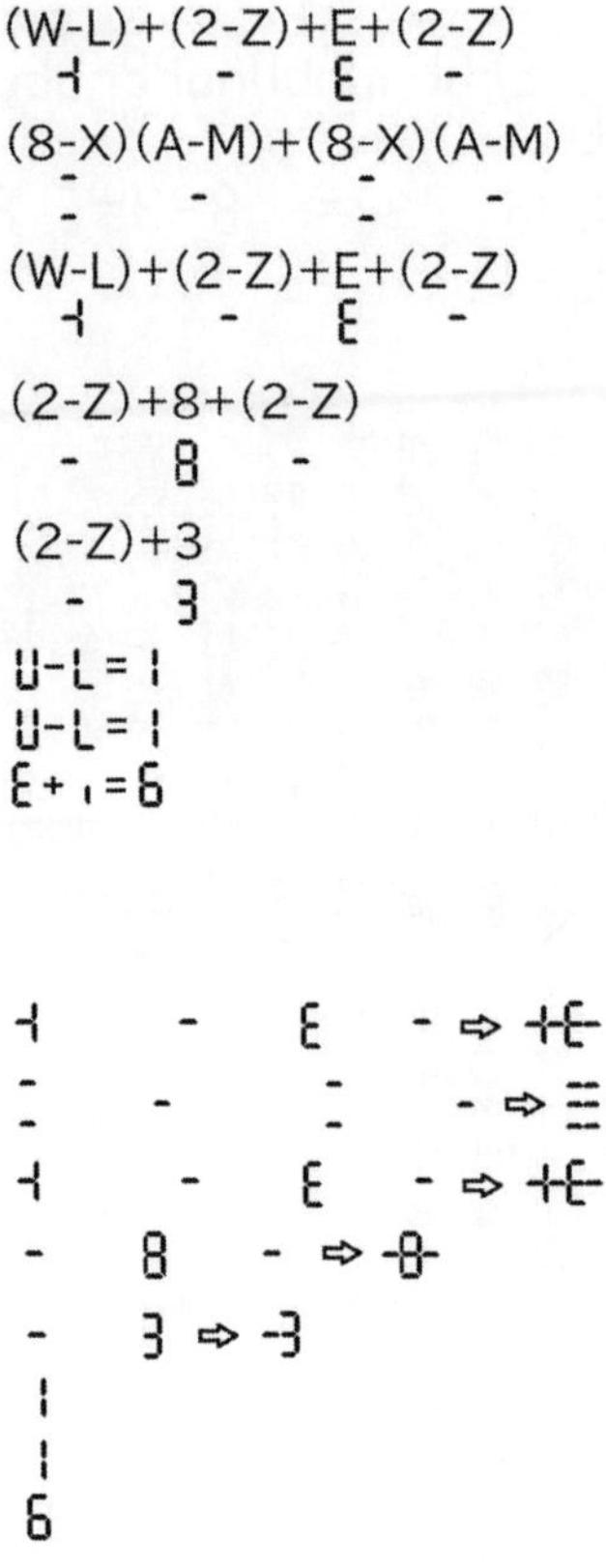

――「市川市中山116」。
七輝さんの声が続く。確かに、変換さえすればひと目で答えが浮かぶ。僕は携帯で地図を出して住所を検索したが、彼女の方が速かった。

——市川市東山魁夷《かいい》記念館。

「そこだ」ようやくこちらも地図が出た。「この番地で、該当しそうなところはそこしかない」

ふっと空気が抜けるように、一瞬の沈黙があった。それから七輝さんの弾んだ声が飛び出してきた。

——すごい！　これ、絶対当たりだよ！

待ってお姉ちゃん呼んでくる、と声がし、グループ通話に切り替えた。こちらは清春も呼んでやることにする。雨音さんはもとより、さすがに清春も解答を見て「おおー」と感嘆しており、僕は五年分くらい褒められた気がする。だが次の目的地は千葉県だ。そうなると立原姉妹も清春も明後日というわけにはいかないようで、来週みんなで待ち合わせて、という話にまとまった。

電話を切った僕はベッドに倒れ込んだ。集中と緊張と興奮が一度に抜け、体がマットにずぶずぶと浸透していくようだ。

仰向けになって天井を見る。

解けた。だいぶいいところを見せられた気もする。そして来週になってしまったがまた会える。彼女も……七輝さんも、実に楽しそうだった。それも嬉しい。今度は千葉県市川市。電車に乗って、他県まで一緒に行ける。集合は午前中だし、たぶん一日一緒にいられるだろう。

「……たちはら、ななき」

その名前を一音一音、味わうように呟いてみる。そんなことをしている時点でもう、言い訳する余地はなかった。

今日一日で見た彼女の顔が次々と浮かぶ。最後に、彼女がカマキリを持っていた時の、思慮深げな顔になって静止する。頭の中ではたくさんのことを考えているけど、表面にはその一部しか出さない。たぶん彼女は常にそうなのだ。洞穴の入口しか見せない。その奥にはいつも、言葉に、表情に出すよりずっと深くて複雑な深淵があるのだろう。それが謎解きとなると、つい喋ってしまう——という二面性。

また会えると決まって、歓喜と期待で心臓が高鳴っている。これは客観的に明らかなことだから、認めないわけにはいかない。初めての感覚ではない。中学の時にも似たような経験があって、それは特に何にもつながらないままゆっくりと終わった。

一度しか会っていないのに、とは思う。溜め息が出る。ああ——……という声も漏れる。天井の照明が眩しく感じられ、腕で顔を覆う。

言い逃れの余地はなかった。僕は立原七輝が好きになっている。

9

明日が楽しみすぎてなかなか寝付けず、それなのに早く目が覚めてしまう。そんな経験はいつぶりだろうか。小学校の林間学校以来かもしれない。眠気を抱えたままじゃ頭が働かない。それどころか午後には眠くなってきて、皆の前で感じの悪い態度を見せてしまうかもしれない。そうは思っているが、一度冴《さ》えてしまった頭はどうにもならず、僕はろくに眠れないままカーテンのむこうが明るくなるのを眺め、もそもそと起き出して、ずいぶん早く家を出た。先週と違って空気がすでに熱くて厚い。じりじりぎりぎりと蟬の鳴き声に合わせて焼かれている気がする。なぜかそのことに興奮する。暑いな！　と楽しくなる。いや、必ずしも楽しさだけではなく、そわそわしている。

集合場所は国分寺駅改札で、集合時刻は九時。そう提案してきたのは七輝さんで、そのことも嬉しかった。早めの時間で、しかも現地集合ではない。なるべく長く一緒にいたいと思ってくれているのではないかと思える。

だが国分寺駅に着いた時点で、ふわふわ浮く気分だった僕は小さく萎んで地面に降りた。

立原姉妹はすぐに来たが、雨音さんはロングのワンピースにキャスケットをかぶり、七輝さんは大きめのTシャツとミニスカートにキャップ、という恰好だった。それを見た僕は最初の一瞬こそ「ふたりともめちゃくちゃかわいい」と単純に躍り上がったが、自分が、とっくに見えている二人に声をかけられなくなっていることにもすぐに気付いた。単にあまりに綺麗なので気後れした、というだけではなかった。

二人とも、きちんとした服装で来ている。

そう認識したのだった。実際のところ今のこの服装が、二人にとってどのくらい気合の入ったお洒落なのかは分からない。だが少なくとも僕のように「一応いちばん綺麗なシャツを着てきた」というレベルではないはずだった。何より帽子である。確かに今日は暑かったが、僕の中では帽子というのは「お洒落を意識した時にしかかぶらないもの」「ファッションを『分かっている人』しかかぶってはいけないもの」で、要するに「ファッション関係の人」だけがかぶるものだったが、二人はとても自然にかぶりこなしていた。僕は自分の足下を見た。いつものスニーカーである。

どうしよう、と思った。あまり詳細には覚えていないが前回だってみんな私服だったのである。だが今回は「待ち合わせて一緒に出かける」のだ。服装にもそれ相応の気遣いが要るのは「常識」だったのではないだろうか。声を出せないままいつもの八割ほどの歩幅で近付くと、僕に気付いた七輝さんが笑顔で手を振ってくれる。

挨拶して近くに行かなければならず、内心で「こんな恰好ですみません」と謝っている自分を一瞬遅れて自覚する。二人は僕の恰好を見てどう思っただろうか、と気になる。それで相手を蔑《さげす》んだりするような人たちではないと思う。だが、がっかりしたのではないか。そう思うと七輝さんの方をまっすぐ見られなかった。

当然のことだったが、最後に来た清春も、微妙に形の面白いTシャツに足下はお洒落サンダルという、雑誌の中でしか見たことのない恰好をしていた。そしてその頭には黒いハットが載っていた。僕は思い出した。彼はクラス一の人気者なのだ。「さりげなくお洒落をして来る」ことぐらい造作もないだろう。敗北感を通り越して爽やかな何かを感じ、思わず「かっこいいね」と褒めたら否定せずにビシッとキメ顔をしてみせたあたりも、さすがだと思う。

僕は密かに落ち込み、中央線から総武線に乗り換えて下総中山《しもうさなかやま》駅で降りるあたりまでずっと落ち込み続けていた。本人たちも笑いあっていたが帽子三に素頭一。固まって歩く自分たちの姿を後方から見る想像をしてみると、それがそのまま「ちゃんとしている人たち」と「ダメな奴」の差に思える。僕はこの四人組を「三角形と点」に分ける疎外感の壁を自覚し、実際に三対一のような陣形で歩くことも多くなっていた。

そしてタクシーが窮屈そうに固まる駅のロータリーでバスを待つ間、積極的に笑える話を提供して場を盛り上げている清春を見て、僕は気付いた。全身の血液が「すとん」と下に落ちたような感覚だった。あっ、と思った。どうして今までずっと気付かなかったのだろう。

……どう見たって、あっちの方がいいに決まっているじゃないか。

僕はそんなことにすら気付いていなかったのだ。これは恋愛というか、人付き合いの経験のなさゆえだろうと思う。そして今、ようやく気付いて血の気が引いている。清春は雨音さんにしか興味がないようで、そのせいで見落としていたのだが、たとえば七輝さんの立場になって、目の前に僕と清春を並べて「どっちを選びますか」となったら、わざわざ僕の方を選ぶ理由が一つもない。そして清春が七輝さんに興味がなくても、彼女の方が清春を好きになってしまう可能性だって充分あるのだ。それに気付いた清春が「やっぱり妹の方がいい」と言いだす可能性も。そうなった時点で即、おしまいなのだった。

バス停の日陰の下で、そうか、と思った。もともと清春は「クラス一の人気者」だったのだ。それはたまたま運よくいい顔で生まれたからではなく、今日の服装を見ても分かる通り、そうなるべく勉強し、他人に好感を与えるべくあらゆる技術を磨いた結果だ。そしてそういうものは、一朝一夕の浅知恵や降って湧いただけの幸運では覆しようもない。「人から好かれるかどうか」において僕などが敵うはずがないということは、服装だけで一目瞭然だったのに。

何を勘違いしていたんだろう。きっと浮かれていたのだ。

気持ちが冷えていく。横で話している雨音さんと清春が遠く感じられる。いや、肝心の七輝さんは。

と思ったら、斜め後ろからつつかれた。

「……ライくん、大丈夫？」

振り返ると七輝さんは、キャップのつばの奥からこちらを覗き込むように見ていた。「暑くてぼーっとしてた？」

「あ、いや別に。ごめん」否定してしまってからしまったと思った。そうではないのだが、言えない。だが「暑くてぼーっとしてた」をたった今否定してしまった以上、どう答えてよいか分からない。「いや、その、キヨが」

後に続かないワードを口にしてしまった。ますます喋りにくくなり、焦った僕は清春を指さして言った。

「……キヨ、今日かっこいいよね」

七輝さんはぽかんと口を開け、清春の方を見て、「ああ……」と頷いた後、眉をひそめた。「それでぼーっとしてたの？」

「……ええと、うん。まあ」

七輝さんはまたしばらく動きを止めた後、なぜか急に吹き出し、姉に駆け寄って何事か囁いた。え？　何？　と言う清春には雨音さんが囁き、こちらを指さす。清春が目を丸くしてこちらを見ると、立原姉妹は文字通り腹を抱えて爆笑した。

「ちょ、おま、何だよ」清春があたふたしている。

「体調悪いのかなって思ってたのに。面白すぎる」雨音さんは激しく笑いすぎてずれた帽子を押さえている。両手で押さえると今度は眼鏡がずれた。「いかん笑いすぎた」

「いや、その、キヨだけでなく」きちんと説明しなければと思って慌てた。「雨音さんも七輝さんも、すごいかわいくて」

「ありがとう」雨音さんは笑いすぎてむせ、眼鏡を外して涙を拭いた。「面白すぎる。よかったね、七輝」

「うん」肩を叩かれた七輝さんがキャップのつばを引っぱりつつ頭を下げてくる。

「……ありがとうございます」

「何だよそれ！　お前やっぱ、めっちゃ変わってんね？」

そう言った清春の表情がどういう感情を表すのか分からなかったが、この男はたしか「仲間内」でしか相手を「お前」と呼ばないのではなかったか、と思った。

たぶん最初に三人が笑ってくれたおかげだろう。その後の僕は、ある程度遠慮なく話に入ることができた。清春と雨音さんがちょくちょく話題を振ってくれたおかげ、と言われればその通りなのだが。ほどなくして来たバスに乗り込み、自分が「みんなでワイワイ後部座席を占領する」側の人間になっているという事実に驚きながら清春の隣に収まり、商店街を行き交う人をかき分けるように徐行するバスの窓から外を見ていると、なんとなく気持ちの整理はついた。

卑屈になってはいけない。一人で勝手に疎外感を覚えるのも失礼だ。どうせなら楽しめばいい。こんな機会は二度とないだろうし。


東山魁夷記念館は特に何の前触れもなく、住宅地の中に突然出現した。記念館のために案内板とか横断歩道とかが設けられているわけではなく、バス停周囲の歩道も特に何もなく狭いままで、つまり普通の道にいきなりあるのだった。そこだけ塀も柵もない石畳敷きの区画があり、その中に、おとぎの国のような八角形の塔を従えて建つ三角屋根。「かわいい」「こういうの好き」「メルヘンっすね」と並ぶ三人の感想に相槌を打ち、ひとまず周囲を窺う。暗号には「休んだ」とあったが、休めるような場所は建物の外には見当たらなかった。

「あっ、待った。いきなり入っていいの？　外かも」

突然足を踏んばって停止する雨音さんに、僕は言った。

「まず中を探していいと思います。外で『休む』場所というとベンチとかですけど、ベンチだと手入れをされた時に見つけられちゃうかもしれないし。それに美術館のような建物なら必ず『休憩室』がありますよね」

「それもそうか」

「え？　そういうもん？」清春は素直に言った。「ていうか美術館とか行ったことないんだけど」

「あー。高校生はね」雨音さんは苦笑し、僕を見る。「ライ君は行ってそうだね？」

「まあ……何回かですけど。好きな展示の時に」

雨音さんが「ライ君は趣味が大人っぽいよね」とこれ以上なく好意的な表現をしてくれると、清春はその後ろで天を仰いだ。さっき僕も心の中で天を仰いだばかりなのだが。

どことなく遺跡を思わせる重そうなドアを通り抜けると、中は静かだった。もともと派手に宣伝をしたりしないこぢんまりとした施設なのだ。客の姿はぽつぽつとあるくらいで、受付の女性は高校生と大学生の集団に、笑顔でチケットを渡してくれた。七輝さんがパンフレットを取ってきてくれており、案内図を示す。「休憩室は二階、だけど……」

「せっかくだから、まず普通に鑑賞してみたいね。東山魁夷、ちゃんと見たことなかったし」

七輝さんも帽子を取って頷く。そのむこうで「あー、なんかメッセージある」と言いながら展示室に歩いていく清春と雨音さん。あちらの二人は行動がいちいち早い。そのあたりは気が合うのかもしれない。

一階の壁には東山魁夷の言葉が大きく書かれている。「**私は生かされている　野の草と同じである　路傍の小石とも同じである**」。

七輝さんはその壁の前でじっと立っていたが、ふっとこちらを振り向いた。「作品の方を見たい」

「うん」

せっかくの記念館なのに「記念」っぽい部分を飛ばして申し訳ないが、すぐ二階に上がった。美術館だから派手に日差しが入ることはなく、照明も綿密に計算されていて薄暗い。客は二、三人で誰も喋らないから静かである。冷房の心地よさもあって、こういう空間はわりと好きだった。かわいい、と七輝さんが反応する洋館風の階段の先に現れる二階。正面に展示された絵には、全く興味がなさそうな様子の清春もさすがに「あ、これ見たことある」と反応した。絵を一つ一つ覗き込んでぽつぽつと感想を言いあう僕たちの一歩後ろ、という位置に常にいたものの、部分部分では頷いたり「ほおう」と感心したりしているようだった。

生で観たのは初めてだったが、圧巻だった。東山魁夷。「静謐《せいひつ》」を超えて「神聖」に達した世界観を持つ、二十世紀を代表する日本画家。風景を氷の中に閉じ込めたような画面は近くでよく見ると厚塗りの部分などかなり単純な線なのだが、たぶんこれは単純というより無垢とか無我とかいったもので、枝葉末節《しようまつせつ》をそぎ落としていくと聖性とか仏性を帯びてくるのかもしれなかった。おおー、と小さく唸る声が聞こえる。隣の七輝さんも楽しんでいるようである。

「いや、美術館とか初めて来たわ」後ろで清春が感慨深げに漏らす。「教科書に載ってる絵が目の前にあるって面白いな」

「実物がある、っていうのが醍醐味《だいごみ》だよね」雨音さんも言う。「おーい二人。そろそろ休憩室行ってみない？」

気がつくと二人とも白馬の森の絵の前でじっとしていた。雨音さんに呼ばれて振り返ると、清春はすでに展示室入口の方に移動していた。

「『そろそろ休憩室行ってみない？』ってどういう状況」

「確かに」

七輝さんと頷きあう。隣にいることにもう慣れている。そのことに気付いて幸福感が胸から上がってくる。これだけで、この夏休みはお釣りがくる。そう考えて心の中で頷く。


外から見ていた時から入ってみたいと思っていた八角形の休憩室には幸いなことに人がおらず、さして広くないこともあって貸し切りの解放感があった。展示室では声を大きくしないよう我慢していたらしき清春が明らかに元気になる。「よっしゃ探すぞー」

とはいえ、清春が頑張るまでもなく暗号はすぐに見つかった。雨音さんが「八角館の殺人」とリアクションしにくい感想を述べた休憩室内は、窓際にぐるりと造りつけの椅子が設置してあるのだが、方位磁石アプリを用意してくれていた七輝さんが指した「南を向いて座れる椅子」に清春がどかっと座り、座りながら座面の下を手で探り、あっという間に、貼りつけられたビニールパックを発見した。「よっしゃゲット」

武蔵国分寺公園のものと同じパックで、間違いなかった。なんとなく出題者との間に、対話しているような連帯感を覚える。清春が口でBGMを歌いつつ中の紙を広げる。僕ならまず自分一人で覗き込んでしまうところだが、まずこちらに向けて広げてみせるのが清春らしい。

南西へ進んだ　地球と砂が見えるまで

「南西へ進んだ　地球と砂が見えるまで」清春がくるりと紙を反転させて「音読」し、またこちらに表を向けた。「……これだけ？」

「地球、ねえ」雨音さんが下を見る。「そりゃいつも見えてるよね。足下に」

ここ二階すけどね。あ、床か。とのんびりしたやりとりをしている二人を横目に、もう俯いて携帯を操作している七輝さんがとん、と椅子に座る。僕もちょっと距離を測りながら隣に座った。彼女は今、地図アプリを開いて「南西」に何があるかを確認しているのだろう。とすれば僕は「地球と砂が見える」の方だ。検索ワードを打ち込んでみる。「地球が見える」。

「……あ、そうか」

偶然だが、検索ワードが正解だったらしい。「地球が見える」で検索すると、水平線を見渡せる海辺の展望公園なんかが大量にヒットしたのだ。つまり海辺。そして「砂が見える」とわざわざ言うなら、相当大量に砂ばかりが見える場所ということになる。

「……砂浜だね」

七輝さんがちょっと顔を上げてこちらに頷くと、指をすっと動かしてすぐに答えを出した。「葛西海浜公園、西なぎさ。ここからほぼ南西だと思う」

「海！　いいね海」

清春が一番早く反応した。確かに狭い場所より広い場所の方が好きそうである。僕は巣穴の中が一番落ち着くハゼとかカニだが、清春は自信を持って外海を泳ぐイルカ。そんなふうに思える。

10

下総中山駅から葛西臨海公園駅へは意外と大変で、武蔵野線を経由して海辺の埋立地に出てから東京方面に戻ることになる。大変な分、移動したという実感もあった。ホームに降りた段階で潮のにおいがして、駅舎を出ると日差しも風もずいぶん強くなっていた。雨音さんが帽子を押さえる。巨大なコンクリート建造物の上を風が吹き抜けていくこの感じ。一区画がやたらと広い、埋立地特有のスケール感だ。

海辺の開放感に皆が周囲を見回し、そのせいでほぼ同時に見つけた。広々としたロータリーの一角に、「地球の上に舵輪《だりん》と船が載っている」形のモニュメントがあった。清春に続いて道を渡り、その下まで早足になる。タイトルは『海と友愛』。地球の上に据えられた舵輪の縁で、帆船の舳先《へさき》で、子供たちが思い思いに遠くを見ている。間違いなかった。暗号が示すのはここだ。

「おっ、あった」

ここでも真っ先に見つけたのは清春だった。僕と七輝さんが地球の像を見上げ、雨音さんが横に寝そべっていたネコを見つけて「ネコー」と言いながらそちらに行ってしまっている間にもう、台座の陰からビニールのパックを掲げていた。「発見」

清春は雨音さんの方を振り返り、彼女がむこうでネコ相手に「にゃー?」「うにゃー」と話しかけているのを見て首をかしげつつ僕たちにパックを見せ、「開封ー」と紙を出してみせる。パックはまださほど汚れていないようで、中の紙もしっかり無事だった。

船は進む
まっすぐに
たとえ火に溶けても
百合が大きく咲くまで進む
火の神の下へ

「……船」

誰ともなく呟き、頭上を見上げる。船は、ある。すぐ上に。

「……まっすぐに」

僕は方位磁石アプリをダウンロードし、方角を見ようとした。すでにインストールしている分、七輝さんの方が早かった。『海と友愛』の帆船はまっすぐに海の方向に舳先を向けている。ちょうど後ろの高架線路に背を向ける方角だ。南南西といったところだろうか。

「おっ。暗号あったね」雨音さんがなぜか手の甲を押さえながらやってきた。

「ありました……けど、手、どうしました？」

「引っかかれた。私、ネコの扱いとか下手で」雨音さんはバッグを探る。「大丈夫。消毒持ってる。……暗号は？」

え、ちょ、大丈夫すか、とうろたえる清春から紙を受け取り、雨音さんに見せる。

「『船』っていうの、間違いなくこれですよね」

「だね」雨音さんは船を見上げ、舳先の方角を振り返る。「でもここからまっすぐ進んじゃったら、東京湾横断して埼玉とかまで行っちゃわない？」

　この人の頭の地図はどうなっているのだ。「神奈川だと思いますけど……」

「あ、そうか。伊豆半島あたり？」

「伊豆半島は静岡です」

「そうだっけ」

「ここかも」携帯の画面を見ていた七輝さんが顔を上げた。「葛西臨海公園から南南西に進むと、ちょうど横須賀に着くけど」

「あ、伊豆半島より先にそっちか」雨音さんは「ごめん忘れてた」と三浦半島に謝りつつ手を消毒している。

「おー。今度は横須賀？」

「いや」結論に飛びつこうとする清春を制し、画面の地図を見る。「キーワードが色々ある。『たとえ火に溶けても』『百合が大きく咲くまで』『火の神の下へ』……火が二回出てくるね」

　自分の携帯でも地図を表示してみる。方位磁石アプリが指し示す方角と地図を照らし合わせてみる。

　現在地は東京湾の奥。南に続く房総半島と、湾を挟んでむこう岸の三浦半島がΩ

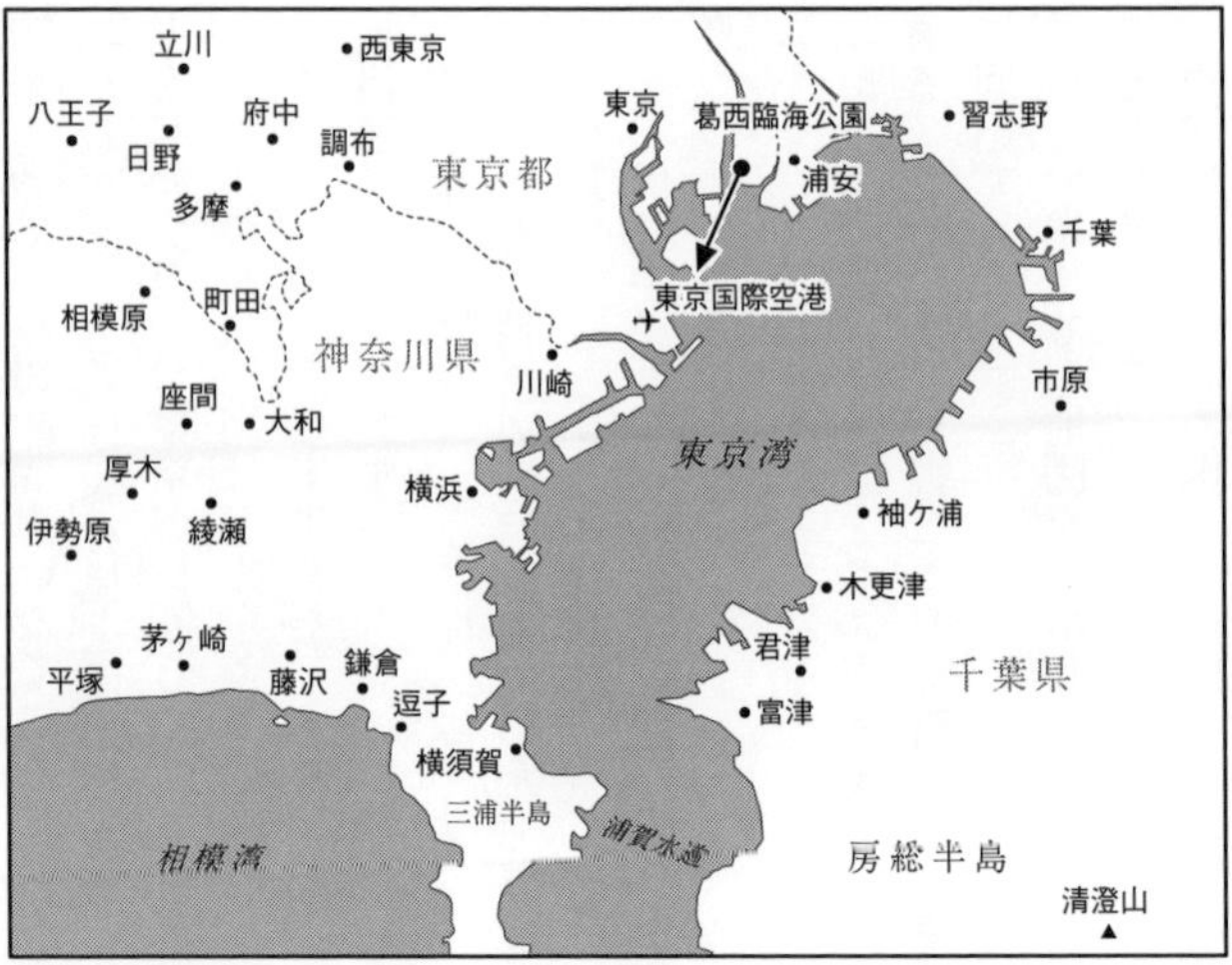

形を作っている。南南西に進むと確かに三浦半島の横須賀市あたりにぶつかるようだが。……その前に。

「川崎にちょっとぶつかってない？　川崎って言ったら……」

指で地図を拡大させる。川崎の沿岸部。モニュメントの指す方角はそう正確に分かるわけではないが、それゆえに出題者も細かく指定してはこず、おおよその方角、という範囲であろうことは想像できる。候補はすぐに挙がった。

「……千鳥《ちどり》町に火力発電所がある。（株）ＪＥＲＡ川崎」

「それよりちょっと西にずれるけど、製鉄所もあるね。ＪＦＥスチール株式会社　東日本製鉄所」

「おっ。それっぽくない？」清春が反応する。「それが『火の神』？」

「ああ。昔、製鉄って神話っぽい何かあったよね？」雨音さんがこの上なくざっくりとした情報をくれる。「なんとか場に誰かが何かしてどうかなった、みたいなの」

「たたら製鉄とかでは金屋子神《かなやごかみ》を祀《まつ》ってますね。ケルト神話のブリギッド、ギリシア神話のヘパイストス、あるいは隻眼《せきがん》の巨人キュクロプス」鍛冶《かじ》は昔から神様と深く結びついていた。当時の人にとってはとてつもなく有用で貴重な鉄という金属は、神の恵みに思えたのだろう。「……でもそれだと、『百合』が分からないかも」

　七輝さんが携帯を操作する。今度は「百合　横須賀」で検索しているようだ。早い。僕も検索することにした。「百合　大きい」「川崎　百合」「火の神　横須賀」。雨音さんと清春も携帯を出し、炎天下、四人が顔をつきあわせて携帯を見る形になる。明らかに潮の感触のある風が吹き、公園入口の方では噴水が高く飛沫《しぶき》をあげる。

「百合……あ、そうか」

　皆がこちらを向いた。あ、いや、まだ待って、と慌てて手で止める。ただの思いつきで、まだ全く確認をしていないのだ。

　だが検索すると、その情報はすぐに出た。当たりだったようだ。

　僕は携帯で地図を表示させる。

「ここから南南西に向かうと、川崎の製鉄所に当たります。それから横浜沿岸を抜けて横須賀へ」指で地図の縮尺を変える。横須賀、三浦半島を越えて、さらにその先。「……でも、そこからさらにまっすぐ進むと、伊豆大島にぶつかります」

「あ」七輝さんが目を見開いた。

雨音さんが僕を指さす。「……三原山！」

お？　と言ってこちらの携帯を覗き込んでくる清春に説明する。

「『百合が大きく咲くまで』……伊豆諸島には固有種のサクユリが自生しています。別名をタメトモユリ」知ったかぶって言っているが、ここの部分は今、検索した。

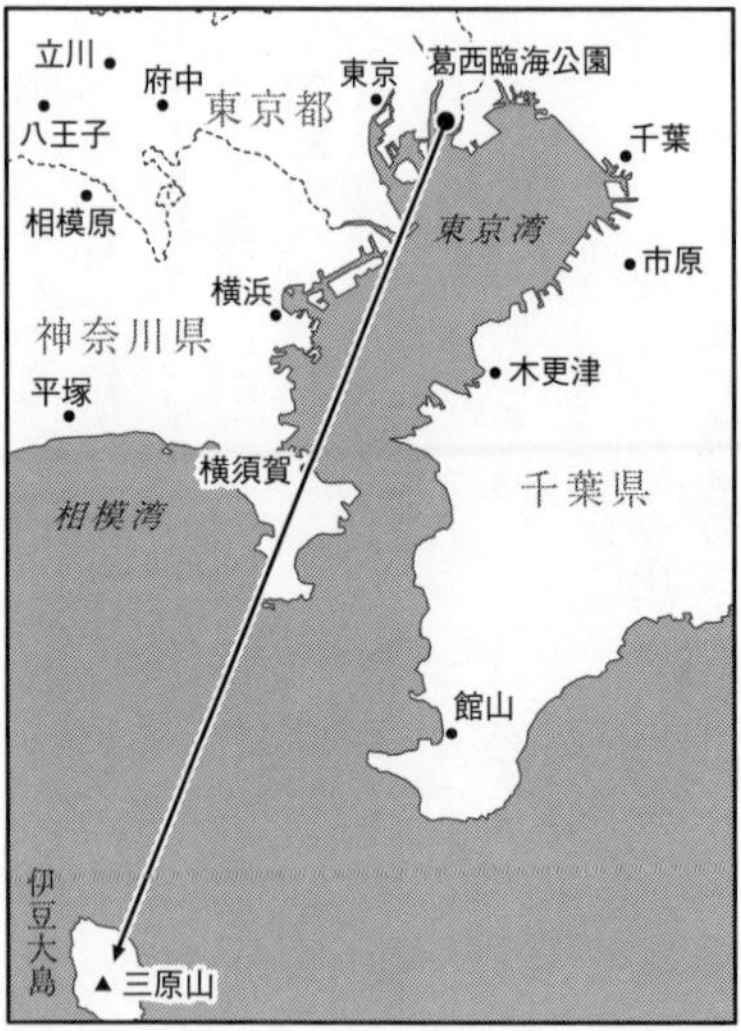

「……世界最大のユリです」
「伊豆大島？　マジで？」清春が携帯と僕を見比べる。「行ったことねえ」
「伊豆大島の三原山は神が住んでいると言われて、その噴火は『御《ご》神《じん》火《か》様』と呼ばれているそうですから」これ以上なく符合している。間違いないだろう。
僕は携帯で伊豆大島を検索する。「……次の暗号はたぶん、三原神社にあります」

「大島か」雨音さんが腕を組む。「遠いから飛行機だよね？　十時間くらい？」

「二十五分だそうです」ハワイの隣くらいに思っているのだろうか。「調布飛行場から、みたいですけど」

「船もあるよ」七輝さんは楽しそうにしている。「ジェットフォイルだって」

「えっ。待って私そういうの絶対下手だから。無理」

「操縦するつもりですか」高速船の一種である。下向きにジェット水流を出して水面の上を「飛行する」[*6]とのことなので、飛行機とも言えそうだが。「東京からでも一時間四十五分だそうです」

清春は「おおー……」と反応したが、その後の言葉を出さずに待つ様子で皆を窺っている。雨音さんも腕を組んで何かを待っているようだ。

七輝さんがこちらを見た。船もある、と見つけた時から目が輝いていることには、僕も気付いていた。それなら、清春や雨音さんが躊躇っていても言うべきだと思った。

「行きませんか」僕は言った。「ここまでやってきたんだし。たぶん日帰りで行けますし」

＊6　「離水します」「着水します」というアナウンスが流れるのでびっくりする。

七輝さんがこちらを見てうんうんと強く頷く。それから姉の方を見る。雨音さんも彼女に頷いた。「行ってみよっか。ちょっと遠いけど」

「マジか。……伊豆大島日帰り」一番遠慮していた様子の清春だが、すぐに楽しくなってきたようで拳を握った。「よっしゃ行きましょう。うおお。テンション上がってきた」

途中から雲で陰っていた日差しが差し始め、周囲のアスファルトが再び白くゆらめく。いよいよ大事《おおごと》になってきたが、もとより躊躇う理由など一つもない。謎はまだ続くのだし、七輝さんと一緒に伊豆大島まで行ける。最高の夏休みだった。

ただ、一つだけ妙に気になることがあった。さっき僕が暗号の答えを言った時、清春が一瞬だけ、ぼそりと呟いたのが耳に入ってきたのだ。

本当に一瞬だったので、聞き間違いかもしれない。そもそも清春が暗号の問題についてあれこれコメントするということ自体、意外といえば意外だった。

聞き間違いでなければ、清春はこう言っていた。

「この問題、おかしくない？」——と。

訊き返すか悩んでいる間に、清春はもう雨音さんと別の話を始めてしまっている。

11

暗号が解け、次の目的地がはっきりしてしまうと、僕たちの間にどこか枷《かせ》が外れたような、解放感とも脱力感ともつかないものが生じた。それまで暗号に取り組むという「仕事中」だったのが、終了して「休み」になったような。雨音さんは「んー、暑い」と言って胸元をぱたぱた広げ、七輝さんは腕をだらんと垂らして「おなかすいたー」と唸っている。そういえばだいぶ昼を過ぎたのに昼食がまだだった。

とはいえ駅のこちら側は何もない。僕は周囲を見回してコンビニを見つけ、あそこで何か買って食べましょうか、と言いかけたのだが、清春は僕より先に公園内を指さした。

「公園の中に移動販売とか出てるっぽくないすか？　行ってみたい」

「賛成」

雨音さんが手を挙げ、七輝さんも頷く。あっ、そうだ、と、僕だけ反応が遅れる。そうなのだ。せっかくここまで来て、暑いながら天気もいいのだ。そちらの方が絶対に楽しい。

公園の入口で噴水の飛沫を浴びて涼み、海辺に来ているので本能的にというか、まっすぐ海に向かって歩く。葛西臨海公園はかなり広く、途中には全面ガラス張りの何やらすごい建物（展望レストランらしい）[*7]などもあったが、混んでいるからということで、外に車を並べている移動販売車でめいめい思い思いのものを買い、芝生の日陰を探してそこで食べた。雰囲気と裏腹に唐揚げ・肉巻きおにぎり・ドネルケバブと大胆に肉を喰らう雨音さんに、たこ焼きと焼きそばとラムネで完全に縁日の七輝さん。清春はチーズハットグとアメリカンドッグにカットフルーツ串をタピオカドリンクと合わせるという荒技だったが、皆で芝生にそのまま座り、わいわい交換しながら食べるのは楽しかった。

　公園には「休日」の華やいだ風が吹きわたっている。この風のおかげで、日陰でじっとしていれば耐えられなくはない程度の温度だ。二オクターブ高い喚声をあげつつ目の前を横切る子供と、危ない転ぶよ前を見て、と名前を呼び続ける母親。歩きながらすごい早口で喋り続け、なおかつああ自動販売機あった、と周囲も見ている中年女性二人組。周囲の喧噪《けんそう》も焼けつく日差しも無視してベンチでべったりくっついているカップル。みな幸せそうだった。どこまでも開放的な海風と何の鬱屈もない太陽の下、友達と食べ物を分けあいながら喋っている僕たちも、客観的に見ればその風景の一部になっているはずだった。喋りながら、なるほどこういうの楽しいよな、と思う。これまであまり機会がなくて知らなかったことだが、そもそも「あまり機会がなかった」のはそれとなく避けていたからではないだろうか。「ああいうのはあまり」と曖昧な壁を作って。

別に、だからどうだ、ということはない。保育園児ではないのだから、お友達と仲よくお外で遊ばなければならないという理由は一つもない。合わないと思うなら一人でいればいいのだし、外に出るのが好きでないなら家にいればいいのだ。うちの父なども「『集まらないと遊べない奴』は歳をとるにつれてどんどん辛くなっていくから、一人で楽しめる何かは絶対あった方がいい」と言っていた。どちらが正しいとか偉いとかの話ではない。好みの問題だろう。だが。

結局のところ、外に出るのも、友達と盛り上がるのも楽しいのだった。マクドナルドは誰が食べてもおいしく、ハリウッド映画は誰が観ても面白いのと一緒だ。大多数が嗜好《しこう》し、楽しい、と支持していることは、実際にやってみるとやっぱり楽しい。みんながそちらを望むのは当然だった。だから清春も、そういうものを楽しむことに特化している。

東山魁夷記念館の時は居辛そうな顔を見せることもあったが、外に出た後の彼は文字通り水を得た魚のようだった。皆をいい場所に先導し、積極的に喋って場を盛り上げ、時に笑わせる。謎解きの時こそ喋っていた僕は完全に沈黙し、代わって清

＊7　谷口吉生作『クリスタルビュー』。

春が場の中心になっていた。

地元ネタを披露して姉妹を笑わせている清春を見て、これはレベルが違うな、と思う。たったここまでの時間だって、清春がいなかったらもっと静かな雰囲気になっていただろうな、という分岐点がいくつも存在した。さっきだって僕が決めていたらいつものコンビニ飯（外で食べればそれも楽しかったとは思うが）だっただろうし、今こうして食べていても気付く。肉巻きおにぎりにたこ焼き、とどちらも誰かとかぶっている僕に対し、清春が選んだものは誰ともかぶっておらず、かつ「ちょっと食べてみたい」となるようなものばかりで、みんなでシェアしつつ食べるような雰囲気にしたのは明らかに彼だった。しかも彼自身には「うまくやった」という感じは全くなく、ごく自然にそれができている。

僕は成田清春がクラスの人気者である理由を、あらためて思い知らされた。僕が「じゃない方」と呼ばれている理由も。

彼がいると盛り上がって楽しいのだ。いると楽しい人。いないと今ひとつ盛り上がらなくなる人。清春の「場を盛り上げ、楽しくする能力」は日常の九割で役に立つ。対して僕の知識やら何やらはどうか。そんなものが活躍できるような場面など、それこそ謎解きのような、極めて限定的な非日常の瞬間だけだし、そもそも仮にそんな状況になったとして、僕が活躍して皆が楽しくなるか、皆に利益があるか、怪しいものだった。

――でもそれ、何か役に立つの？

本当にその通りだった。僕は役に立たない。

さっきから面白い話を提供し続けている清春と、相槌を打って笑うだけの僕。雨音さんはわりと豪快にあははと笑い、七輝さんは控えめに微笑んでいるが、二人とも清春の方を向いていて、楽しそうだった。当然だろう。僕にはあんなふうに、誰もが反応する話題なんて出せないし、当意即妙の受け答えもできない。別にクラスの塩沢さんに限らず、誰だって僕といるより清春といる方を望むだろう。

……いかん。また落ち込んできた。勝手にいじけてどうするのだ。

努力を怠った結果ついた差なのだ。落ち込むのは筋違いだった。というよりそれ以前に、せっかく海に遊びにきているというのに、勝手に一人で落ち込んでいてどうするのだ。

心の中で自分を叱り、せめて何か役に立とうか、とまだ若干いじけ気味に考え、離れたところにゴミ箱を見つけて立ち上がる。全員が食べ終わっておりプラスチックのケースが積み重なっていた。ゴミ捨ててくるね、とケースを両手で集めると、姉妹は立ち上がろうとしたが、清春は「サンキュ。あ、じゃあちょっと頼むわ。俺ちょっとあっち」と言い残して別の方向に行った。

ゴミを捨てて戻ると、もとの場所には七輝さんが立って待っていてくれた。どちらについていくでもなく迷ったらしい。そこに「ありがとー」と言いながら戻ってきた清春が、手にぶら下げていた何かにいきなり口をつけて息を吹き込んだ。ピンクと透明のツートンカラーが膨らむ。ビーチボールを買ってきたらしい。

「そこで売ってた。せっかくだから遊んでこうぜ」

清春は砂浜の方を指す。まさか海に来るとは思っていなかったから水着などは持ってきていないが、裸足になれば水には入れる。姉妹の服装もそれなら問題ないようだった。七輝さんは嬉しそうにうんうんと頷き、雨音さんは同意も何もイルカ型の浮き輪を膨らませようとしている。泳ぐつもりなのだろうか。

うん、そうだな、と納得する。清春がいると楽しい。


当然のことながら砂浜には人が多かった。橋を渡って「西なぎさ」に出ると、子供の喚声と色とりどりの浮き輪、水着、テントが賑わい、この中に飛び込むのか、という人口密度だったが、清春は「うおー人多い」とかえってテンションが上がったようだったし、雨音さんも「うみー」と言って開放的に両手を伸ばしていた。実際に砂浜に下りてみると確かに人は多いが窮屈なほどではなく、見回せば僕たちのような学生のグループもちらほらいる。清春はさっさと裸足になり、ズボンをたくし上げて「しゃあ！」と快哉を叫び（根が体育会系なのである）、未だに膨らまないらしい雨音さんのイルカを受け取ってひと息でほぼ完成形にもっていく。雨音さんがワンピースの裾をたくし上げて腿の後ろで縛る仕草を見ていた清春が「うおう……」と口を尖らせてこちらを見るので、背中を叩いてああ、うんうん、と頷き返してやった。

そういえば清春とはいつの間にか自然とやりとりするようになっていたな、と思う。ここが学校外というアウェーだからで、海外で同じ日本人に会うと誰とでも親しくなってしまうらしい、というのと同じなのだろうか。教室でそれをやったら「何こいつ」「身分弁《わきま》えろよ」という視線が周囲から飛んでくるのは確実なのに。ではこの謎解きが、夏休みが終わったら、教室ではまた無関係に戻るのだろうか。今日のことなどなかったかのような顔をして。そんなことを考え、それを少し寂しく思った。

清春と雨音さんがばしゃばしゃと海に入る。夏の海の魔力か何かだろうか。色白く、あまりアウトドアが好きではなさそうな七輝さんもすぐ裸足になって、波打ち際に小走りで向かう。外で裸足になるなんて久しぶりだ、と怖々砂に足をつけていた僕は見事に出遅れていた。汗でなかなか脱げない左の靴下をくるくる丸めながらようやく引き剝がし、足の裏を砂に乗せる。人工の砂浜は尖って痛い貝殻も怪しげな漂着物もなくほどよい熱さで、僕のなまっちろくて柔らかい足を、ほくり、と受け止めてくれる。慎重に歩いて、予想していたよりずっと温《ぬる》い水に足をつけ、清春がいきなり飛ばしてきたボールを慌てて打ち返す。清春はそのボールを、ちょっと遠慮がちなやさしい速度で七輝さんに飛ばし、七輝さんがばすん、と強烈に打ち返して清春が慌てると、彼女はまた笑顔になった。心地よく脳が痺れる喧噪。足の下で崩れる砂の感触。姉妹も思っていたよりずっとはしゃいでいるようだ。砂の上を歩くのが下手なのか時折ぐらん、と傾く雨音さんの手を清春が取る。一瞬なのに日常そうし慣れているカップルのように見え、うん、こっちでくっついてくれれば、などとつい計算してしまう自分を意識の横の方に押しのける。

僕は完全インドアの人間なので、海で遊ぶ、と言われても具体的に何をするのか全く浮かばなかったのだが、実際にはそんなものは考えるまでもないというか、来ればなんとでもなるのだった。ビーチボールが飛び、雨音さんのイルカ（ずっと抱いていた）が飛び、泥だらけで色の判別ができないカニの同定に失敗し、水をかけあって結局全員、上半身までそこそこ濡れた。間違いなく、清春がいなかったらこんな経験はしていなかったと思う。

どれだけ波打ち際で遊んでいただろうか。時折雲が出て日が陰り、そこまで消耗する暑さにはならなかったことも幸いし、まわりの子供たちと同様にけっこう時を忘れていたと思う。それでも完全にただはしゃいでいたわけではなく、僕は少し前に「飲み物を買ってくる」と言って公園の方に行った七輝さんが気になっていた。気のせいかもしれないが戻りが遅い気がして、ちょっと見てきます、と砂浜を離れる。SNSのメッセージも既読になっていないことだし、僕なりに、ちょっとぐらい清春に気を遣ってみせたい、という気持ちもあった。靴に素足を直接入れ、砂がまぶされた道をじゃりじゃりと歩いていると、お祭りの会場から帰る時のあの感覚があった。

歩きながら携帯を見てもSNSはやはり既読になっていなかったが、七輝さんは自動販売機のところにいた。

だが様子が変だった。何やら、でかい男の二人組が彼女の前に立っている。彼女は俯いているが、男の二人は楽しげに何やら話しかけていて、それなりの大声だった。楽しくない？　とか俺らもさあ、とかいった断片が聞こえてくる。

とっさに考えた。知りあいだろうか。それとも道でも訊かれたのか。どちらも明らかに違った。どう見てもそういう雰囲気ではないし、葛西に知りあいがいる可能性もゼロに近い。つまり、ナンパである。

マジかよ、と思うと足が止まる。生の現場は初めて見た。しかしどう見ても成人している男たちだ。彼女は高校一年で、しかも一人を二人でナンパというのはどういうことだ。

こういう時はどうすればいいのだろうか、と思う。当然、彼女を観察して、困っているなら助けるべきだろう。だが「困っている」かどうかはどこで判断すればいいのだろうか。いや、彼女は僕たちと来ているのだから迷惑に決まっている。そもそも大柄な知らない男二人にいきなり話しかけられ、左右に立たれ、ああいうふうに逃げ道を塞《ふさ》ぐような形でしつこく誘われたら怖いに決まっている。彼女はずっと俯いている。ほら今、首を振った。困っているに決まっている。助けなければならない。そもそも、そのての行為が明確に許容されているような、よほど特殊な時と場所でない限り、ナンパという行為自体が相手に恐怖感を与え、「気を遣いつつ断る」労をとらせる迷惑行為である。迷惑行為なのだから止めなければならない。

だが足がまだ動かない。「困っているという証拠は？」「嫌なら自分で断って逃げるんじゃない？」という声が視界の外周から湧いてくる。小さく頭を振ってそれを散らした。「嫌なら断れたはずだ」という言葉があらゆる性犯罪やハラスメントの被害者を踏み潰し、訴えを握り潰してきたことは知っている。だが万一、彼女が迷惑していなかったら？　その時は黙って引き下がれば何も問題はないのだ。何より、「万一、迷惑していなかったら」という可能性を気にするくらいなら、それより先に「迷惑しているけど怖くて態度に出せないのだとしたら」の方を気にしなくてはおかしい。可能性もリスクも大きいのは明らかにこちらなのだ。

理屈は立った。止めるべきだ。止めて咎《とが》められることはないはずだ。

視界の周囲からさっきと同じ声がした。——助けろ。好きなんだろ？

そうだ。困っている美少女を助けたら、みたいな展開は漫画にもよくある。大抵は「いや110番しろよ。犯罪だし」とつっこみたくなる状況だがそれはさておき。

頭の中ですら早口になるのは緊張しているからで、当然だった。二人の男。僕の戦闘能力を十とすると左が十九で右が二十四。そんな感じである。怒らせたら絶対に殴られる。怖すぎる。僕は漫画の主人公たちを見直した。「やめろよ」と声をかけられる彼らは実はすごい。ベタだろうとありえない状況だろうとすごい。

——でも、今しかない。

何が「今しかない」のか検討する間もなく、その焦りが僕の背中をぐいぐい押してくる。僕は押されるまま大股で三人に近付いた。じゃりじゃりと大きく足音をさせていたのは、たぶん鬨《とき》の声のかわりである。

「あの」

七輝さんがこちらに気付いて顔を上げる。男二人が振り返る。どちらも顔が上の方にあって怖い。こんなのに殴られたら飛ぶのではないか。「あの、その人……」

「お？」

右の男が「何やら面白いのが来た」といった雰囲気で眉を上げる。左の男は何？と七輝さんに訊いている。

「いや別に、一応」一応何なんだと思うが声が出ない。そもそもこういう時はどう言えばいいのか、非日常すぎて全く出てこない。何を言うかを決めてくればよかったと後悔するがもう遅い。「一応……」

「え？　何？」

右の男が手を耳に添えてこちらに屈んでくる。不必要に大きな声で、威圧のため意図的にそうしている、というのが分かった。それにこちらを舐めている。適当に威圧すればいなくなるだろうと思っている。

急に腹が立った。何か決定的なことを言ってやろうと思った。この場で「やめろ」をスマートに表現するには。漫画の主人公はどうしていただろうか。

たぶん漫画を参考に考えていたのが失敗だった。僕の口からは予想外の大声で、おかしな台詞《せりふ》が出た。

「僕の彼女に手を出さないでもらえますか」

言ってしまってから、今のはまずくないか、という不安で頭の中が砂嵐になる。今の台詞は駄目だろう。何なのかは分からないが、何かのまずい一線を越えてしまっている感覚ははっきりあった。

だが男二人は思ったほど反応せず、いやいやいや、と笑った。「ねえよ」

こちらが大きな声で、一線を越えてまで言ったのに全く怯《ひる》んでいないようだった。男たちは笑って七輝さんに振り返る。「え？　何？　マジなの？」

大きな声で訊かれた七輝さんはぎくりとして、いえ、と言った。

ちょっと待った、それはないだろ、と思った瞬間、男二人が爆笑した。

笑い声が僕の体をじりじりと灼《や》く。やってしまった、おしまいだ、という言葉だけが頭の中でぐるぐる回る。「やってしまった」の後は「おしまいだ」しか頭に浮かばず、「おしまいだ」の後は「やってしまった」しか頭に浮かばなかった。男たちが笑いながら七輝さんに話しかけ、もう僕は用済みだと言わんばかりにこちらに背を向けた。七輝さんの体が男に遮られて隠れる。

しまった。やらかした。大恥だ。

その時、僕の目の前を、ぶん、と強く音をたてて虫が横切った。思わず「うわ」と言って下がった。

それで男たちがちょっと振り返った。虫は戻ってきて、振り返った男たちの鼻先をかすめる。

「うお」

「うわ」

男二人がそれぞれのけぞる。虫は羽音をたてて僕の頭の周りを回っているようだった。右の男が手で払おうとする。「うお」

とっさに思ったことを言った。「やばい。これスズメバチですよ」

男がこちらを見る。その男の顔の横をハチが通った。男が「うわ」と焦る。

その瞬間、固まっていた僕の頭と体が急にほぐれた。なんだ他愛もない、と思ったのだ。

飛んでいるのはどう見てもスズメバチでなく、より大人しいミツバチだった。こちらを威嚇《いかく》する気も特になく、たまたま飛んでいるだけだろう。だが男たちが慌てているのを見て、急に余裕が出てきた。こいつら、でかい図体をした大人のくせにそんなことも分からないのだ。

「スズメバチってすぐ刺しますよ。刺されたらアナフィラキシーショックで」僕は頭を低くして見せながら煽ってやった。「しかもオオスズメバチだ。やばい。刺されたら死にますよこれ」

その言葉が聞こえたのかどうかは分からないが、男たちは飛び回るハチに「うお」「うわ」と翻弄され、ハチが目の前を通るたびに大仰に騒いで手で払おうとする。七輝さんとの間を遮っていた体がどいて、僕はがら空きになったその隙間から入って彼女の手を取った。

「うわっ、やばい。あ、やばいんで。んじゃ」

適当に言いつつ振り返らずに小走りで離れる。摑んでいる七輝さんの手は最初こそ遅れたが、すぐに軽くなって、引っぱらなくてもついてきてくれるようになった。振り返ると、俯いたまま懸命に小走りでついてくる彼女の顔があった。男が何か怒鳴ったような気もするが、ここまで離れれば周囲の目もある。道を横断して芝生に入り、木の陰まで急いで入り、そこで手を離して止まる。そんなに急いでいないのに息があがっていた。呼吸が苦しく、心臓もどくどく鳴っている。七輝さんも胸に手を当て、大きく呼吸をしている。

もう男たちは来ないし、こちらも見えないだろう。それを承知で、僕は振り返って言った。「バーカ。ミツバチだよ」

七輝さんが大きく息を吐き、それで萎んでしまったかのように芝生の上にへたり込む。大丈夫？　と声をかけたら、彼女は俯いたまままた息を吐き、それからぼそりと言う。

「……ミツバチだよね」

それから立ち上がり、ようやく顔を上げた。「……ありがとう」

「いや」別に、と言いかけてこらえる。「あの、念のため訊くけど、もしかして余計だったとか」

「ありえない」七輝さんは首を振った。「迷惑だし。……怖かったし」

よかった当たりだった、と思う。当たりに決まっている、ということを何度も確かめたのに。「とりあえず戻る？」

「あ。飲み物、まだ」

「そうか」さっきの自動販売機には戻れない。周囲を見回す。「あっちの方の自販機見てみる？　ちょっと遠いけど」

七輝さんは頷いた。「大丈夫」

おそらくもう男たちはいないのだろうが、芝生をもとの方向に戻るのは抵抗があったので、そのまま木を避《よ》けて奥に進む。何かを話すべきだと思ったが、全く関係ない馬鹿みたいな話でいいのか分からなかった。かといってさっきの「事件」を話題にすれば、恐怖が蘇ってしまうかもしれない。そうは思ったが何も出ない。つい助けに入るのが遅れた言い訳が出てしまう。「いや、マジでよかった。いや、行ってよかったのか悩んで」

「私は」

七輝さんが強く言う。まだ俯いたままだったが、隣に並んで歩くようになった。

「……ミツバチとスズメバチの区別もつかないような人、興味ない」


七輝さんと僕が離れたことで「いったん休憩」の雰囲気になったのか、西なぎさに戻ると、雨音さんと清春も砂浜に座って静かに話していた。僕たちが戻ってからも元のように激しく盛り上がることはなく、一度座ってしまうと、なんとなく立ち上がる気分にならなくなった。そういえば僕たちは朝から移動移動移動で、東山魁夷記念館に寄ってからここに来て、水の中で遊んでいたのである。濡れていた脚から水分が飛んでべたついた砂粒だけが残り、それがさらに日差しで熱せられて温かく乾いていく感触をじんわりと味わう。

さすがは姉ということなのか、雨音さんは戻ってきた七輝さんの様子が少し違い、しかもそれがよい方向ではないと気付き、小声で質問していた。七輝さんが小声で答えると、雨音さんは驚いた顔でこちらを見て、僕の前にやってくると、とさ、と砂に両膝をついてお辞儀をした。

「ライ君、七輝を助けてくれてありがとう」

神妙な顔のわりに、両膝をついて深々と頭を下げる無理な体勢をとるからバランスを崩してこちらに倒れてくる（体が固いようだ……）。「うわ」「危な」「眼鏡飛んだ」とひとしきり騒ぎになるのも、まあこの人らしいと言えた。

ただ何か、これを機に、姉妹の僕を見る目が変わったような気がした。その後はゆったり波打ち際で遊び、アイスを食べて公園を後にしたのだが、その間、雨音さんは僕に対しずっと何か神妙なというか、変な喩《たと》えだが、学費を出してくれている親戚のおじさんを見るような感じだった。七輝さんの方はそれまでより静かになり、表情も控え目になってしまったが、彼女にしてみれば恐怖体験の後であり、無理もない。ただなんとなく、黙ってこちらを見る回数が増えたような気がする。僕の隣にいる時間もだ。「あ、今、僕の隣を選んだな」と分かったりすると、たとえようもない幸福感が爆発した。もちろん分かっている。感謝と恋愛感情は違う。漫画と現実も違う。現実の人間は、ピンチで助けてくれた人を別に好きにはならない。感謝するだけだ。それは分かっているのだが。

結局、夕方近くまで葛西にいた。後半は静かになってきてはいたが、悪い雰囲気ではなかったように思う。次の目的地は完全に「旅行」であり、それぞれ親に確認しつつ早ければ来週、と約束し、国分寺駅で姉妹と別れた。どうも姉妹は北方向へ、僕と清春は南方向へ帰るらしいのである。

周囲はもう日が落ち、街路灯も灯り始めている。濃くなっていく周囲の暗さが体内にまで浸透したかのように疲労感が湧いてくる。二つの暗号。海。そして恐怖ナンパ男。今日は色々あった。変な言い方だが、充実していたと思う。必ずしもいいものだけでなくても「充実」とは言うのかもしれない。去っていく姉妹の背中が見えなくなると、僕と清春だけではもう話すことはあまりない。だがそれで「はいもう用済みだしバイバイ」という感じにならないことは少し嬉しかった。もちろん、できるだけ一緒にいたい、というわけではないので、どちらからともなく「じゃ」とか言って別れるのだが。

ただ別れ際、清春にぽんと背中を叩かれた。「やるじゃん」

「え」

「雨音さんから聞いた。七輝ちゃん助けたって？」

「いや、助けたってほどでは」別に清春に対して謙遜《けんそん》する必要はあまりないのだが。

「いや、すごいと思うよ。わりと」わりと、などとつけるのは何らかの葛藤の表れなのだろうか。「後半、七輝ちゃんずっとお前にくっついてたもんな。ほぼ犬で可愛かった」

顔が熱くなる。「そんなだったかな」

「いやー、ほんと……」

なぜか清春はそこで目をそらし、頭を掻きながら困ったように言葉を詰まらせた。と思ったら早口で言った。「あとなんか、前、ごめん」

「ん？」

それこそ分からない。なぜ急に謝るのだろうと思ったが、清春の方はああ、うう、と唸りながら、どうやらこちらの顔を見られない様子で、喋る代わりに頭をがしがし掻くことで間をもたせようとしているようだった。

どういうことだろう、と思った。清春はクラス一の人気者で、対する僕は存在感ゼロの「じゃない方」で、清春は僕に何をしようがどれだけ迷惑をかけようが、一切気に留めなくていい身分のはずなのだが。

だが清春は、こちらを見ないまま「前、ほんとごめん」と言った。

「……いや、前だけど」清春は繰り返した。「『役に立たない』とかなんか言ってマジごめん」

手を合わせて頭を下げ、どうやらこちらの顔を見られないということらしく、つむじを見せている。僕は「いや、別に……」と反応しかけたまま、驚きで何も言えなかった。確かに腹は立ったし、気にしてもいた。だが何ヶ月も前の、たった一言のやりとりだ。まさか清春の方も気にしているとは思っていなかった。こういうのは被害者だけがいつまでも覚えていて、加害者の方はすぐに忘れるものではなかったのか。

清春を見る。実はこいつ、内面は僕同様に暗いのだろうか？

「いや、別に気にしなくていいよ」本気で気にしているようなので、とにかく急いで言った。その通りだし、と言いかけたのはキャンセルする。「考え方は色々だし」

「いや。うー。それが、考え方っつうか。それもあるんだけど」清春は自分の考えが言語化困難らしく、結局すぐ「まあ色々ごめん」とまとめた。諦めるのが早い。「本当は礼も言わないといけないし。雨音さんマジ可愛い。絶対つきあいたい」

「うん……がんばって」

外見のイメージと行動のギャップを見て僕の中では単に「面白い人」になりつつあるのだが、清春はますます好きになってしまったらしい。人は色々だ。

だが清春は僕の肩を叩く。「お前もがんばれ。七輝ちゃん絶対いける」

「いや、まさか」だがとっさに「でもあの清春が保証したんだぞ？」と心が躍り上がる。「だってそもそも、もしあるとしても、どっちかって言えばまず絶対そっちだし」

「ねえよ」清春は笑う。「七輝ちゃん俺とか絶対合わないから。俺、絶対苦手って思われてるもん」

「うそ？」

「マジで。ていうか見てなかった？　あの子今日、一度も俺と直接会話してない。あんまり目も合わせないし。お前の時はすごい積極的なのに」

あまりのことに、さすがに信じられなかった。本当にそうだっただろうか。確かに七輝さんと清春が会話しているのは記憶にない。対して僕とはわりと普通にやりとりをした。だが本当にそんなふうだっただろうか。清春の観察が間違っているとは到底思えないが、いくらなんでもそれはない、と思ってしまう。

「まあだから、こっちのこともよろしく頼むわ。じゃ。お互い伊豆大島でがんばろうぜ」

それが目的なのではないのだが、僕と清春は違う。僕が反応する前に、清春は調子よく言って僕の腕をぽんと叩き、去っていった。

残された僕はしばらく突っ立っていた。気がつくと周囲はすっかり夜だった。

結局その日、家に帰ってから寝るまで、僕はずっとそわそわしていた。親との会話も上の空だったらしく、夕食の時、母親に「何があったのやら」と苦笑されたりした。もし七輝さんが僕のことを好きなのだとしたら。たとえばこちらからひと押しすれば、立原七輝が僕の彼女になったりするのだろうか。「彼女」なんていう存在は自分の人生とは関係ない空間に浮いているもので、水槽を覗き込むように別世界から眺めて存在を認識するだけのもの、という感覚でいたのだが。それなのにいきなり自分に彼女ができるのだろうか。しかも立原七輝が。いくらなんでもそれはありえないと思う。だがたとえば清春が、僕を遊び半分で焚きつけてふられる様を眺めて嗤う、なんて真似をするとは思えない（もしされたら学校中に言いふらして人気に疵《きず》をつけてやる！）。それとも彼特有の高度なリップサービスの一種なのだろうか。だが確かに七輝さんは清春より僕と話している時間の方が長かった。もし彼女が。彼女が彼女になったら彼女は。彼女と。それを考えだしてしまうとつい白い世界に行ってしまい、入浴やら着替えやらの手がいちいち止まった。嘘だろう、という気がする。いきなり六兆円ほど現金をもらった庶民。いきなりカーネギー・ホールでの単独ライブを打診されたインディーズバンド。いきなり手に入りすぎて持て余す感覚は、喩えるならそのくらいだった。

……いや、それでも。

いきなり大きなものが手に入りそうになったからといって逃げていいはずがない。ここは一つ、腹を据えなければならなかった。昼間だって大男二人相手に割って入れたのだ。きっと僕は、自分が思っているより度胸がある。

だから本気で、現実にありうることだと思って考えてみることにした。立原七輝に気持ちを伝えることと、その先にあるかもしれない幸せな未来のことを。

12

脚が痺れたのはまあ分かるとして、何やら腰が痛くなってきた気がする。なんでそんなじいさんみたいなことが、と思うが[*8]、それだけ緊張している上に、変なところに力を入れた姿勢を続けていたのだろう。

僕は吉祥寺のパルコに来ていた。メンズフロアの、某ショップの前である。「来た」だけで、もう何十分も経っている。

お金が問題なのではなかった。普段使わないのでまあ、お金はある。最悪の場合一着一万円まで出す覚悟で来た。そちらはいいのだ。だがそもそもその値段がだいたいいくらぐらいなのかも分からない。なぜなら怖くて店内に入れないからである。

こういう服屋ならぬ「ショップ」に入ったことなど、これまで一度もないのだ。親が時々買ってくれるハイブランドの数点を除けば、僕が持っている服はほぼすべ

＊8　急性腰痛症つまり「ぎっくり腰」は二十代でも普通に発症する。ただし十代での発症はまれで、もし起こった場合、別の何かの病気になっている可能性もある。

てがファストファッションのもので、要するに僕は服に関して「一着に何千円もかけるのが理解できない」とのたまう標準的なオタクレベルの知識経験しかないのだった。以前ちょっと興味が湧いてファッション関係の知識を入れていた時期もあったが、そこで仕入れていた知識はデザイナーから読者モデルあたりまでを対象とした、ようはプロ向けの「学術的な」情報であり、いち高校生である僕自身には全く役に立たないのだった。お医者さんごっこをする子供の家に置いてあるＭＲＩのようなものだ。

だから目の前の、音楽が流れお洒落な店員さんが話しかけてきて、動線を塞いでところ狭しと商品が並ぶこういう店に、自分みたいなのが入っていいのかどうかが分からない。高校二年生が「ちょっとしたお洒落」をするにあたって買い物をする店がこの店でいいのかも全く分からないし、どんな顔をして入ってどんな顔で商品を選べばいいのか分からないし、そもそも何を買えばいいのかも分からない。要するに何も分からないのだった。そして何よりも怖いのが、間違っていた場合にどれだけ陰で嗤われるのか、それとも日向で嗤われるのか、迷惑だ気持ち悪い、と嫌がられるのか分からない点だった。恥をかく覚悟で来たつもりだが、どのレベルの恥をかく羽目になるのか分からない。店内に入る。よさそうな何かを（この時点ですでにシミュレーションが曖昧になっている）物色する。店員さんが話しかけてくる。「何かお探しですかー?」。それに対しどう答えればいいのだろうか。そこでもう分からないのだ。そこで○○系で、と専門用語で応えたり、××みたいな感じの、とブランド名を言える人間でなければ「なんでお前この店来たの?」と嗤われるのではないか。そしてこそこそと逃げ帰った僕の背中を見つつ、店員さんがひそひそ話をするのだ。「なんか今、気持ち悪いオタクが来た」「全身ファストファッションで」「うわ」「慣れてます、みたいな演技してた。バレバレなのに」「うわあ」「挙動不審だった」「通報する?」いやそれはない。はずだが。

延々逡巡《しゅんじゅん》する僕を尻目に、店には次々と人が入っていき、出てくる。よく見たら自分のような高校生は一人もいないのではないかと気付き、これはやはり駄目か、と悩む。だが店の中からも僕の姿は見えているはずであり、ちらちらと窺いながらヒントを探すのもそろそろ限界だった。そろそろ通報されそうである。

……これは駄目だ。敵が強すぎる。いきなりセレクトショップはレベルが高すぎたのだ。いったん帰ってもう少しネットとかで情報を集めよう。

そう思ったが、もし今日、せっかく店の前まで来たのに回れ右をして帰ってしまったら、後日、再挑戦しても同じ結果になることはだいたい予想できていた。では今のこの服で七輝さんに会うのか。本気で好きだというなら、もう少し恰好良くなって可能性を広げるべきではないのか。向きあう、と決めた。向きあうとはそういうことなのに。

僕は携帯を出した。このままあと何十分悩んでも、店には入れない。何か違う手を考えなくてはならない。

なのでSNSのアプリを開き、成田清春に送信した。グループではなく個人に送信するのは初めてだ。

すみませんもし今日暇なら助けてください。吉祥寺のパルコのメンズフロアにいます。


約三十分後、たまたま暇だったらしく、普段着であっても僕よりも明らかにお洒落な恰好で登場した成田清春は、怪訝そうに眉間に皺《しわ》を寄せた。

「……は？　どういうこと？　入れない？」

「いや、こういう店、全然分からないから。怖くて」

「……怖い？　店が？」清春は僕が対峙していた店を振り返る。「なんで？」

「いや、だから」僕は正直に言うことにして自分のパンツを叩く。「僕こういう恰好でしょ。ダサすぎて嗤われそうで」

「……そんな店員いねえよ」

「店もどこがいいのか全く分からないし」僕は店内を指さす。「ここでいいの？高校生だとおかしい？　どうなの？」

「いや、別に」清春はこの店のことも知っているようだ。「あー、でもここ、値段的にちょっと厳しいかも。あとわりとワイルドな感じだけどお前そういうの好きなの？　あっちの、エスカレーターの反対側にあるんだけど、そっちの店の方がいい気がするけど」

「そうなんだ？　そう、そういうのが聞きたかった。ありがとう」もう頭を下げるしかない。そして正直に話す。「もっとちゃんとした服とか買おうと思ったけど、まず何をすればいいのか全然分からなかったんだよ。本当、助かった。ありがとう」

清春は僕の反応に驚いたようだったが、すぐに事情は察してくれたらしい。僕の恰好を上から下まで眺める。「……服は別にちゃんとしてると思うけど、それより靴は？　あと靴下」

「あ」足下を見る。一足しか持っておらず、サイズが合わなくなるたびに似たようなのに買い換えていたスニーカーだ。「靴も欲しい。靴も買う」

「じゃあ靴屋行こうぜ」

清春は先に歩き出した。僕はありがたく後に続く。情けないが、これでもうあとはついていけばいいのだな、と思うと安心した。「金ならいくらでも出す」というおよそ似合わない台詞が頭をかすめる。

エスカレーターに前後並んで立ったところで清春が訊いた。「なんでいきなり？」

「いや、だって」こんなことを頼んでいる以上、取り繕っても仕方がない。煮るなり焼くなりしてくれ、と思った。学校が始まったらネタにしてみんなで嗤ってくれて構わない。「この間、みんなお洒落だったのに僕だけ駄目で」

「……そうだった？」

「別にキヨレベルにお洒落にならなくていいけど、ていうかそれは一生無理だけど、せめて少しは気を遣っている、ってことぐらいは分かるようにしたい」ステップの黄色い縁取りを見ながら言う。「……七輝さんも、たぶんその方が」

清春は前を向いたまま沈黙していたが、なぜかエスカレーターの終わりに爪先を引っかけてつんのめった。

だがエスカレーターを降りると言った。「……分かった。手伝ってやるよ」


なるほどこれが成田清春の実力なのだった。ここは彼の専門のフィールドの一つで、専門ゆえに清春には素晴らしい知識と経験の蓄積があるのだった。清春は吉祥寺周辺を庭のようにすいすい移動して僕を先導してくれ、高校生でも買える手頃な店を選び、靴、靴下、シャツにパンツと、なるほど確かにこれはいい、というものを選んでくれた。後半には僕も店に入る時の抵抗感がなくなっていたし、自分なりに店内を物色し、「こういうのはどうなの？」と清春に訊いてみることぐらいはできたし、シャツの一枚に至っては「いいんじゃね？」と採用された。僕は明らかに経験値を得てレベルが上がっていた。それも数時間で急激に。お金はけっこう飛んでいったが、惜しいとは全く思わなかった。

　僕は昼をおごることを約束し、レストランフロアに行き、なんとなく外見が綺麗そうな洋食店に入った。入ってみるとテーブルクロスその他が妙に可愛らしく、僕たち以外は女性同士かカップルしかいないことを席に着いてから発見したため、入る時に清春が躊躇っていた理由を遅ればせながら理解したのだが、清春は「デートかよ……いや下見ってことでいいか」ととりあえず納得してくれた。店員さんが妙に笑顔だったのは気のせいだろうか。

「ありがとう。おかげでなんとかなった。店の情報も入ったし」僕は隣の席に押し込んだ紙袋の群れを倒さないように整えた。「次からは一人で行けそう」

「吉祥寺ならまあ、あのへんだと思うよ」清春もついでに買った自分の紙袋を見る。

「てか吉祥寺に来るなら渋谷まで出れば？」

「渋谷ってあの渋谷？　怖いんだけど」

「おのぼりさんかお前は。ていうか嫌なら新宿でもよくない？　逆に国分寺でも」

「そうなんだ。……ぜんぜん知らなかった」自分の注文を決める。「なんでも頼んでください。マジで。超お世話になったんで」

「いや、そんな言うほど……」清春はちょっと考え、腕を組んだ。「……まあ、俺も最初は怖かったかな。小学生だったし。でも最初だけだってそんなの」

「小学生……」レベルが違う。僕は今、高校生だ。

「だいたい、やらかしても別にいいし。失敗したって別にどうってことなくない？

恥かいたならそこの店、行かなければいいだけだし」

「……そこだよね」そこの差だと思う。清春にも「初めて」はあったのだ。それを踏み出せるかどうかでこんなにも差がついた。

「まあ、清潔感とかも大事だけど」清春はメニューをぱらりとめくった。「自分が変じゃないか、ばっか気にしてるとやらかすから。相手のこともちゃんと見てやれよ。どんな恰好してきたかとか、どんな時、楽しそうだったかとか」

「あ、うん」すでに恋愛相談である。「ありがとう。マジで何でも頼んで」

「じゃあ遠慮なく」

清春は頷いたが、なぜか突然、何かに気付いたようにメニューを横に押しのけると、ぐっと顔を寄せてこちらを見た。

「じゃあ今度はそっちが手伝って」

「え。……何を？」

僕が成田清春に何を与えるというのだろうか。全く想像がつかず何一つ可能性が浮かばなかったが、清春の方は真剣なようだった。

「……とりあえずこれだけは知っといた方がいい、っていう小説と、あと映画とか。教えて。最低限でいいから」

こちらが唖然《あぜん》としていると、清春は目をそらして早口になった。

「いや雨音さんと話がさあ。いや合わなくはないんだけど。むこうが合わせてくれるから。だけど差がありすぎてやばい。知識に」清春は真剣だった。「むこうが出すタイトル一つも分からないんだよ。そのたびに微妙にがっかりされてんじゃないかって思って。こいつ何も知らねえな、って思われてんじゃないかって」

ああなるほど、と思ったが、清春は手を合わせた。「だから何か、ざっくりまとめたのでいいから教えて。あらすじだけでいいから。こう、最短で最低限のレベルになるやつ。とりあえずこれだけ知ってれば大丈夫、っていう」

正直に言うと、最初の感想は「無茶を言うな」と「そういうものじゃないんだけど」だった。小説とか映画とかいったものは趣味であって、好きなように楽しむものであって、会話のために学ぶものではないし、受験勉強みたいに「これを押さえておけば最低限大丈夫」みたいなマニュアルはない。

だが成田清春はそうした正論を求めてはいないだろうし、それが正論であるということすら知らない人間に対し「そもそも論」から入って具体的な回答をしない、というのは意地悪な気もする。というより。

さっきの僕も、清春から見たらこうだったのではないか。「とりあえず最低限大丈夫という感じになりたいけど、何を買えばいいのか全く分からない」というSOSを出した僕に対し、清春はわりと困っていたのではないか。

だとすれば、本気で考えなくてはならなかった。どう答えるのが清春にとって最良なのだろうか。僕はちょっと柑橘の香りのするコップの水を飲み、減った分をピッチャーから注ぎ直す。

「……ええと、今から『知っている人』を装うのは無理だと思う。そういうのすぐにばれるし。確かに『定番の名作』みたいなのはあるけど、それを出したらかえってにわか感が出るっていうか、浅はかな感じがするし」

　オタクには意地悪な部分が確かにある。本好きの人が『星の王子さま』を出されたり、映画好きの人が『ローマの休日』を出されたりすると「あーはいはい」などと余裕の笑みを返したりする、ああいう部分だ[*9]。あれこそが新たなファンの獲得を妨害しているわけで、僕自身はたとえ心で思っても決して顔に出してはならない、と固く誓っているのだが。

「だから知ってる人を装うんじゃなくて、興味があるから知りたい、のスタンスでいった方がいいと思う。これまで興味なかったけど、雨音さんの話を聞いて面白そうだと思ったから読んだ、っていうふうに」

「そうか。……うん。そうだよな」清春はこちらを指さした。「オッケー。やるじゃん」

「雨音さん、どんなの好きそうだった？　何かタイトル言ってたんでしょ？　本とかの」

「ええと……面白かった、つってたのは何だっけ。『百年の孤独』とか『巌窟王《がんくつおう》』」

「長い……。他には？　あ、作家の名前で誰が好きとか言ってなかった？」

「何だっけ。でもなんか、ファンシーな感じの名前の。ラヴなんとかっていう？」

「ごめんその人はもういいや」知る必要がないことも世の中にはある。「日本人だと？」

「稲垣足穂《いながきたるほ》？」

「他には」

「西島伝法《とりしまでんぽう》」

とりつく島がない。

「何？」

「もっと、こう、入りやすいのがあればよかったんだけど」雨音さんに対してそういうものを求めるのは間違いだったのかもしれない。「とりあえず今期の芥川賞を読んでみました、とかは？　短かったし」

「え、なんか当然もう読んでますみたいな」

「キヨだって今期のドラマ、だいたいチェックしてるじゃん」

「そういうもんか」

今のやりとりはなんか友達みたいだな、と思った。「あ、でも普通に読みやすい

＊9　とはいえ『星の王子さま』は普通に名作である。面白かったという方には『アルケミスト　夢を旅した少年』（パウロ・コエーリョ／角川文庫）もおすすめ。

とこから読んでみる方がいいかも。雨音さんが知ってそうな、っていうと普通に米《よね》澤穂信《ざわほのぶ》とか、穂村弘《ほむらひろし》のエッセイとか」

「ちょ、待ってメモする」清春は携帯を出したが、なぜかがくりと脱力した。「……なんか『ライに教えてもらいました』感がすごいんだけど」

僕は自分が買った隣の紙袋を見る。「……僕もそうなんだけど」

「いや、それは。……でもなあ」清春は頭を抱えて唸った。「お前の株がますます上がるだけ、みたいな」

「僕の？」

「いや怖いんだって。俺、なんも知らねえから。雨音さんからしたら、どう見たってお前の方がいいわけで」

「いや、ないでしょ」なんかこのやりとりは覚えがあるぞ、と思う。「雨音さん、楽しそうだったよ。キヨと話してて」

「ならいいんだけどさあ。うー……」

時折ふと冷静になって、どうして僕は成田清春と対等に話しているつもりになっているのだろう、と思う。しかし清春の方は何も感じていないようだったし、よく考えてみれば、同じ高校二年の同じクラスなのであって、対等でない方がおかしいのだった。

結局のところ、そういうことなのかもしれない。教室では絶対にこちらからは話しかけられないし、清春も特に話しかけてはこないだろう。だがそれは周囲に人の目があって、「空気」というものがあるからなのだ。一対一になれば実はけっこう、誰と誰だって対等にやりとりできるのかもしれなかった。

僕は頭を抱えつつ作家名をメモしている清春に言った。「……お互い、頑張ろう」

清春は画面を見たままだったが、ん、と小さく頷いた。

13

買ったばかりの服は滑らかで冷たい。どうしてこんなに冷たいのだろうと思う。洗濯したばかりならそちらのほうが冷えていそうなものなのに。何度も着ている服には持ち主の「体温」が残るのだろうか。

冷たい服はよそよそしくて鎧《よろい》のように感じた。着慣れていないからだろう。こんな軽装なのに動きにくい気がするし、事前に一回着て自分で洗濯しておけばよかったと思うが、もう遅い。

昨夜試しに着てみた時と同じく、鏡の中の自分はわりといい感じだった。普段なら絶対に着ないヴィヴィッドな色なので服が勝手に光ってしまっているような気恥ずかしさがあるが、いつもこうですという顔をして歩いていたら僕もけっこうお洒落な人に見えるかもしれない。大丈夫だ。あの成田清春が選んでくれたのだから。

僕は足下に置いてあったバッグを取って洗面所を出た。玄関収納から新しい靴を出し、揃えて置く。紐は昨夜のうちにいい感じに結んである。

行こう。ぐずぐずしていると船の時間に遅れる。今日は船に乗るのだ。七輝さんたちと一緒に。


伊豆大島は最も近い館山市洲崎《すのさき》からだと約四十キロ。わりと驚くことに東京－八王子と同程度なのである。だが竹芝の客船ターミナルからだと百二十キロになる。東京湾が広いのだ。

だから一日で大島に行き、目的を達成して帰ってこなくてはならないとなると必然、朝七時出発になった。それでも時速八十キロの空飛ぶ船で行けるのだから恵まれているのだろう。普通の船であるところの大型客船では「片道八時間」と出た。なかなかの大旅行だ。

朝が早いにもかかわらず電車は人が多かったが、竹芝駅で降りる人はわずかで、竹芝客船ターミナルは静かだった。船を待つ乗客は慣れた感じの人が数人。長い荷物を持っている割合が妙に大きく、ああ釣り道具か、と気付いた。

待ち合わせよりほどほどに早く着いたのに立原姉妹はすでにいた。しかも二人であちこち写真を撮ったりお菓子を食べていたりして、だいぶ前からいた様子である。二人とも今日は帽子をかぶらず、前回より少しアクティヴな印象であるが、しっかり準備してきたということなのか、二人とも「合宿でも行くのか」という大きめのバッグをかけていた。もしかしてお洒落にばかり気合を入れていた僕は滑っているのだろうか、と不安になったが、こちらに気付いた雨音さんは開口一番「おー。そのシャツいいね」と褒めてくれた。会う人の服装を自然に毎回チェックしているのだろう。すごいな、と思う。

「おはよう。こんな早くからありがとね。お兄さんは一緒じゃないの？」

「いや兄弟じゃないですから」

肝心の七輝さんの反応はなかったな、と思ったが、好意的に見てくれてはいるはずである。ちょっと空港のような感じのするターミナルの中をあれこれ回り、これから乗るらしき船が外ですでに待っているのを見つけて見にいってみる。ピンク色の船体を眺めて写真を撮っていたら、隣にいた彼女がこちらを見ていた。

「……今日、お洒落だね」

穏やかな海風がふわりと頬を撫でた。

やっぱりちゃんと見てくれていたのだった。普段あまり喋らないところに、この柔らかい声で一言そう言う。彼女はそういうところがすごく「いい」のだ。体の中にその一言が染み透っていく。

「……いや、キヨに選んでもらって」普通だよ、という顔はできなかった。「いや、ありがとう。……ちょっとお洒落してみようかな、って」

取り繕っても仕方がない、と諦めはついていた。背伸びをしていることはどうせばれている。

「……七輝さんに会うので」

彼女がわずかに反応する。今のは言いすぎたのではないかと、言ってしまってから焦る。論理的には「好きです」と言っているのと変わらないのではないか。

だが自分がそんなことを口走ってしまった理由も、なんとなく理解していた。葛西海浜公園以来、ずっと気になっていたのだ。ナンパ男と対峙した時、「僕の彼女に」と言ってしまった。それについて彼女からのコメントがまだなかったのだ。単に手段としての嘘だと納得してくれているのか、そんなふうに見ていたのか、と驚いているのか、あるいは困っているのか。あの後の彼女の態度を見てもその答えを察することのできるヒントが全くなく、僕はどこかで結論を早く見てしまいたい、と思う部分があったのだろう。あっ踏み込みすぎた、と思ったが、もう遅い。一度出た言葉を引っぱって口の中に戻す方法はない。

七輝さんはさっと俯いたが、船の方に視線を移して言った。

「……七輝、でいいよ」

タラップをつけたピンク色の船がゆっくり揺れている。青灰色の水面があり、そのむこうに高層ビルが見える。いきなり降ってきた根拠のない予感だが、僕はこの光景を一生忘れないのではないか、と思った。

七輝――は僕と視線を合わせないままくるりと踵《きびす》を返し、僕の腕にぽん、と触れた。何の合図だろうかと思ったが、雨音さんと清春が来ているのだった。そろそろ乗船手続きが始まるらしい。

七輝の後について建物内に戻ろうとしたところで、違和感を覚えた。誰かがいる、というか、今、見られていた気がする。

船の方を振り返り、それから建物の中を見る。こちらを見ている客はいない。そもそも見られる理由がない。

気のせいなのだろうと思って七輝に続く。彼女の表情は見えなかったな、と思う。


不思議なことなのだが、これだけ重要な発言をして、緊迫した雰囲気になった、と思っていたはずなのに、みんなでわいわいしていると五分でそれを忘れて日常に戻ってしまうのである。

まあ、わいわいすることに関しては無理もなかった。伊豆諸島に行くのはもちろん全員初めてだったし、清春が小さい頃、遊覧船に乗ったことがあるというだけで(しかもほとんど覚えていないらしい)、僕たちは全員、船旅なんてほぼ初めてだったのだ。ジェットフォイルは乗り移った瞬間こそゆっくりと揺れて「ああ船だ」と思ったものの客室は密閉されていたし、走り出して「離水《テイクオフ》」すると本当に全く揺れないしで「飛行機？」と思ったが、七輝はそれでも楽しかったようで、窓にはりついて「全部海！」と一目瞭然の感想を漏らしたり、「クジラ・イルカ等の大型海洋生物を発見した場合は急旋回を行うことがあります」というアナウンスに興奮して座席で窮屈に跳ねたりしていた。もっとも僕も同様にはしゃいでいて、「これより大型海洋生物の多い海域に入ります」とアナウンスされた後はずっと窓の外をちらちら見て「今のはイルカじゃ？」などとやりとりしていた（ちなみに斜め後ろの雨音さんが一番はしゃいでいて、「あれイルカだよね？」「さっきのは確実にイルカ」「今のはもうイルカだね」とずっと言っていた）。七輝の態度は本当に普通で、出航前の僕の発言はひょっとして聞こえなかったのでは、と疑うほどだった。

僕は窓の外を高速で移動する水面と時折現れては消える飛沫にわくわくしながらも、ちらちらと気にしていた。彼女は頭がいいから、僕の発言の意味が分からないはずがなかった。なのに今の彼女は普通だ。漫画みたいに真っ赤になるようなことは現実にはないとしても、困惑した様子も特にないようだ。僕を避ける様子もない。清春が体さばきを駆使して雨音さんの隣に収まったことに逆らわず、僕の隣にこうして座り、こちらに笑顔で話しかけてくれる。これはどういう心理なのだろうか、と考える。「そんな目で見てたの？」というふうに気持ち悪がられてはいないようだ。そこは確実に言える。明らかにはしゃいでいるが、これは僕にではなく船にだろう。

……謎解きのために僕が必要だから、機嫌を損ねないように気持ち悪さを我慢しているのではないか。

真っ黒い考えが目の前をすうっと横切る。違う、と思う。清春もそう言っていた。では何だろう。

分からないまま船は進む。行く手に見えていた大きな島影がいつの間にか近づき、山肌の凸凹が見えるようになっていた。

僕はいったん忘れることにした。第五の暗号が示す場所、伊豆大島だ。

船を降りて硬い地面に足を乗せた瞬間、押しつけてくるような日差しが上から来た。さすが伊豆大島、と思ったが、単に昼が近付いたからで、東京（ここも東京なので「本土」？）の方もこのくらい暑いのかもしれない。「さすが南国！」などと間違ったはしゃぎ方はしないようにしなければ、と思ったら、後ろで雨音さんがはしゃいだ声をあげた。「さすが南国！　日差しが違うね！」

「大島の位置は『伊豆半島の横』だよ」幸いなことに七輝がつっこんでくれた。「下田とかの方が南」

「えっ。でも下田も南国じゃない？　駅前になんか南国の木、生えてなかった？」

「フェニックスですか」あれが植えてあれば南国ということらしい。雑な認識だ。「そういえば『南国』って何をもって南国なんでしょうね」

僕と七輝は「そういえば」という感じで考え始めたが、清春が「あっ、あそこにパトカー来てる。今の船、指名手配犯とか乗ってたんじゃないすか?[*10]」と楽しげに歩き回るのでそこまでになった。周囲を見回せばキャリーケースをゴロゴロ引いて宿の迎えに合流する人、さっそく海を覗き込む釣り客、皆さっさと動き始めている。確かに何も日差しを遮るものがない桟橋からは早く移動した方がよさそうだった。桟橋から離れるとオイルのにおいが潮のにおいに変わる。正面には堂々たる三原山。というか陸側は全面が三原山。島に来た、という感じがする。

大島は火山島で、言ってしまえばこの島のすべてが三原山である。三原山は活火山であり、実際に1986年には噴火。島から一万人が脱出する「全島避難」という、パニック映画さながらの事態になったらしい。確かにこの島内では、三原山が怒ったらもうどこにも逃げられない。生かすも殺すも御山次第。元町港に「御神火」の像があったが、その意味ではリアルに「神様のいる島」なのだった。[*11]暗号の言う「火の神の下」は間違いなくこの先。今乗っているバスの目指す山頂だ。

「……のはずだよな」

つい独り言が出てしまう。ここまで来て間違いでしたでは済まない。隣の清春がこちらを見るので、いや暗号の解釈違ってたらどうしようって思って、と答える。

「その時は観光だろ」清春は気軽に答えた。「……まあでも、ちょっと気になるよな」

今度はこちらが目顔《めがお》で尋ねる。暗号を追っているうちに清春とはだいぶ距離が近くなったようで、それだけで答えてくれるようになった。教室では考えられなかったことだ。

「いや、今回の暗号ってさあ」清春はそこで声を落とし、こちらに顔を近付けた。「……簡単すぎじゃない？」

そういえば、清春は葛西臨海公園でもそんなことを言っていた気がする。

「いや解けてない俺が言うのはあれなんだけど。そこは分かってる」清春は弁解口調になる。「でもライ、今回のとその前のはあっさり解いたじゃん。簡単だったでしょ？」

「……言われてみれば」東山魁夷記念館で見つかった暗号もそうだった。特に悩んだ時間はなくそのまま読んで、ノータイムでそのまま解けた。

「なんか違わない？　雨音さんから聞いたけど、最初の暗号、難しかったでしょ？

＊10　「島に入る人間をまとめてチェックできる」「人が集まるので先回りでトラブル対応ができる」等の理由で、離島に船が着く時にパトカーが待機していることはよくある。

＊11　内輪山に社殿があるが、これが設けられたのは戦後であり、元々は三原山そのものが信仰の対象だった。

国分寺公園のも難しかったじゃん。いやマジ、あんなのよくできるよなって思うけど」

言われてみればそうだった。清春の言う最初の（正確には「０３０５……」が「第一の暗号」だから「あうえういし……」は「第二の暗号」になるのだが）二つも、続く「第三の暗号」も、解法を見つけるのはけっこう大変だった。

「確かに」頷かざるを得ない。「それに性質も違う。一つ目から三つ目までは、こんなふうに『解釈』に頼る暗号じゃなかった。解法が見つかったら、一発で確実に答えが分かる感じの」

「……だよな？」

「どういうことなのかな」

「いや俺は分かんねえって」清春は真顔でバス内を見回す。真面目な顔をするとわりと目つきが鋭い。「……でもとりあえずこのバスに、怪しいやつは乗ってなさそう」

バスが急カーブして窓と清春に挟まれる。雨音さんが前の方の席からこちらを振り返り「あっちなんか仲よさそうにしてるー。七輝、うちらもー」と前席の七輝を抱きすくめる。

楽しそうで何よりだが、僕も清春の言葉を思い出していた。ただの謎解きではないかもしれないし、あの姉妹はひょっとしたら、何らかの方法で「狙われた」のかもしれない。

「観光スポットとして有名なのは、火口付近まで歩いていく『上社《かみしや》』の方。でも、この近くにも『下社《しもしや》』がある」七輝が携帯から顔を上げて周囲を見回す。「……って、Googleは言ってるけど」

周囲を見回してもそれらしきものはない。だが上社まで歩いて戻ってくると次のバスで港に戻れず、帰りの船は夜中になってしまう。まず下社に行きたかった。さすがに見晴らしのいい山頂とあって、ごう、と風が吹く中、Google Mapによるとこの駐車場の近くにあるはずの三原神社下社を捜してばらばらに歩き回る。普通、こういう時は全員まとまってうろうろするものだと思うが、僕たち四人はなぜか全員、無言で手分けをして別々の方向を見にいく。なんかこの四人組面白いな、と自分で思った。また風が吹き、シャツの裾がまくれる。暑さが和らぐのはいいが、それを超えて寒くなってきそうだ。

「バスの運転手さんに訊いてみたら？」

「いや、なんかどっか行っちゃった」

「交番あるっすよ。行っちゃいますか交番」

「いやちょっと待って。その前に『OK, Google. 三原神社下社はどこ？』」

「いや雨音さん、それiPhoneですけど……」

清春は「交番！」と宣言して駐車場の隣にある駐在所の戸を開け、座っていた駐在員さんに事情を話した。雨音さんも社交性はあるが説明が壊滅的に下手なので、双方を兼ね備えた清春はありがたい。最初の武蔵国分寺公園の時と比較して、謎解きにもだいぶ積極的になった感じである。

だが駐在員さんは「下社……？　このあたり、ですか」と心許ない返事だった。「火口の方に神社はありますけど」

地図も出してきてくれるが、それでも判明しない。「おまわりさん」であれば道を何でも絶対に知っている、と思っていた僕には驚愕の対応だったが、よく考えたらこちらに異動になったばかりの人かもしれないのだ。

だが「どうしよう」「本当に下社なんてあるのか」「Google Mapにはなぜ載ってる？」と顔をつきあわせていたら、明らかにハイキングの恰好をした初老の女性が声をかけてきた。「お兄さんたちどないしたん」

「あ、どうもっす。なんかこのへんに神社っぽいのないすか」清春はこういう時、頼もしい。「なんかほら、これなんすよ。スマホの地図のここには載ってるけど、おまわりさんも知らないっつってて」

「あらこれ、確かにこのへんねえ。ねえ吾妻さん、ちょっと」女性は仲間を呼んだ。

「これ、どう？　お兄さんたち困ってるって」

見る間に人が集まってくる。四十代くらいの人から完全なる「おばあちゃん」まで、年齢はわりとばらばらのようだが、ハイキング仲間か何かなのだろう。三、四人だと思っていたら同じような恰好の人が次々現れ、結局十人近く集まってきて驚いた。

「下社？　あったかなあ」

「上社はもっと火口の近くで、歩くよ？」

「裏の展望台に」

「途中に分かれ道、あったかなあ。いや、ねえなあ」

僕たちよりハイキング組の方が前のめりに考えてくれる。Google Mapを表示させて差し出した僕の携帯はいつのまにか向かいの男性の手に渡り、そこから隣の女性の手に渡り、回覧板みたいな扱いでどんどん移動していって見えなくなった。その間にもハイキング組の旦那衆マダム衆はああでもないこうでもないと盛り上がり、清春を見てあなたイケメンねえ高校生？　と盛り上がり、七輝は飴いる？　と訊かれて黒糖飴をもらっていた。「仲根さんあっちの上の方どうだったっけ」「あらでもこの地図でこう言うならこのあたりよ」「ちょっと俺たちあっち見てみようか。おおい藤本さん」「じゃあ私たちこっちね。ねえキミちゃん、ちょっと来て」

なんだかすごいパワーだ。僕が何も言えないまま携帯を奪われ、清春ですら戸惑っているうちにハイキング組は連携して四方に散り、駐在所を訪ね（さっき行ったって言ったのに……）、七輝は個包装の梅干しとブドウ糖のかけらをもらい、雨音さんだけが女性組の高速会話についていっていたが、話題は某アイドルグループのことだったので全く関係なかった。

僕はハイキング組のエネルギーに揉みくちゃにされながら、この状況は何だ、と考えた。いち面識もない通りがかりの人たちがこんなにたくさん集まって協力してくれている。もはや大騒ぎだ。どうしてこうなったのだろう。

「ねえちょっと、これじゃない？」

離れたところから女性が僕たちを呼ぶ。ぞろぞろとそちらに行ってみると、建物の壁に「三原神社下宮」の文字があった。傍らには木々に覆われた石の階段。周囲に蔦《つた》が張り、草で隠れていただけで、ちゃんと表示があったのである。おおこれだこれだ、ねえ石見さん、あったって！　と盛り上がり、十数人のハイキング組は実に話が早く、僕たちのお礼を聞くのもそこそこに、すぐそこにあるお土産屋さんになだれ込んでいってしまう。僕の手元には返ってきた携帯が、七輝の手には黒糖飴が袋ごと残された。

嵐のような人たちだった。だがまさか伊豆大島という遠くの地で、通りがかりのおじさんおばさんたちと一緒に探索をすることになるとは。

「うおおう……びびった」清春も圧倒されたようで、ハイキング組が入っていったお土産屋さんの方を見ている。「……なんか見つけてくれた」

隣で笑い声が聞こえた。何かと思ったが、七輝が笑っているのだった。突如何かのスイッチが入ってしまったようだ。そういえば、彼女がこんなに声をあげて笑うところを初めて見た。

その七輝の背中をぽんぽんと叩き、雨音さんが歩き出した。「行こう。こっちだって」

おばちゃんが見つけてくれた石の階段は雨で濡れ、削れ、左右と頭上から草が迫ってくる緑のトンネルになっている。金属の手すりこそあったが、人があまり入らない場所であることは印象で分かった。島の山頂の片隅で忘れられ朽ちていく古代遺跡、とでもいうような風情だ。小さな虫がぱたぱたと顔に当たり、糸を伸ばして目の前に降りてきていた芋虫に清春が「うおっ」とのけぞるが、草木の中に分け入ると空気がすっと涼しくなった。立原姉妹は虫が苦手ではないようで、空中に張られた蜘蛛の巣を手で払いながらどんどん上っていく。しゅわしゅわしゅわしゃしゃしゃしゃ、と叩きつけてくる蟬の声がますます強くなり、前を行く七輝の息遣いが聞こえる。観光客が上るために整備された階段なのに、いよいよ冒険になってきたな、という感じがした。

「あった」

雨音さんが前を向いたまま立ち止まっている。彼女の前に二メートル四方程度の小さなものがある。建物というには背が低すぎ、変電設備の一部か何かだと思っていたのだが、正面を見ると賽銭《さいせん》箱があった。鳥居も注連縄《しめなわ》もないから気付かなかった。

「……これが下社、ですか」

「他にはないしね」雨音さんは財布から銀色のコインを出して賽銭箱に落とし、ただまっすぐ落とすだけなのに外して拾い直した。「あっ、これゲーセンのメダルだわ。入れなくてよかった」

本当に社《やしろ》なのかとは思うが、賽銭箱があるのだからここなのだろう。扉の奥にはちゃんと御神体があるはずである。僕たちは蟬の声の中、手を合わせ、失礼します、となんとなく断ってから小さな社の周囲を回った。

苔むしたブロック塀に囲まれた小さな社。その屋根の裏側に、明らかに新しいビニールパックが無粋な青のテープで貼りつけてあった。

伊豆大島という遠隔地で、知らないおじさんおばさんたちの助けまで借りたが。とにかく辿り着いた。

だが、これは。暗号だ。

「……家系図？」

下社の前に戻って、待っていた七輝に紙を渡す。「……この『○をつけておいた』人の名前が暗号の答えだと思うんだけど」

七輝は雨音さんと清春に左右から寄られて窮屈そうにしつつも暗号をじっと見て沈黙している。ざあ、と風が吹き、周囲の木々が揺れて葉が落ちてきた。しいしいしいしいしゅわしゅわしゅわしゅわしゅわ。蟬の声が耳に痛いほど続いている。

今回も言葉によるヒントは一応ある。「3人で偏らぬよう等しく」「力を出し合い」「倒れぬように」「八幡宮に」。つまり、答えがどこかの八幡宮に——またこういった形で境内のどこかに隠されていることはほぼ間違いがないだろう。だとすると次がゴールなのではなく、待っているのは次の暗号だ。そう考えた自分がほっとして

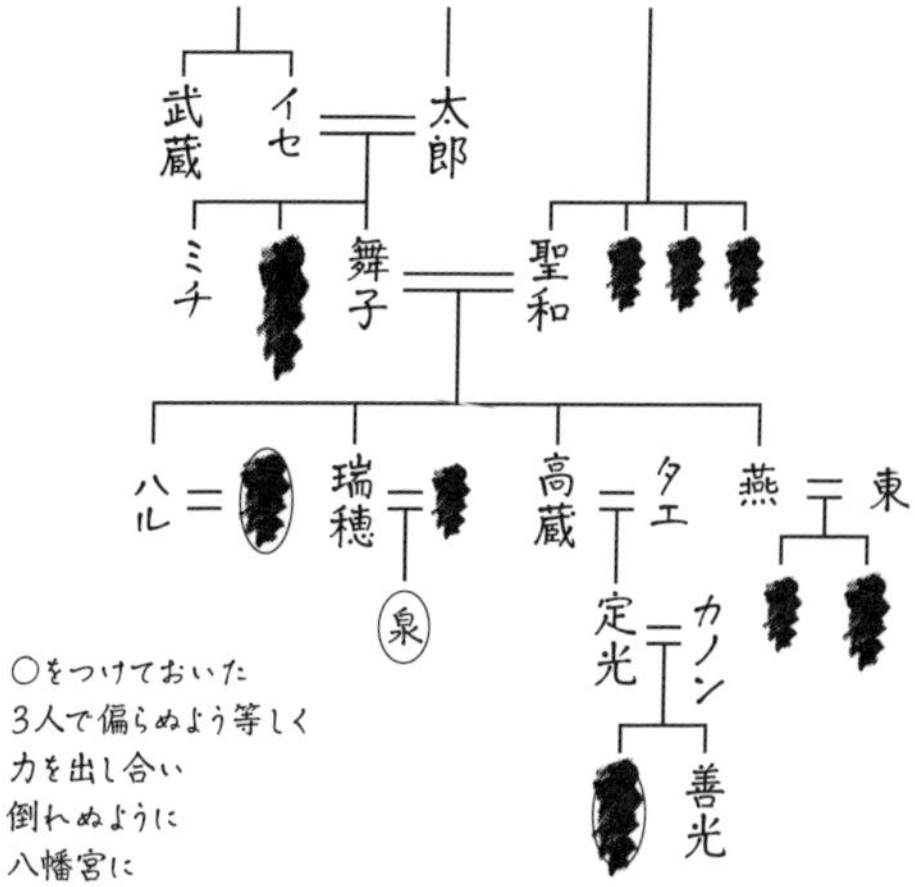

いることに気付いた。まだ続くのだ。続いてくれる。

でも、と思う。……だとすると、このゲームはいつまで続くのだろう？

「だあっ。今回また難しくなってねえ？」

清春が声をあげた。三十秒ぐらいしか経っていないのだが。「わけわかんねえ。人の名前なんてノーヒントで分かるわけねえし」

確かにそうだ。言葉によるヒントは書いてあるが、これはおそらく、○をつけられている三人の名前が判明した後に使うヒントである。それにしてもギブアップが早すぎないかとは思ったが、雨音さんも苦笑しながら顔を上げ、上ってきた階段を振り返った。「とりあえず下りようか？　ここ虫多いし。

下にお土産屋さんとレストランあったよね。帰りのバスの時間まで、そこで」

言いかけた雨音さんの袖を七輝が引っぱる。視線はまだ暗号の紙に落としたままだが、彼女が言いたいことは僕にも分かった。なので反対側を指さす。「あっちの先に展望台があるみたいなんで、上ってみませんか？　せっかくだし」

七輝がこちらを見て頷く。だが、頷いた後もじっと僕を見ていた。とりあえず頷き返す。

さっきの人助けハイキング組がレストランに入っていったのは見ている。今からレストランに行けば、まだいるだろう。そこに暗号を持って入ったらどうなるか。確実に彼女たちは声をかけてくるだろう。「あら、さっきの」「こっちいらっしゃいよ」。あのての年配の人たちが僕たち若者に対し、どうしてああも無条件かつ無制限に親切にしてくれるのかは分からない。だが確実にそうしてくれるだろうし、たぶん「これも食べな？」といろいろごはんを分けてくれたり、場合によっては僕たちの分もおごってくれるかもしれないことは予想がついた。

だがその後、彼女たちは確実に僕たちの持つ暗号に目を留めるだろう。「あらそれ何？」「暗号」「おい仲根さん、暗号だってよ」――そして僕の携帯が彼女たちの間を巡っていったのと同様に、暗号もまた僕たちの手を離れて彼女たちの間を巡り、しばらくは戻ってこないだろう。結果、僕たちは人助けハイキング組の十数人と一緒に謎解きに挑む形になる。今回の暗号は「家系図」だ。年配の人の方が詳しい気がする。そうなれば彼女らが先に解いてしまうかもしれない。

それは純粋なる善意によるものだし、助けてもらって我儘《わがまま》、ということにもなるかもしれない。さっきの経験だって、とても意外で楽しかった。だが、この暗号は。

……この冒険は、僕たちの冒険なのだ。

14

展望台にはその見晴らしに相応しい風が吹き続けていた。七輝の持っている暗号の紙は主の手を離れようとばたばた抵抗し通しで、謎解きには不向きの場所だったかなと少し思った。後ろの東屋は三方が壁だったが、それでもわりと吹き込む程度に風が強い。吹きつける風の音と砂嵐のごとき蟬の声が空気をぐしゃぐしゃとかき混ぜ、吹く風と照ったり陰ったりの日差しで体がまだらに暑い。

だが目の前にぶわっと広がるこの景観は、見ないまま帰らなくてよかった、とほっとするレベルのものだった。三原山山頂。裾野がはるかに広がり、そのむこうに火口が見えている。だが生えている樹は背の高さぐらいの低木だけで、遊歩道を歩いていく人の姿がはるか遠くに見える。何より、その低木地帯に幾筋か、黒っぽい流れができているのがはっきり分かる。火口から流れ出して枝分かれしながら裾野に広がっていく黒。あれは明らかに溶岩の流れた跡だと気付くとちょっと衝撃を受けた。確かに噴火したのだ。今いるこの山が。日本は火山国だし桜島などは今でも活動している。知識としてそう知っていても、生で本物の「火山」の爪痕を見たのは初めてだった。

　隣に七輝が来ていた。ここまで上ってくる時はずっと紙を見たままゆっくりゆっくり最後尾を歩いていたので、もはや暗号に夢中で景観のことは忘れているのかと思ったが、そうでもないらしい。

　風が彼女の前髪を舞い上がらせ、白いおでこを覗かせる。

「……すごいね」

「うん」

「ここまで来てよかった」

「うん」

　彼女と雨音さんのおかげだった。さっきの人助けハイキング組といい、こんな経験は暗号に関わらなかったら絶対にしなかった。

「んー、わからん！」

　後ろで声がして、暗号の紙を持った雨音さんが東屋を出てくる。「やー、でも景色すごいからいいか。なんか飛びたくなるね、これ」

　わかるわかる、と清春が頷く。「なんか飛べんじゃね？　って気になる」

雨音さんは七輝の隣に来る。「どう？　なんか思いついた？」

七輝は首を振るが、微笑んでいる。

僕も首を振る。景観を見つつ暗号に頭が飛び、暗号のことを考えていたはずなのにいつの間にかぼーっと景観を見ている、という往復運動がさっきから続いていた。あまり成果の出そうな取り組み方ではなかったが、とりあえず気付いたことだけまとめて言葉にしてみる。

「それ、家系図じゃないのかもしれない」

おうっ、という声は雨音さんからのものだが、後ろを見ると清春もこちらを向いていた。

「家系図だとするなら、一番大事なものが書いてない。それ、何家の家系図なのかな？」

「……言われてみれば」七輝が畳んでいた暗号の紙を広げる。途端に飛ばされそうになって押さえる。「普通、上に書くよね。『○○家　家系図』って」

「うん。それに年代がちょっと分からなくない？　『イセ』さんとか『ハル』さんとかは昔の女の人だなって感じがするけど、『タエ』さんの親の親世代ってなったらかなり昔のはずなのに、あんまりそんな感じ、しないよね」

そうだ、と思う。言いながら気付いたことだが、この家系図には「数字名前の人」が一人もいない。「誠一」とか「徹三」といった男性名だ。昔はかなりの割合で存在したはずなのに、この家系図には一人も出てこない。この家系図の名前は、何か偏っている。

清春がやってきて横から紙を覗くと、七輝は紙ごと渡した。

「それに、何人かいる『名前が消されている人』は何なんだろう？　○をつけたところは消すとしても、それ以外の人はどうしてわざわざ消したんだろう」紙を持っている清春に問いかける形になる。「不要な部分だから消したのかもしれないけど、『聖和』さんや『舞子』さんのきょうだいはともかく、『瑞穂』さんの夫とかは書いてもよくない？『燕』さんと『東』さんの子供だって、書く必要がないなら書かなければいい。それに『舞子』さんのきょうだい、どうして一人だけ消されてるんだろう」

「確かに」清春が紙を覗き込む。「お前やっぱ頭いいな。なんで勉強たいしてできないの？」

「いや、別に……こういうのはただ得意なだけだから」勉強だって本気でやればいい成績が出るはずだと信じているのだが、まだ本気になったことがないから分からない。

「そういえば消された名前、一文字から二文字まであるみたいだね」七輝が言う。「だとすると『省略した』んじゃなくて、『何かの理由であとから消した』んだよね」

「てことはこの家、実際にどっかにある？」

清春の言葉に「あまりそういう気はしない」と心の中で首を振りつつ、しかし僕は、今の言葉が何かいい指摘になっている、ということを直感していた。「今の言葉に立脚すれば何かに繋がりそうな感じ」というのがある。こういう時は動いてはいけないのだ。もう少しで見えそうな感じ。別のことを考えてはならない。

が、今は僕一人ではないのだった。清春が「飯どうします？」と言い、雨音さんがそれに答えると、僕の思考は中断された。もっとじっくり考えたかったのに、と思う一方で、ひとと一緒にいるというのはそういうことだ、と自分に言い聞かせる。だがさっきの言葉だけは忘れないよう頭の中でピン留めしておいた。「実際にどっかにある」。

船のエンジン音が同じ調子で続いている。隣の席で七輝が寝ている。力尽きたかのように頭を垂れているので髪に隠れて顔はよく見えないが、じろじろ見るものでもない。船はほとんど揺れないものの、エンジンの振動に従って時折がくりとしたりするからあまり楽ではなさそうである。本人も眠るつもりはなかったが、不覚にも落ちてしまった、というところだろうか。僕は子供の頃、野良猫と遊んでいたら胡座《あぐら》をかいて座っている上にひょいと乗ってこられて、動けないで座っているうちにそのまま寝てしまった時のことを思い出していた。なんにせよ「寝てくれる」というのは自分に対して安心してくれている証拠だよな、と思うと幸せな温かさを感じる。会うのはまだ三回目、のはずだが、たとえばアクション映画のヒーローとヒロインだって「初対面」のままストーリーの最後にはキスしたりするわけで、もう気にしないことにした。寝顔をとっくり眺めてニヤつくのは気持ち悪いので、携帯で撮った暗号の画面を表示させる。

あの後、バスで山を下り、元町港付近を皆で歩いた後、港の弁当屋さんで昼を買って食べた。遅い昼だったのとなんだかんだ疲れていたので、その後はみんなゆったりと静かに過ごし、船を待った。夕方の船でちゃんと日帰りできたのは僥倖《ぎょうこう》だったが、あるいは「出題者」の配慮かもしれない。下社の表示が見えにくくなっていたのはただのイレギュラーだろう。

その間はずっと誰かと何かを話していたので、こうしてゆっくり暗号と向きあう時間はなかった。だが展望台の時点で「もう少しで何か」と思ったまま中断されていたのだ。その続きができるだろうか。

外が曇ってきたため、窓の外を高速で移動する水面は灰色をしている。

僕は、こうしたことに関する自分の勘については、わりと信用していた。展望台で頭にピン留めした言葉は、記憶の引き出しを引くまでもなくずっと意識にある。「実際にどっかにある」。暗号の紙を撮影した画像を携帯で見る。そう。この「家系図」は実際にどっかにあるのだ。だが家系図ではない。実際にある別の何かだ。

雲が切れたのか、急に窓から光が差した。思わず目を細めながら、僕は気付いた。これは家系図ではない。だとすれば、ここに書かれている名前は人名でないかもしれない。だとすれば。そう。たとえば「武蔵」とは。

……明らかだ。

心臓の鼓動が急速に大きくなってくるのが分かる。ずっと袋小路だと思っていた路地にぽっかり開いた抜け穴だった。しかも覗くと底が見えない。震え始めた指で携帯を操作する。武蔵。イセ。聖和。これが人名でないならば。

幸運に助けられたと言うべきなのか、そもそも織り込み済みのヒントだったのか。

……僕たちの住む国分寺は「武蔵国」である。だから周辺には「武蔵○○」という駅がいくつもある。武蔵境、武蔵小金井、武蔵関、武蔵大和、武蔵野台。川崎市まで南下すれば武蔵中原。そして「イセ」が「伊勢」だとするならば、これもまた三重県の方に駅名がたくさんある。伊勢若松、伊勢中川、伊勢治田《はった》、伊勢大井、そして……伊勢中原。

同じ「中原」だ。「伊勢中原」と「武蔵中原」。この「家系図」に書かれた名前は人名ではなく駅名。たとえば、一番左上は「中原」「中原家」のきょうだいだ。だとすれば。

まだだ、まだ偶然かもしれない落ち着け、と思いながら携帯で検索する。左向きのフリック入力がうまくいかずに同じ誤入力を何回もした。「太郎」さんも存在する。ＪＲ日豊《にっぽう》本線の「宗太郎」駅。だとすると「宗家」の消された子は京成電鉄の「宗吾参道」駅ではないか。

だが「宗舞子」なんて駅はないぞ、と思いかけ、すぐに納得する。だから家系図なのだ。

家制度に従うなら、結婚している「舞子」さんはすでに「宗」ではない。姓は変わって、別の「〇〇舞子」になっているはずなのだ。では「舞子」のつく駅は、と探すと、「近江舞子」「新舞子」と、複数あった。だが夫が「聖和」だということは。

……北海道に「西聖和」駅があった。JR富良野線。つまり「舞子」さんは西家に嫁いで兵庫県の「西舞子（山陽電鉄）」になったのだ。この二人は旅行中の北海道で出会ったのだろうか、と思うとつい微笑んでしまう。

一つ、忘れていたことがあった。隣を見る。七輝は眠っている。

「七輝。……あの、七輝さん」つついても起きない。

「あ、七輝寝ちゃった？」後ろの席から雨音さんが背伸びしてくる。「起こす？」

「いえ、起きなくて。あの」体をよじりつつ携帯を見せる。「暗号、解けたっぽいんです。紙、いただけますか」

「おっ、マジで？」雨音さんはどう畳んでいたのか変な折り目がついている紙を差し出してくる。「じゃあ七輝起こさないとね。キスしてみたら？」

「はい……えっ？　はい？」

「こっちも寝てるんだけど」驚くべきことに、雨音さんの隣で清春も俯いて寝ていた。彼なりに気を張っていて疲れたのかもしれない。「お兄さんもキスして起こしてやって」

「いえ兄弟じゃないんで」

それ以外にもつっこむべきところがあった気がするが、雨音さんはわりと雑に清春を揺さぶった。「キヨ君ー。朝だよー。夕ご飯できたよー」

時間帯の設定が曖昧だなと思いつつ隣の七輝をぱたぱたと叩くと、彼女はう、とひと呻きして目を開けた。たっぷり一秒間こちらをじっと見て、そこでようやく自分が眠っていたことに気付いた様子で周囲を見回す。「私、寝てた？　ごめん」

「いや、いいって」焦る顔が可愛い。「それで、暗号が」

座席の背もたれがどか、と揺れる。振り返ると、清春がこちらに身を乗り出していた。「解けたって？　マジすげえなお前」

「いや、まだ、分からないけど」こうも注目されると不安になる。「西舞子」も「西聖和」もあったが、他がなかったらどうしよう、と思う。

だが、ちゃんと存在してくれた。西家の子供たち。「西」がつく駅名なら山ほどある。「燕《つばめ》」さんは新潟の「西燕（ＪＲ弥彦線）」、「高蔵」さんは名古屋市営地下鉄名城線の「西高蔵」。「瑞穂」さんは「西瑞穂（ＪＲ富良野線）」、「ハル」さんは「西春（名古屋鉄道犬山線）」と、全員揃っている。

「……そうか。それで消してあるんだね」七輝が頷く。「『舞子』さんのきょうだいは、片方は『宗道《ミチ》（関東鉄道常総線）』さんだからいいけど、『宗吾参道（京成本線）』なんて書いたら駅名だってすぐ分かっちゃうし」

雨音さんも携帯で検索しつつ、座席の背もたれの隙間からこちらを覗いている。

「ことは『聖和』さんの横のいっぱい消されてるきょうだいも『西国分寺』とか『西寒河江《さがえ》』とか、口にできないような名前の人だね」

別の言い方はできないのだろうか。「地名だってすぐにばれちゃいますからね」

「『燕』さんが嫁いだのは『三条家』っすね」清春が携帯を操作しながら言う。路線検索のサイトだと分かりやすいようだ。「JR弥彦線……と上越新幹線も停まるんすね。『燕三条』駅」

「『東三条』もあるね。JR弥彦線と信越本線」雨音さんは「おおー。面白くなってきた」と呟く。「三条家の『とても言えない子供』二人は『北三条（JR弥彦線）』君と『三条京阪（京都市営地下鉄東西線）』君かな。お兄ちゃんの北君はお調子者で、クールで冷めた弟の京阪君からいつも冷たい目で」

「そういう設定なんすか？」清春もつっこみつつ携帯を見たままだ。「でも『高蔵』さんの奥さんの『夕エ』さんがよく分かんないっすよ。『西夕エ』って駅はないし」

「『高蔵』さんは『夕エ』さんの家に婿入りしたんだと思う。『夕エ』さんの家は子供が『定光』さんでその奥さんが『カノン』さんだから……」そしてその子の片方が「善光」さん。これはすぐに分かった。「『寺』家だ。『妙寺（JR和歌山線）』。『定光寺《じょうこうじ》（JR中央本線）』……そうか。『カノン』さんは『観音寺』だ。香川県のJR予讃《よさん》線か、愛知県の名鉄尾西線かは分からないけど」

「あのさ、それはいいんだけど。じゃあここ」雨音さんが座席の間に無理矢理手をこじ入れてきて、僕の持つ紙を強引に指さそうとする。手だけ突き出てくるので完全にホラーである。「〇で囲んであるけど、善光君の弟、名前どうなるの？　寺家ってめちゃくちゃいない？」

「あ、確かに」清春が頷く。「いや、でも兄が『善光』なんだから」

「だね。たくさんあるけど……」僕も頷く。確かに「〇〇寺」という駅は日本全国に山ほどある。「久宝寺《きゅうほうじ》（JR大和路線）」、「誕生寺（JR津山線）」、「宝積寺（JR宇都宮線）」。だが。「……その中からどれか一つ、っていうんなら分かる。兄が『善光』なんだから、兄は『財光』だ。宮崎県の、JR日豊本線『財光寺』駅」

「なるほど。あ、手が抜けない」

「無理矢理突っ込むから……」

「二人は分かったね。でもあと一人」雨音さんは「よいしょ」と手を引っこ抜いた。

「……分からなくない？　『ハル』さんの相方って何駅？」

七輝も紙を受け取り、覗き込んで首をかしげる。そうなのだ。この二人に関しては全く情報がない。「ハル」さんは夫しかいないのに、その夫の名前がない。

だが、じっと紙を見ていた七輝が言った。「分かる」

視線が七輝に集まる。彼女はそれに遠慮するように、一度上げた顔を俯けた。

「ハル……『春』がつくのは『春日部』『春日』『春日井』『春木』『春田』『春日野道』『春木場』」七輝は淀みなく並べる。「でも『春日（日家）』とか『春木（木家）』だと数が多くなりすぎる。『春田（田家）』もそう。もしこれらが正解なら、この二人の子供の名前が一つくらい書かれていてもいいと思う」

「ああ、確かに」座席越しに雨音さんの声がする。「逆に『春日井』『春日野道』はない。相方も存在しないことになっちゃうね」

「うん。だから『春日部』か『春木場』のどちらかだと思う。『木場家』なら夫の名前は『新』さん（東京都江東区『新木場』駅）だろうけど、読み方は違っても長崎の『西木場（松浦鉄道西九州線）』と鹿児島の『木場茶屋（JR鹿児島本線）』もある。なのにこの夫婦に、子供が一人もいない、って書かれてるってことは……」

「『春日部』の方か。『ハル』さんが嫁いだのは『日部』家。相方の名前は『北春』さん（東武鉄道伊勢崎線『北春日部』駅）だね」雨音さんはまた座席の間からズリ、と手を突き出してきてサムズアップした。「七輝ナイス」

清春が「おおう」と唸る。「これで全員分かった。……ん？　あれ？」

清春が首をかしげている部分については、僕も迷っていた。

「……○をつけられた三人、二人は『北春日部駅』『財光寺駅』って分かったけど、三人目が何泉駅なのか分からないよね」

そうなのである。「瑞穂」さんの夫の名前が分からない以上、その子供である「泉」さんのフルネームが分からない。「瑞穂」さんは何家に嫁いだのだろうか？

「んー？『泉』って駅めっちゃあるぞ。『泉ケ丘』『泉岳寺』『泉中央』『泉佐野』」

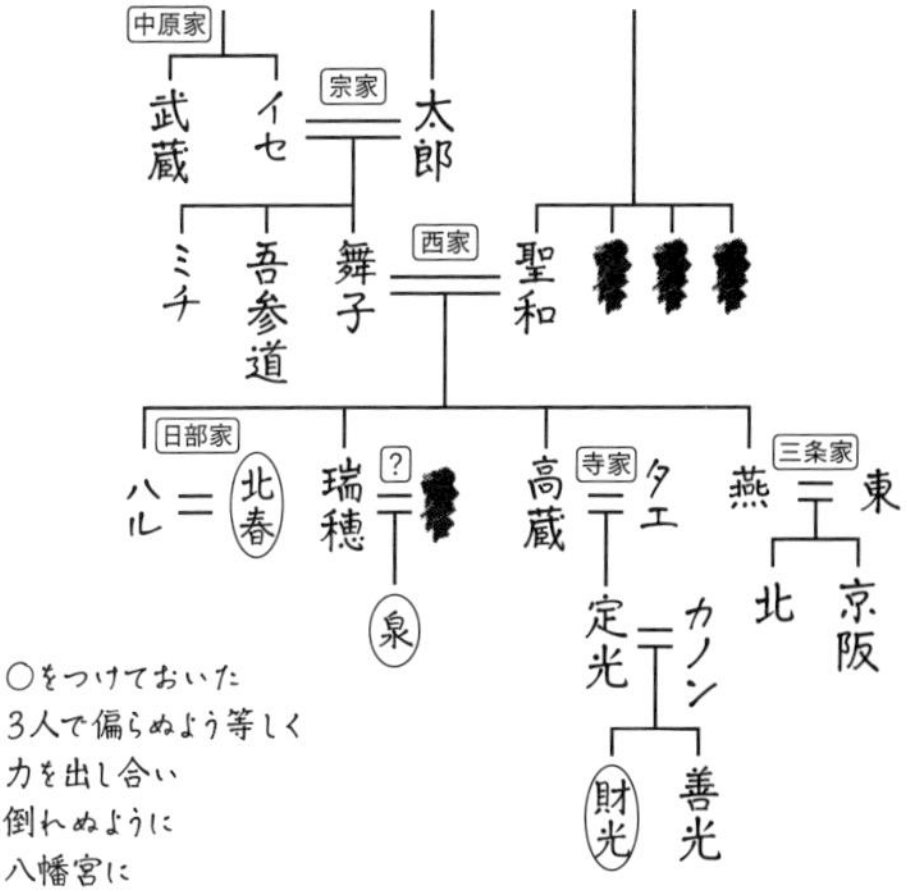

「『泉体育館』ってのもあるけどさすがにこれはなくない？　『体育館家』って。あっ。手、抜けない」

「そこから出すからですよ。……姓としてありそうなのだけ見ても『泉郷』『泉崎』『泉大津』……五、六個ありますね」

「何か……ヒントは」

「……ないね」

　七輝の問いに即答してしまったが、本当にないのだ。『財光』さんのようにきょうだいがいるわけではないので、推測のしようがない。それに「泉○」のパターンではなく、「○泉」という駅まで考えれば、「今泉」「中泉」「下泉」ときりがない。地図を見ても「西瑞穂」駅のまわりに、「泉」に関連する駅名はなかった。

全員が沈黙し、雨音さんが「おりゃっ」と気合を入れて座席の間から突き出していた手を抜く。エンジンの音が無機質にぶううう、と連続する。東京湾に入ったようだ。

人はこういう時、そんな可能性はゼロに等しいと分かっていても、ついヒントを求めて周囲を見回してしまうものである。竹芝客船ターミナル行きの高速船。座席は半分程度埋まっている。家族連れの観光客、一人の釣り客、大島の人らしき三人連れの老人。

だが、その三人連れの会話がふと耳に飛び込んできた。

――前からあんな調子だもん。あそこは婿養子だからさ。

あっ、と思った。「そうか」

七輝がこちらを向くと同時に、後ろの二人も動いた感触があった。三人とも、誰かが口を開くのを待っていたのだ。

「手がかり、ありました」僕は携帯の画面を七輝に見せつつ後ろの席に言う。どちらを向けばよいのか分からない。「『西家』から『寺家』に婿入りした、『高蔵』さんです」

「『タエ』さんと結婚した人？」清春がまるで親戚のように言う。

「そう。家制度を前提に考えてほしいんだ。代々家を継げるのは男性だけだ。通常、女性は家を出て相手の家に入るから、名字が変わる」

「何それ」

「ひでえな」

「差別」

「僕に言わないでください」三方から非難された。「名前からして昔の設定ですし。……とにかくそれを前提にすると、この家系図はおかしいです。『西家』の子供で唯一の男性に見える『高蔵』さんを、『寺家』に婿に出してしまっている。それじゃ『西家』は誰が継ぐんですか？　『西家』ってたくさんいますよね？　大きな家なのに」

「言われてみれば」雨音さんが言う。「お家断絶？」

「してないんだと思います。だから『西家』は、『高蔵』さんを婿に出せた」携帯の画面を見て確認する。間違いない。「『西家』は『瑞穂』さんが継いだんですよ。『瑞穂』さんは男性だったんです」

一拍おいて、周囲から「ああ」「おお」と声があがった。つまり、結論は一つだ。

「『西瑞穂』さんは『西瑞穂』のままでした。当然、その子供の『泉』さんは『西泉』です」

西泉駅。石川県金沢市。北陸鉄道石川線の途中駅だ。

「おおー。揃った」清春も、スクラッチくじでも当たったかのように表情が明るくなる。「宮崎のJR日豊本線財光寺駅。埼玉の東武伊勢崎線北春日部駅。それに石川の北陸鉄道石川線西泉駅……と。この三つか。バラバラだな」

「で、この三駅で『偏らぬよう等しく　力を出し合い　倒れぬように』」僕は携帯を出した。ちょうどいいサイトがちゃんとあったのだ。「この三点の『重心』を調べてみました。……ちゃんと陸上でした。滋賀県栗東市《りっとう》」

埼玉県と石川県と宮崎県をつなぐと、やや歪んだ二等辺三角形ができる。日本列島の細長さを考えれば、こう綺麗に三角形ができる三つの地名、というのは限られてくるだろう。そのことからも、この答えで間違いない、ということが分かった。途中の「北春日部」のあたりはやや曖昧で心配だったが、こうして解答を出してみるとはっきりする。

そして栗東市の該当地域を地図で表示する。もうすでに皆、やっていたらしく、あった、という声が周囲から先にあがった。

「八幡宮、あったよ。山の中っぽいけど」七輝が携帯を見せてくる。「『栗東ホース倶楽部《くらぶ》』？　の近く。草津駅から行けるのかな」

「あー、バスがあるみたいだよ。帝産湖南《ていさんこなん》交通。なんかロゴがかっこいいんだけど」

今度はちゃんとヘッドレストの上から、雨音さんの手が伸びてくる。とにかく、行ける場所ではあるらしい。だが。

「……さすがに泊まりだな」清春もそわそわしているようだ。「行く？　行っちゃう？　ここまで来たんだし」

「メロン！　草津は『うばがもち』、栗東は『栗東あられ』。あっ、これちょっと食べてみたい」行く行かないどころか、雨音さんはすでに特産品を調べていた。「琵琶湖の海の幸もあるんじゃない？」

「琵琶湖は湖です」

つっこみつつも迷う。隣の七輝がどうするか、気になる。滋賀県まで、泊まりがけの旅行。雨音さんはいいだろうが、僕も清春も親から許可が出るだろうか。いや、大学生の雨音さんが引率、という形になれば。

「行くしかないっしょ。俺、親説得するわ」

清春が決然と言った。「絶対行きたいし」

うちはできるだろうか、と頭の中でシミュレーションしてみる。うちの親は禁止するというより、むしろ心配でいろいろ言いそうだ。だが一緒に行くのがクラス一の人気者の清春、ということを説明すれば喜ぶかもしれない。うちの子にも明るい友達ができた、と。連れていってくれるのは大学生だと言えば。

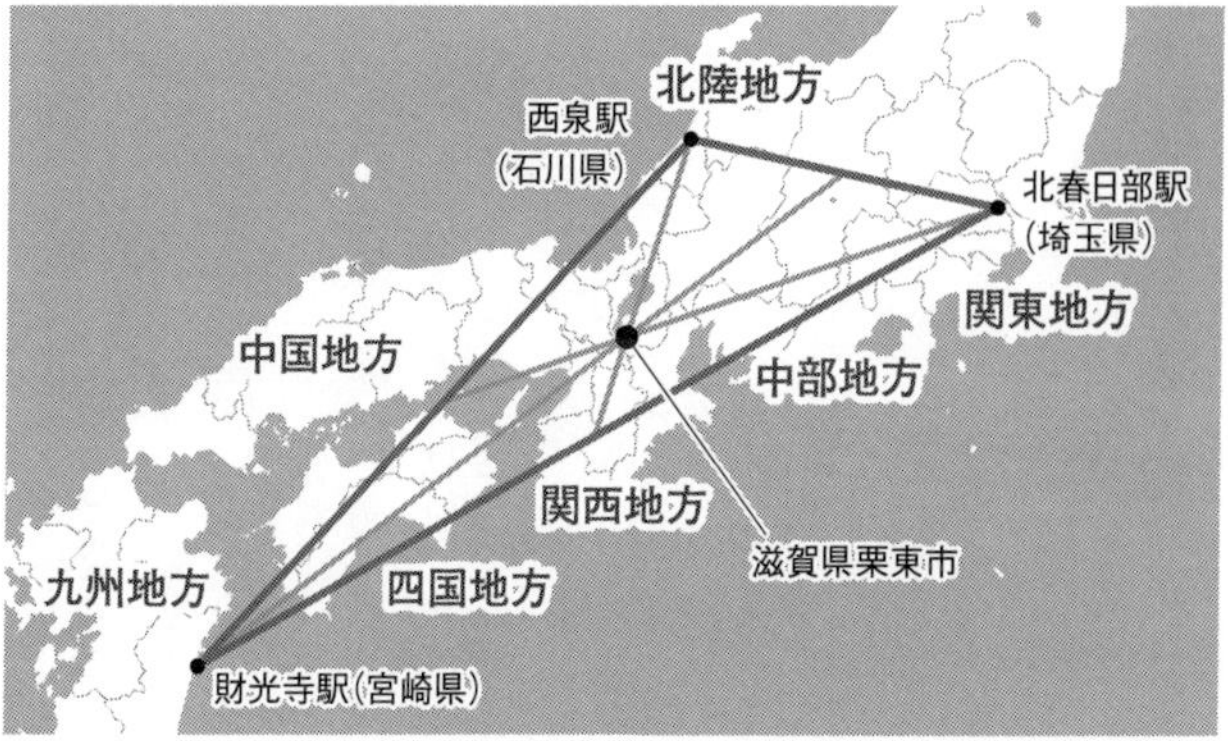

……だが女子も一緒、で何か言うだろうか。

「ま、うちは大丈夫だから」当の雨音さんはあっさり頷いた。「行きましょうか」

絶対に行きたい。ここまで来たのだ。そしていよいよ、舞台が日本全体に広がった。どこまでついていけるかは分からないが、暗号だってちゃんと解いている。今回の暗号は苦労した。これまでと同じように。

そこでふと、清春が言っていたことを思いだした。今回の暗号は、最初に見せられたものや武蔵国分寺公園で見つけたものと似ている。だとするとやはり、東山魁夷記念館と葛西臨海公園のものだけが「浮いて」いるのだ。

……何か事情があったのだろうか。

船は高速で東京湾内を進んでいる。漁船を追い越しながら思う。それもまた、確かめなければならない。この暗号ゲームには何かある。


竹芝客船ターミナルに着いたのは夕方だが、国分寺に戻ると夜になってしまった。駅を出ると、清春は「さすがに今日は夕飯までに帰った方がよさげ」だと残念がりながら去っていった。これから泊まりがけの旅行に行けるよう交渉しなきゃいけないから、ということで、僕たちの中で一番親が厳しいのは、意外なことに清春なのかもしれなかった。

清春が去り、ちょっとトイレ、と言って改札の中に戻っていった七輝の背中を、ついじっと見てしまった。本人は普通に歩いているだけのつもりなのだろうが、その姿が何かすごく「いいもの」に感じられる。「いいもの」が離れていく、という感覚がある。

たぶん、じっと見すぎていたのだろう。雨音さんに言われた。

「視線が熱いね」

「えっ。いえ」とっさに適当な理由が出ず、焦った。「いえ。疲れてるようだったんで」

「ああ、まあね」雨音さんは微笑んで、妹が入っていった改札の方を見る。「あの子昨夜、あんまり寝てないと思う。楽しみすぎて寝られないって言ってた。ライ君も一緒だし、って」

最後に付け加えられた一言が心臓に温かい衝撃を与え、急に鼓動が速くなる。「いえ」

「ライ君はどうなの？　七輝のこと、好き？」

え、と声を漏らしたまま言葉が出なくなった。いきなりまともに訊かれた。まさか駅のこんなところで、こんな不意に訊かれるとは思っていなかった。雨音さんはこちらをじっと見ている。すぐに答えられなかったことが後ろめたさになり、僕は顔を下に向ける。

「……いえ、その。それは」

正直に言うべきだということは分かっていた。少なくとも雨音さんには一言、断りを入れておくべきという気がする。だが視線はどうしても上がらず、駅の床のタイルしか視界に入らない。「あの、まあ。……それは」

「そっか」雨音さんは穏やかに納得したような声で言った。「……だとしたら、ごめんね」

よくない反応だということはすぐ直感できたが、それ以外のことはさっぱり分からなかった。なぜ雨音さんが謝るのか。つまり。

「……七輝さん、彼氏がいる、とか」

「いや、そういうことじゃないんだけどね」

雨音さんは、なぜかすぐ言葉を切った。いつもは十伝えようとして二十五は喋るのに、今は一しか言葉にしない感じだった。あとは間と推測で膨らませるしかないが、よく分からない。

「あの、じゃあどういう」

「……要するに」雨音さんは何かを決意したように言った。「私も七輝も、きみが思っているような人じゃないってこと」

雨音さんは言いにくそうに目を伏せた。望ましくない言葉なのに意味が全く分からない。僕としては本来なら不満に思ってもいいはずだったが、逆に彼女のことが心配になってしまったのは、彼女の表情と声から、「本当は言いたくない」「幻滅されたくない」という内心が透けたからだろう。だが。

「……よく分かりませんけど、幻滅はしないと思います。だって僕は、あなたのことも七輝さんのことも、まだろくに知らないんですから」続く言葉に自分で照れる。「……それでも好きになったんです」

言ってから、顔全体が熱くなった。人間の顔がここまで発熱するのか、このままでは膨張して破裂してしまうのではないか、と思ってもまだ熱くなり続けた。真っ赤になっているに違いないと思い、つい顔を伏せる。

「……ありがとう」雨音さんは言った。「でも、これだけは言える。本当の七輝を知ったら、あなたは絶対に驚く」

「……かまいません。それも含めて」もう熱くなっている。ついでだ、と思った。「……好き、です」

少し間が空いた。ロータリーの方で、こんな時間なのにアブラゼミが鳴いている。

「そっか。……ごめん。忘れて」

僕が顔を上げると雨音さんは苦笑し、それから改札口のむこうに視線をやる。七輝が戻ってきていた。この話がこれ以上続いたらまずい、と思ったが、雨音さんは続けることなく、普通の態度に戻った。

挨拶をして、二人と別れる。七輝はこちらを振り返って手を振っていて、僕も振り返した。駅を出て、僕は小走りになっていた。暗がりに逃げ込むように路地に飛び込み、そこで立ち止まる。

……今のは、何だったのだろうか。

いきなりのことに頭がついていっていない。だが、なぜか納得はしていた。まあそうだろうな、という、妙に腑に落ちた感覚がある。これまでがうまくいきすぎていたからだろうか。だが。

――本当の七輝を知ったら、あなたは絶対に驚く。

雨音さんが言うのだから、本当なのだろう。だがそれがどういう驚きなのか、全く予想がつかない。心構えをしようにも、どちらに向かって構えていいのか分からない。

本当なら清春に相談したかった。だがこればかりは言えない。

15

新幹線のホームというのはなぜか緊張する。来た電車にただ乗るだけだし、自由席なのだから最悪、乗り遅れても大丈夫だというのに。もう取り返しがつかないぞ、という気がする。僕は周囲の空気の蒸し暑さを忘れるほどにどきどきしていた。いよいよ出発する。目的地は滋賀県栗東市。立原姉妹がとってくれたビジネスホテルに一泊する。

「楽しみだね」

隣の七輝が言う。僕は頷く。そういえば彼女は同じことを何回も言っている。雨音さんと清春は駅弁の話題で盛り上がっている。皆、それぞれに浮ついているようだ。新幹線ではしゃぎすぎるなんて子供のようだ、少し落ち着こう、と念じて周囲を見回す。落ち着かない時は周りを見るといいのだ。自分より落ち着いていない人を見つければ自分は落ち着く。

少し離れたところに、目をそらした人がいた。

右へ左へ揺れていた視界がその存在に気付いて止まり、そちらをちゃんと見ようと捜す。いない。いや、いた。すでにこちらに背を向けて歩き出しているあの人だ。スーツを着た五十代くらいの男性である。あの人が今、こちらを見ていた。

いや、でも、と思う。本当だろうか。誰かに観察される覚えなどない。ましてあんな大人に。

迷っている間に男性は階段を下り、視界から消えてしまう。こちらに背を向けたままだったので顔は見えなかった。

そこで気付く。おかしい。ここは新幹線しか来ない新幹線のホームだ。電車が来てもいないのに、なぜ一度上がったホームから去るのだろう。

追いかけようと足を踏み出しかけたが、もうとっくに男性の姿は見えなくなっていた。それで気が萎《な》えた。きっと気のせいだ。たまたま目が合ってしまっただけだろう。たとえば雨音さんに見とれていて、それに気付かれたと思って慌てて逃げた、ということも考えられる。

「どうしたの」

七輝に訊かれ、いや、と首を振った。ありえないと思った。僕たちを監視する人間などありえない。僕たちは暗号を追っているが、僕たちが暗号を追っていることを、無関係の第三者が知りうる手段などないはずなのだ。

だからありえない、偶然だ、と頭の中で繰り返す。その一方で、脳内に仕舞われた記憶の一部がどうしようもなく発火している。伊豆大島への出発の時も、誰かの視線を感じた。

隣の七輝をちらりと見て、それから体の向きを変えてホームドアに視線を落とす。今の段階では何も言えない。だが清春も言っていたのだ。彼女たちは狙われたのかもしれない、と。


「7……。7はさっきあった。雨音さんそれいいですか。左の膝の上」

「これ?」

「いえすみませんあなたから見て左です。あ、その手前ですそれ。よし」

「ていうかこれもう七輝ちゃんの勝ちじゃない?」

「いや、だとしてもどのくらいで負けたのかはっきりさせたいでしょ。キヨそれ。胸ポケットの。……あれ？　Kじゃなかったっけそれ」

「うわ」

「七輝、カーブの時は押さえてって。ちょっと待ってかき混ぜる」

「そんな。そこの並びは覚えてたのに……。ていうか絶対無理ありますよね？　これ「スリルない？」

「理不尽さがあります」

　電車内で席を向かいあわせてトランプをやっている、というところまではよくある風景なのだが、問題はやっているゲームが「神経衰弱」だということである。普通はババ抜きとかだと思うのだが「お姉ちゃんは神経衰弱とスピードしかできない」という七輝の証言により、膝の上、手すりの上、尻をぎりぎりまでずらして尻の横、挙句はシャツの胸ポケット、とあらゆる場所にカードを仕込んでなんとか五十二枚をセッティングした地獄のような神経衰弱が始まった。ちなみに浜松あたりではスピードをやっていた。カードを手すりに並べ、審判役が手に持ったデッキから引く空中スピードである。いや、もちろん最初はババ抜きを教えようとしたのだが、雨音さんはしょっちゅう誤ってカードを二枚取ろうとして落としたり、カードを引く相手と引かせる相手が滅茶苦茶になったりで断念したのである。ババ抜きができない人というのを初めて見た。

東海道新幹線N７００Aのぞみ号。すでに名古屋を出ている。新横浜の次が名古屋で、その次がもう京都というのだから、ワープ航法のごとき飛ばしぶりである。姉妹や清春と予定を合わせるのに苦労した面はあるものの、伊豆大島から約一週間後に栗東行きは実現した。自分たちだけで泊まりがけの旅行。だが立原姉妹が当然のようにホテルを予約し現地での交通を調べてくれていたことを考えると、そう構えることではないのかもしれない。

だが、今日は夜まで一緒なのだ。キヨも立原姉妹も。何度考えてもそれが不思議だった。全く接点がなかった成田清春に、学校まで違う立原姉妹。どうしてこうなったのだろう、と思う。

地獄のような神経衰弱に大勝して得たカードをばさりと置き、ごめん、ちょっと、と言い置いて七輝が立ち上がる。通路を通った女性がきょろきょろしていることに気付いたようだ。

そういえば、と思う。車両番号も座席番号もでかでかと表示されており、乗ってきた人は遅くとも数分で自分の席を見つけられるようになっているから、こんなにいつまでもきょろきょろしているのは変だ。そういえば何度も通路を通る人がいる、とは思っていたが、どうやら同じ人が行ったり来たりし続けていたらしい。つまり迷っているのだろうが、七輝はちゃんとそれを見ていて声をかけたようだ。

やっぱりすごいな、と思う。それと同時に、その聡《さと》さに惹かれる。

だがスーツケースを引いた女性は海外から来ているらしく、日本語ができない様子だった。

「あ。May I help you?」清春が膝のカードを全部落としながら勢いよく立ち上がった。「あー English OK?　あー、ええと、说中文吗？」

中国語の発音は難しく、ネイティヴにはなかなか通じないと聞くが、女性は反応して頷いた。清春は在《ツァイ》那《ナ》边《ビイエン》、とか一起《イーチイイ》と言って奮闘する。

雨音さんが拍手する。「おー。キヨ君すごい」

僕も驚いた。清春、実は英語も中国語もできるらしい。

だがすぐに、ぼけっと見ている場合ではないことに気付いた。七輝が女性を案内してグリーン車の方に行こうとし、清春がそれを伝えようとしているようだ。僕も、とだけ言って立ち上がると、雨音さんも気付いたのかすぐに立ち上がった。

「おっ、みんなで行く？」

「人数、多い方がいいかも」

「なんで？」

適宜体を横向きにしつつ通路を進みながら、僕は小声で清春に説明した。すでに名古屋駅を出てしばらく経っているのに、指定席を取っているはずのこの女性が着席できていないということは、座ろうとした席に「先客」がいた可能性が高い。その「先客」の属性次第では、日本語のできない女性一人では対応できない可能性がある。

悪い予想は当たり、女性のチケットに記載されていた席番号の場所には、脚を組んで靴の裏をこちらに向けた中年男性がどっかり座ってリクライニングを倒していた。口許の髭と隣の座席に放り出されたセカンドバッグ。面倒な人間が待っているのだろうなとは思っていたが、ちょっとこれは予想以上すぎる。女性も七輝も躊躇っていたが、雨音さんが簡単に声をかけた。「お休みのところ失礼します。お手数ですがお手持ちの乗車券の座席番号を確認していただいてよろしいでしょうか」

この人は新幹線でもバイトをしていたのだろうかと思うが、男はいかにも邪魔そうに雨音さんを睨み上げる。

「こちらの席、10号車の11Aですよね。当車両は全席指定となっておりまして、そちらの席の指定券をこちらのお客様がお持ちなので」

男は聞こえないふりで窓の外を見る。雨音さんが続けて声をかける。「もしもーし。そちらの座席はー」

「ああん?」

男は振り返って凄もうとしたようだ。僕も少し怖かった。機嫌を損ねたら殴られる、という雰囲気があった。だが、と思う。男がそれを狙っているのは明らかだった。この人の機嫌を損ねたら怖そうだ。面倒なことになりそうだ。だから黙っていよう。触らぬ神に祟りなし。相手がそう思ってくれることを期待してわざと粗野に振る舞う人間は、電車やコンビニで見たことがある。そうやって列に割り込んだり座席を占領したりするのだ。要するに「たかり屋」である。

それを思うと腹が立った。この男はこれまでもずっと、このやり方で周囲に迷惑をかけ続け、ズルをし続けていたのだろう。

録画しておいた方がいいのかなと思ったが、その必要はなかった。僕たちの方を振り返った男が急に黙ったのだ。雨音さんの後ろに四人もぞろぞろ集まっているとは思っていなかったのだろうし、今のやりとりで周囲の客の注目も集めている。衆人環視の状況で露骨に乱暴な態度をとれば、すぐに車掌さんを呼ばれるし、録画されてネットに晒されるだろう。

男にもそれが分かったのだろう。雨音さんがにっこり笑って道を空けると、聞こえよがしに舌打ちをして立ち上がり、ことさらに乱暴な足取りで普通席車両の方に去っていった。おお……すっげ、と清春が呟く。

「勝ったし」

「よかったね」

「おととい来やがれってんだ」

皆で小さくハイタッチしあう。何かが起こるかもしれないとは思っていたが、まさか行きの新幹線の中でもう「戦闘」が発生するとは思っていなかった。

僕らに促された女性はとても恐縮した様子で座ったが、僕たちが去ろうとすると慌てて引き留め、日本ではまず見かけないデザインの、兎《うさぎ》が描かれた飴を袋ごとくれた。これは伊豆大島の時もあったぞ、と思う。おばちゃんが飴をくれるのは世界共通なのだろうか。

「さて神経衰弱」

あそこから続きをする気だろうかと思ったが、雨音さんはさっさと歩き出す。向かい側の席のおじさんから「見てたよ。えらい！」となぜか褒められて、ヒーローになったようなくすぐったさを感じた。と同時に清春が、雨音さんの後ろ姿を見て、ちょっと肩を落としたのに気付いた。

分からないでもない。この姉妹には、とてもかなわない気がするのだ。


名古屋から京都までは予想よりずっと早かった。そして真夏の京都は予想よりずっと暑かった。和服のイメージがあるせいか「京都」という響きは何か涼しげなのだが、よく考えてみれば地形的には盆地そのものである。気温はたぶん見たくない数値になっていて、ホームへ降りた瞬間にむわりと襲いかかってくる熱気に一瞬、この空気、呼吸に支障はないのだろうかと思ったほどだ。だがそれでかえって「うお暑い」「溶ける」「ゆだる」と盛り上がり、足取りは軽かった。僕だけでなくキヨも七輝も、たぶん抑えようもなく高揚していた。この遠い地で自分たちだけ。夜も家には帰らない。初めて体験する不安感と解放感。僕やキヨは高校の修学旅行だってまだなのだ。

とはいえ最初は東に戻る。京都駅からトンネルを抜けて「山のこっち側」である滋賀県へ。京都から大津までたった二駅であることに驚きつつ、周囲の乗客の喋るアクセントが西のそれであることに感嘆しながらJR琵琶湖線草津駅に到着した。草津駅は予想外に大きく、なんとなく東京の駅前に似ていたので「戻された」かのような錯覚を起こしたが、乗ったバスは市街地を外れるにつれどんどん坂を上り、スピードを上げていく。今度は「戻れない」という感覚になった。そう。暗号を追ってついにここまで来た。もう戻れないだろう。

地図ではのどかな里山のイメージだったが、実際に行ってみると、八幡宮神社の周辺は田畑の景色に工場が進出し、造成中の川の周囲を重機が動き回る「開発中」の土地だった。蟬の鳴き声に重機の駆動音がかぶり、畦《あぜ》の用水が流れるちょろちょろという水音にパイルドライバーのがこん、がこん、という作業音がかぶり、隣を歩く七輝が「すごい『生産』してる」と直截《ちょくせつ》な感想を漏らした。たしかに「人類による生産活動」そのものを見せられているようだ。びっしりと揃った稲の緑が美しい。

間違いなく変化の途上にあるこの土地で、八幡宮神社はかえって目立っていた。鳥居と注連縄の奥にはおそらく全く手をつけられていない鎮守《ちんじゅ》の森が暗がりを作っていて、絶対不可侵の「神域」という言葉がしっくりくる。同時に確信した。何かを隠すなら絶対にここだ。ここに置いたものは「護られる」から。

境内が広いわりに、暗号はすぐ見つかった。ここまでの経験で皆、探し慣れていたのである。手水舎《ちょうずや》で手を清めつつも周囲を探し、拝殿で柏手を打ったら周囲を探し、なんだか賽銭泥棒の集団に見えなくもなかったが、神楽殿の床下に貼りつけられていたビニールのパックはすっかり慣れ親しんだ「いつものやつ」であり、なぜかイヌのようにこういう探し物が得意な清春が「発見！」と皆を呼ぶ。
　だが今度の暗号は開封する前からこれまでと違うのが分かった。文字数が多い。

カリブのプエルトリコの某街南端部森林地帯境界際にはきわめて大きな天文臺設置済電波望遠鏡直径最大である。1963ねんにかんせい直径305mを記録地球最長径であり2016ねん起動ちゅうごく製球面電波望遠鏡ができるまではせ界最大の大きさ維持。これは、電波ぼうえんきょう実質大きいほど観測のけっかなど精度が上がるため軌道をまわり大気影きょうがなく観測するうちゅう望遠きょうなど登場するまでは、最高のせいどでかんそくができる施設だった。だが現在では、ケーブルがあいついで断線ふくきょう衝突でかがみが断裂したためいまは廃棄決定済廃墟然としたとても寂寥かんのただよう諸行無常盛者ひっすいといった風景になっている。だが、そもそも1963ねんに建造されたものが、それから60ねんものちょうき間動いていた、ということのほうが、おどろくべき事実である。そのためにはむりもしたが、アレシボ電波望遠鏡観測記録が天文がくにもたらしたのは水星自転周期長期修正連星観測でパルサーの確認、またたいようけいがい惑星の発見などあり、期待されたやくわりはみごと完遂した感覚である。現在では軌道望遠鏡があるが我我のすむ宙域では、精精、終端部兼極狭部だけが観測されたと表現する情況。結局、その概略がまだ茫漠としている状態は継続し科學てきに発達をまつ状況なのである。観測限界は現在約数百億ｌｙ程度限界でありそれより遠宇宙だと観測無効なので無理。それはアインシュタインのそうたいせいりろんだ。現在相対性理論等によって物質最高速度理論値は電磁波伝達限界高速度で、限界観測域兼移動限界値距離４６５ｌｙ範囲限りで最長となる。ひかりを超すはやさでの移動能力だと計算上質量値負設定ということで、自然界のそんな超軽質量物質存在証明はりろん破綻時にしかでない概念的なものです。逆説で理論展かいするならもし将来これをりろんで解決超高速空間移動新物質まで存在証明達成破壊的新理論構成論文現実的発表のとき宇宙観測限界域突破というあらたなせかいがじんるいのまえにひろがる

「いや無理」清春がのけぞって紙から目をそらした。「文字多すぎでしょ。いや待った。これ裏、見て」

二度目の高速ギブアップだな、と思っていたが、清春は紙の裏側に印刷されているＱＲコードを見つけていた。よく知らないＱＲコードをむやみにスキャンしてはならないのは常識だが、この場合は違う。清春はさっさと携帯を出し、暗号の紙に印刷された、唯一理解可能な手がかりを読み込ませている。「おっ、出た……ん？」

「大丈夫？」

「ウィルスもらった？」

反射的になんとなく清春の携帯から体を遠ざけるようにしてしまった非科学的な僕と雨音さんに対し、七輝は逆に画面を覗き込んでいた。

8／20　20：40

画面に表示されている文字はそれだけだった。

「……日時の、指定」七輝が呟く。「その日までに……」

「……この場所に来い、ってことだね」僕が続けた。

すぐ、ではない。だがあと一週間ちょっとしかない。それまでに解かなければ一年後になってしまう。

「……なあ」携帯を皆に見せていた清春が言った。「この日付おかしくない？　この暗号って、何月何日に解かれるかとか、分かんないわけでしょ？　なんでちょうど今から二週間後とかになんの？」

「日付が固定なら、紙にそのまま書けばよかったはず。わざわざＱＲコードの形にして、ウェブ上で見せるっていうことは……」

七輝はそこまで言った後、なんとなく周囲を見回している。気持ちは分かった。誰かに見られているような気がしたのだろう。「……随時、日付を更新しているんだと思う。今でもいるんだよ。暗号を維持管理している人が」

周囲に広がる鎮守の森の暗闇が、急にすっと深くなった気がした。何かが変だ、と思って周囲を見回す。すぐに気付いた。蝉の声が一斉に止んでいるのだ。

清春と顔を見合わせる。清春の方も分かっているようだった。

次は「人」が登場する。終わりが近いのだ。そして暗号を解いた先では、間違いなく誰かが僕たちを待っている。

16

湯船に入ってから気付いた。そういえば、タオルはどこに置けばいいのかということを知らない。お湯の中に入れるのはマナー違反だったはずだが、畳んで頭に載せるんだっただろうか。だがそれはいかにもすぎる恰好で、僕のように慣れていない人間がやるとしゃらくさい気もするのだ。あいにくというか幸いというか大浴場には僕とキヨしかいないため他の人がそうしているかどうかも分からない。肩にかけてもお湯に浸かってしまう。では傍らに置いておくのだろうか。だが溢れたお湯がぴちゃぴちゃ当たるので、これも短時間でびしょびしょになってしまう。検索してみたいところだが携帯を持っていない。

　悩んでいるとキヨが来て、うおー、広い、と言いながらざぶりと隣に座った。水面が揺れて顎にお湯がかかる。「おー、いいなこれ。なんだかんだで今日、歩き続けだったもんな。疲れた」

「だね」

　暗号発見は昼頃だったが、びっしりと長く、これまでと比べると「解答者を拒絶する」顔をしている今回の暗号は、まだ全く手がかりがなかった。せっかくだからと琵琶湖クルーズ船に乗り、京都で夕飯を食べて大津のホテルに戻ってきた後も、部屋で暗号に取り組んだり雨音さんにババ抜きを教えたりしてずっと活動していた。夜中になってようやくふた家族（ではない。我々は兄弟ではない）に別れて風呂である。朝も早かったし、疲れて当然だった。

　キヨと二人、ほぼ同時に肩まで沈み込み、おっさんのように「あー」と声を出す。こっそり観察していると、キヨはタオルを無造作に傍らに置いた。

「……それ、そうするの？」

「何が？」

「タオル」

「ん？　これがどうしたって？」

「いや、お湯に入る時はどこに置いとくのがマナーだったかなって。何かあった気がする」

「え……適当でよくない？」

それもそうか、と思ってお湯に沈む。ビジネスホテルに泊まるなんていうのは初めての経験で、チェックインの仕方（雨音さんがしてくれた）から部屋の鍵の使い方、部屋では靴を脱ぐのかどうかとか、つい今しがたのシャワーの使い方まで、知らないことだらけだった。僕はいちいち正しい方法があるのか、検索してみようか、と気をもんだが、清春は特に何も気にせず、見たまま思うままやっていたようだ。

「……性格の違いか」

僕が呟くと、隣の清春は僕をちらりと見て、ざぶ、とお湯に沈んだ。「……まあな。ライっていつもそうなの？」

「何が？」

「すぐ調べるじゃん。知らないこととかあると。実はめっちゃ勉強好き？」

「いや……」楽しいので勉強と思ったことはなかった。いや、これはまさしく「勉強」であり、楽しいから勉強ではない、という固定観念の方がおかしいのだが。「……楽しくない？　知識が増えるのって」

「あー、まあ……」そこは当然イエスだろうと思ったのに、清春の反応は鈍かった。

「……楽しいっちゃ楽しいけど。面倒臭くない？　それ知って何か役に……」

清春はそこで口をつぐんだ。

それから、ざばり、と後頭部をお湯につけて上を向いた。

「……そうか。そこの差か」

「何が？」

「いや」

清春は上を向いたまま、言葉を探す様子で沈黙した。足先が水面から出て、またぱちゃりと沈んだ。

「……なんかさあ。マジで俺、なんも知らねえな、って思った」

それは前にも聞いた。「それ言ったら僕の方が何も知らないよ。テレビ観ても芸人とかアイドルとか、誰が誰なのか全く分からないし。教室でキヨたちが喋ってるの聞いても、たぶんちんぷんかんぷんだと思う」

「いや、それ芸能限定だし」

「それに新幹線ですごかったじゃん。英語も中国語も勉強してるの？　しかも、とっさに使い分けられるって相当すごくない？」

「ああ、あれは、まあ。……役に立つかなと思って勉強してた」

「雨音さんも『キヨ君すごい』って」

「マジで？　っしゃ。やっててよかった」キヨはばしゃりとお湯を飛ばして拳を握る。簡単に元気になった。「……いや、まあ。それはいいんだけどさ。役に立つかも、って思ってやってたから」

役に立つ。その言葉がまた出てきた。暑くなってきたので肩を出す。

「……キヨは、役に立つことかどうかよく考えて、それから何をやるか決めてるの？　いつも」

「……ああ。それな」清春は含みのある言い方をした。「それがさあ、なんか。ヤバいんじゃないかって気がして」

「……何が？」

「なんかさあ」清春はそこまで言って、お湯で顔をざぶりと洗った。「俺、夢中になれることがなんもねえわけで」

そうなのだろうか、と考えたが、清春は自分の意図がよく伝わっていなかったと思ったのか、やや急ぎ気味に言い足した。「つまりさあ。ライはいろいろ調べて勉強するのが好きなわけじゃん？　役に立つとか立たないとか、どうでもいいくらいに。俺、そういうのが一切ないんだよ。とりあえずこれやっといた方が効率よさげだから、とか、そのくらいで」

「ダンスとか……」

「いや、実はそうでもない。ダンス」清春は水面に向けて言った。「先輩からも言われたことある。お前、才能あるんだからもっと極めようと思わないの？　って。でもなんか、そういう気になれなくてさあ。それ極めて何の役に立つの？　って考えると、いろいろ捨ててまで賭ける気にならなくて。無駄かもしんないし、って」

「『無駄』……」何か言おうとはしたのだが、軽々しく口を挟める感じではなかった。

「だからさ。ライ見てるとすげーな、って。無駄かもしんないのにぜんぜん迷わないで、超勉強してるし。でも雨音さんもそんな感じだし。あー俺やべえ、って」

正直なところ、何がどう「すごい」のか、ぴんと来なかった。だが清春は本気で言っているようだ。単に何か知っていたとか、できたことに対する「すごい」ではなく、僕そのものに対しての「すごい」である。クラス一の人気者である成田清春が、僕を。

「いや、でも」そうだこれだ、と思った。僕から見れば清春の方がすごい。「キヨの方がすごくない？　誰とどんな状況でも絶対盛り上げるし、話題は豊富だし、すごい友達多いし、モテるし。あれ、僕から見ると職人芸なんだけど」

「それって今だけじゃん。今、高校のこのクラスで友達多いとか、卒業したら何の価値もなくない？」

清春は感情的になるでもなく、どこか自分を嗤うような、自嘲《じちよう》的な顔をしていた。

「そういうのって高校までで、大人になったら、ていうか大学とか行ったらもう、全然役に立たなくなってくんだと思う。でもその時どうしたらいいかとか全然分かんねえし」

湯が流れ出ている口を見ながら、言うべき言葉を考える。清春がそんなことを心配しているとは思わなかった。教室で見るこいつは、いつも無敵なのに。

「……でも、キヨならいざそうなれば、すぐに分かるんじゃない？　何を覚えて、何ができるようになれば効率がいいか」

「あー……そうかもしれんけど。いや、違うんだよな……」

どうも、根本的な問題は少しずれたところにあるらしい。清春は唸った末に、どうも「不正確でもいいからたくさん言葉を並べてしまえば伝わる」と判断したらしく、まとまらないまま言い始めた。

「なんかその、生きがい？　いやそんな重い話でもないんだけど。でもさあ。どうやって生きるか、とか、どう生きるのがいいか、みたいな話。俺、時間の無駄ってすげー嫌なんだよ。効率とかコスパ悪いの無駄だろって。でもそれで」そこでようやく適切な言葉を見つけたらしく、キヨの口調が急にくっきりした。「役に立つ、役に立つ、って言ってるけどさ。役に立ててそれでどうすんの？　ってなる。それで金持ちとかになったってさあ。夢中になれるようなこともないし」

それは分かる。僕が以前、清春に対して抱いていた疑問だ。ひたすら役に立てて、そのあとどうするのか。

「ライみたいにオタクになれた方が絶対人生楽しそうなんだけど。俺、そういうのできないっぽい」

そうか僕はオタクなのか、と思ったが、これは自分が偏っているせいで、平均人から見たら僕は明らかにオタクだろう。そこを争う気はない。

だがそれよりも。たぶん清春が気にしているのは、もっと根本的な話だった。

「……『それでどうすんの？』っていうのは、つまり」お湯の水面が揺れている。ずっとむこうまで。「……『生きる目的は何か』みたいなやつ？」

清春はざばり、と水面を揺らし、こちらを指さした。「そう！　まさにそれ。それマジ分かんなくない？」

そんな軽いノリで訊くことなのだろうかと思ったが、たぶんそれでいいのだろう。それについては僕も中学の頃、かなり考えたことがあって、論理的な結論はもう出ていた。

「生きるのに『目的』があるっていう前提がまず、論理的におかしい」僕は前を見たまま答えた。大事な一行を言ったわけだが、あまり力みたくない。「僕たちはそもそも、目的を持って生まれてきたわけじゃない。親が僕たちを産んだのは目的があるだろうけど、生まれた方は自分の意志じゃない。自分の意志と関係なく始まった状態に『目的』があるはずだっていうのは、論理的におかしい」

「あー……ん？　うん。分かる。たぶんなんとなく分かる」

「でもそれじゃ、『何を目指して生きればいいのか』の答えはありませんってことになるよね」

「……だよな」清春はお湯に半分顔を入れ、ぼこぼこぼこ、と泡をたててからまた顔を出した。「ていうか、まさかお前とこんな話をするとは」

「だよね」

　僕も驚いていた。成田清春がこういう深くて非生産的な、それこそ「役に立たない」悩みを、僕同様に考えていたとは思わなかった。それにそもそも、こういう話は人生最高の親友と、とっておきのシチュエーションでするものだと思っていた。それがまさか成田清春なんかと、こんなところでいきなりするとは。

　だがそこで考え直した。案外、そんなものなのかもしれない。

「……答えがないから、分かりようがない、か。悩むのは無駄か」清春は自分で出した言葉をもむもむと噛み砕くように口を動かす。「結局、楽しめばいいのかな。でもなんか足りない気がする」

「だよね。……僕も楽しいことはあるけど、時々思うよ。『こうやって楽しいことだけやっていれば、それが一番いい生き方なのか？』って」

　清春はこちらを見て、ふうん、と唸って水面を掻いた。ざぶ、と重い音がする。「……そうか。オタクのお前でも悩むのか」

「そりゃまあ」

「いや、実は『何かのオタクになれば悩まなくなるんじゃないか』って、思ってたんだけど」

「……僕もキヨみたいな『人気者になれば悩まなくなるんじゃないか』って、思ってたけど」

どちらも違うらしい。つまり僕たちは、全く同じ壁の前で並んで困っていたのだ。

……案外、そんなものなのかもしれない。

みんな同じもので同じように悩んでいるのだ。もちろん皆も悩んでいるからといって、僕自身の悩みは消えも薄まりもしないのだが。

隣の清春と僕は、明らかにカテゴリーの違う人間だろう。それでも、そのあたりは同じなのだ。だとすれば人間、一人一人を見てみれば、個体差なんてものはもともと、思っているほどないのかもしれない。

体の力が抜けた。お湯の熱さのせいだけではないだろう。何か、凝り固まっていたものが少しだけほぐれた気がする。口許にかすかに笑みが浮かんだ。

「どした?」

「いや」

だが、それはさておき。これまで成田清春を間近で見てきて、気付いたことがあった。こちらを言うべきだろうと思った。

「……悪いけど、キヨだってオタクだと思う」

「はあ?」

「いや、ちょい待って。説明させて」慌てて体の向きを変えたら足が滑り、鼻にお湯が入った。つんと痛いが、むせながらでも喋らなくてはならない。「オタクって言っても僕とかのとは違って。効率オタク?」

「は？」

誤解を招く言い方だったか、と思う。「いや単に努力家。努力オタク」

清春は黙った。口を開けている。

「いや、だってさ」なんとなく、手でろくろを回す動作をしてしまう。僕のこの手は何を表しているのだろう。「普通できないって。話題作りのためだけに、ドラマ全部倍速で観て覚えるんでしょ？　芸人のモノマネとか、カラオケとかも練習するんでしょ？　すごくない？」

「……いや、それはただ、やっといた方がいいか程度で」

「普通の人は『やっといた方がいいか』でそこまでできないよ。それを普通にできるのってすごい才能じゃない？　すごい努力家っていうか、むしろ『持ってる』んだと思うんだけど」

才能というのはつまるところ「楽しく努力できる能力」なのだという。「持っている」人は、普通の人がひぃひぃ言いながら「どうだこれだけやってやったぞ！」という量の勉強や訓練を笑いながら楽しくこなしてしまうし、時間が空くとすぐそれのことを考える。逆に言えば、そのくらい楽しくやれることにこそ、その人の適性があるのだという。それを考えれば、成田清春のこれは明らかに才能だった。「キヨって喋りながらだって、盛り上がるかどうか常に計算してるんでしょ？　すごくない？　人付き合いの達人じゃん」

清春は僕を見ている。ぴんと来ていないようだ。まあ、当人はそうなのだろう。それこそが「できる人」の証だという気もする。

「今日の英語とか中国語だってそうじゃん。僕も含めて普通の人は、『役に立ちそうだから』であんなに勉強できないよ。キヨ、自分の能力値上げるの大好きでしょ？ファッションとかコスメとかもよく知ってるじゃん。あれも能力値上げるために勉強したわけでしょ。普通にすごいんだけど」結論がまとまってきたので言う。「つまりさ、僕が知識に夢中になってるなら、キヨは『役に立つこと』に夢中になってるわけ。『何が役に立つかを見極めて、効率よくそれを身につける遊び』が大好きなんだよたぶん。そうじゃない？」

清春はやはりぴんと来なかったようだ。だが僕は適当に言ったわけではないし、たぶんこれが本質を、当たらずとも遠からず突いている、という感覚はあった。

「……だから、今まで通りそれをやってれば、何も問題ないと思うんだけど」翻《ひるがえ》って自分は、と思う。「……僕なんか、好きなことやってても実生活の役には全く立たないし」

襟足がお湯に浸る感触を覚えながら天井を見る。自分の将来のことを少し考えた。やっぱり、苦手だと思っていたり、正直くだらないと思っていることでも、やっていかなければならなくなるのだろうか。大人になるためには。

清春が沈黙しているな、と思って見ると、彼はこちらをじっと見ていた。

「……何？」怒ったのかと思ったが、どうも違いそうである。

「……お前、すげーな」清春は横を向いた。「いや違うわ。訂正。お前、いい奴だわ」

あまりに不意にそんなことを言われたので、清春がどうかしたのかと思った。親友宇賀崎篤志や風羽君からですらそんなことは言われたことがないのに、まさか成田清春から言われるとは。

「……俺、そんなまともに、なんていうか俺自身を褒められたことねえよ」清春も言った。「まさかこいつから言われるとは」

「……人気者なのに？」

「あれは、なんていうか、違うんだよ。ただの立ち位置」清春はざば、とお湯を掻き、平泳ぎで浴槽の反対側に到達してこちらを向いた。「まあ、悪いけど塩沢さんとかも、それで別れたし」

「……ああ」

立原七輝の出現ですっかり忘れていたが、女子の中心人物で、明らかに可愛く、僕ですら「ちょっといいな」と思っていた塩沢さんと、この清春はつきあっていたのだった。

「そもそもお互い好きだったのかも、よく分かんねえ。なんかさ、あっちは女子の代表で、俺が男子の代表で、まあこことここがつきあうのが順当だよね、みたいな空気があってさあ」清春はばしゃりと顔を拭《ぬぐ》う。「別れねえ？　つった時も、むこうの反応『だよね』だった」

「……そうなの？」それはそれで、こちらとしては切ないのだが。

「まあね？　そこそこ楽しい時もあったけど？　そこそこ！」清春はやけくそのように言った。「でもぜんぜん違う。雨音さん可愛い。もうなんか、ヤバい。つきあいたい。あああ」

叫ぶほどか、と思う。だが今の清春は何かのつっかえが取れたように素直になっているし、本心からそうなのだろう。まあ、好きな人ができるとそんな感じである。すごくよく分かる。僕も今、そうだ。なんか、こう、叫びたいやつだ。普通に言葉で説明するのでは足りなくなって、音量で表現したくなる気持ちだ。

「……雨音さん、そんないいんだ」

「いやだって可愛いだろ！　あんな可愛くて、髪綺麗で、知的だし、話し方とか超、好みなんだけど！」清春は水没し、また浮上した。「しかもなんか抜けてて、そこがまたいい。無自覚なのが。あああ。なんであんな人がいるんだろう」

あれは「なんか抜けてて」レベルじゃないと思うが、そこはまあいい。

だが、これは大変だろうな、と他人事のつもりでいたら、だらだらとお湯を垂らしながら清春がこちらを見た。「お前は七輝ちゃんなんだろ。どのへんが好きなの？」

「いや、その」こっちに矛先が来た。どのへんが、と言われても「全部」としか答えようがない。しかしそれを言っても清春は納得しないだろう。強いて言語化するならば。

「……声?」

「エロい!　お前エロいよ」

「なんで?」

「まあいいや。頑張れ」なぜか応援された。「だからこっちも応援して」

「もちろん」

清春が暴れて起こった波がこちらに来て、ちゃぷん、と音をたてた。


とはいえ今日はもう寝るだけだし、と思いながら大浴場から出ると、ホテルの部屋着を着て白いバスタオルを肩にかけた雨音さんその人が、腰に手を当てた見事な姿勢で瓶の牛乳を飲んでいた。

「おっ」こちらに気付いたのか眉間に皺を寄せて目を細め、清春の方をじっと見て顔を突き出してくる。「ええと……まあいいや。成田兄弟のどちらか」

「……眼鏡ない時は無理しなくていいですよ」数メートルの距離があるとはいえ、僕と清春の区別がつかないというのは相当である。「あと兄弟じゃないです」

僕は気軽に返したが、隣で清春の溜め息が聞こえた。僕はよし今だ、と思い、大急ぎで言った。

「あ、僕、部屋の携帯になんか連絡来てたんだった。キヨごめん先に戻ってるね」

一気に言いつつ早足で場を離れ、よし今のはいいぞ、と思って振り返ると、雨音さんはくすくす笑い、清春は頭を抱えていた。だが失敗したと知ってももう後戻りはできない。顔を伏せて早足でエレベーターに急ぐ。立原姉妹の部屋番号は知っていたが、もう休んでいるかもしれないし、訪問する勇気はない。携帯でSNSに「もうちょっと話しませんか」とメッセージを送った。これで精一杯だ、と、どうやら暫定的にこちらが僕のベッドということになった窓際のベッドに仰向けになる。が、握っている携帯がすぐに震えて、メッセージに返信があった。

じぞう（現在）
湖畔に星を見に行きたいです

17

――知らない町の夜の中にいる。

ホテルはびわ湖浜大津駅の近くであり、つまり県庁所在地の駅前なのだが、人通りは思ったよりずっと少なかった。もともと大津は落ち着いた小さな街で、七輝も夕方「こういう街、好き」と言っていたが、いざホテルを出てみると予想以上に静かだ。あるいはこちらは琵琶湖観光のための駅、という立ち位置なのかもしれない。夜の街は静まりかえっており、時折タクシーが走り抜ける脇を歩いていく僕たちは、どこかから脱走して逃亡中のように思えた。七輝は雨音さんのSNSにメッセージを入れてきたというから逃亡でも何でもないのだが、手ぶらで歩く知らない街の夜は、寄る辺のない宇宙空間のようで、自分はこのまま死んでしまうのではないか、という根拠のない非現実感があった。

びわ湖浜大津駅は文字通り琵琶湖のすぐ近くで、階段を上って改札前の連絡通路を抜けるともう大津港なのだった。最初は気付かないが、ペデストリアンデッキを進んでいくにつれ、行く手の夜景に真っ黒な「虚無」の領域があるのが分かってくる。それが琵琶湖だと気付いた時は、湖面だと分かっているのに何か、無限の深淵を目の当たりにしたかのような不安感を覚えた。隣の七輝も「なんかちょっと怖いね」と言っていたから、似た感覚だったのだろう。道路を渡り、階段を下りて緑地を進むと、真っ黒な虚無がどんどん輪郭をはっきりさせてくる。あの街路灯の先あたりから対岸。はるか彼方に小さい明かりが並んでいるところまで、削除されたように真っ黒の領域が存在する。地元の人にとっては当たり前で慣れきった風景なのだろうが、風景の一部が「抜け落ちている」景観というのは、初めての僕たちにはかなり、ざわざわと迫りくるものがあった。足下が暗く、携帯のライトを点けながら、自然と七輝の手を取る。知らない街の夜と眼前にぽっかり出現した暗黒にどきどきしていて、手を握っている、という高揚は全くなかった。足下が芝生から石になる。真っ暗で判然としないが湖畔が近くなってきたようだ。水面まで下りていける階段状の部分があり、行く手を照らすと、その先の暗闇の中に金属の柵が浮かび上がった。あそこが水際か、と思ったが、ちゃぷん、という音が聞こえて、柵の根本も水没していることが分かった。どこまで進めるか試そうとして一歩一歩そろそろ下りていったら、思ったより水が来ていて半ば水没している段を踏んでしまい、じゃぶ、と靴が沈んだ。

「うわ」

「大丈夫?」

「うん。ちょっとだから。でもここまで水が来てる。そのへんにしよう」

さて、段のところに並んで腰かけ、あらためて頭上を見て、思う。

問題が一つあった。曇っていて、星が全く見えない。

だが二人とも、そのことには触れなかった。そこはどうでもいい、というのが二人とも分かっていた。目の前に真っ黒な水面。そのはるかむこうに、スペース・コロニーのように街の灯がちらちら続いている。琵琶湖すごいね、あの辺が琵琶湖大橋で、とやりとりをしているうちに暗さにはすぐに慣れてきたし、不安感も消えた。なんとなれば湖畔は思ったよりずっと人の気配が多く、右側も左側もホテルやショッピングモールの明かりがあるだけでなく、周辺にも、僕ら同様に夜の湖畔を眺めようと出てきた人がぽつぽつ座っているのである。しかも、その半分以上はカップルだ。

打ち寄せる水が、こぷん、と音をたてる。どこかでイヌが吠えている。

「……なんだか」七輝は湖を見ていた。「真っ暗で、死後の世界みたい。あの柵が『死の縁』で」

「オルフェウスの気分」

遠くでイヌがまた吠えだした。七輝がちょっと笑う。「ケルベロスが吠えてる」

「冥界の入口にラウンドワンが」右側で煌々《こうこう》と光るアミューズメントビルを見る。

「確かに、店を出すには最強の立地かも。みんな全財産置いてってってくれる」

「急に現実に戻された。……でも、実際行ってみたらそのくらい明るいかもしれないよね。冥界。暗い理由って特にないし」七輝は笑い、それから、静かな声で付け加えた。「……あの柵を越えたら、本当に溺れて死んじゃうんだけどね」

静かになる。柵の手前で、真っ黒な生き物が蠢《うごめ》いたように見えた。暗いので、揺れる水面が時折そういうふうに見えるのだ。

「ちょっと見てみたい気もする。たとえば、あそこに沈んでいけば本物の冥界が見られますよ、ってなったら」そう言ってから七輝の視線に気付き、急いで付け加える。「いや、ないよ？　そんな気持ち。たとえば、の話。ちょっと迷うかもっていう程度の」

七輝がまだこちらをじっと見ているので、失言だったかと焦る。大浴場で清春といろいろ話していたせいで、考えることが大きくなってしまっていたのかもしれない。「いやその、キヨとちょっと話してて、考えたりしたんだけど。僕、いま楽しいことしかやってなくて、将来のこととか全然考えてないな、って」

七輝は立てた膝の上で手を組み、その上に顎を乗せた。

「だけど逆に、『将来のためになる』ことばかり選んでやってても、じゃあその将来になったら後はどうするの？　とか。そもそも今日死ぬかもしれないし」

さっきと立場が逆だ、と思った。さっきは清春が僕にこういう話をしていた。今度は僕が七輝にしている。彼女に対しては、すっと引き込まれるように話をしてしまう。それが許される気がするから、というのは、ただ甘えているだけなのだろうか。

「そうだね」七輝は背中を丸めたまま呟いた。「『結局どうすればいいのか』って、分からないよね。楽しければいいのか、もっと他に、するべきことがあるのか。……そもそも『将来』が本当にあるのかどうかも分からないし」

「うん。まさにそれ」

やっぱりすごい、と思う。すぐに話が通じた。そしてたぶん、彼女は僕よりずっと考えている。

……そこにすごく惹かれる。さっき、清春にはそう答えればよかったのだろうか。

「……ライくんは」七輝は体を起こした。「私と似てるかも」

ちらりと隣を見ると、彼女は前の水面を見たままだった。

今の言葉をどう受け取ればいいのだろうか、と思う。嫌われてはいない。むしろ「好感を持たれている」というところまでは、確定でいいと思う。だがその「好感」とは何だ。「いい人」とか「お気に入り」とかいった意味の「好感」なら、恋愛感情からはむしろ遠ざかっているのではないだろうか。

……どちらなのだろう。正反対なのに似ている感情。区別がつかない。

そういえば、竹芝で告白めいたことをしてしまったのだった。決して悪い感触ではなかったと思う。だが彼女はどう思っているのだろうか。僕がもっとはっきり踏み込んでくるのを待っているのだろうか。それとも、ただの「好意」で恋愛感情があるわけではないからと、迷っているのだろうか。その二つならまだ分かりやすかったのに、「ちゃんと意味が伝わっていないのではないか」という可能性もあって三つ巴《どもえ》になってしまっている。

だが、どちらにしろもう限界だった。こんな曖昧なままでずっと置いておかれたら心がねじ切れる。僕は口を開いた。「……あの、僕は」

「ライくん」

七輝が突然、こちらを向いてはっきりと言った。

「……私、ライくんにまた会いたい。暗号が解けても、その後また会ってくれる？」

「もちろん」頷きながら七輝を見る。

七輝が何か言いかけ、とっさに直感した僕は、いやそれは僕が言う、と焦った。なぜか「先に言われてなるものか」という気持ちがあり、僕は彼女をまっすぐ見て、急いで言った。「その、好きだし」

一瞬後に「それだけかよ」というつっこみが後頭部のあたりから生じた。人生初の告白は中途半端で前のめりで、明らかに不発になるやつだった。しかしリロードしてもう一度きちんと狙いをつけ直す余裕はない。彼女の顔を見ているのはもう限界で、僕は湖面の柵を見た。失敗だ。別にこんな、ビーチフラッグスみたいに先を争って告白しなくてもよかったはずなのに。

だが、肩に温かい感触があった。七輝が体をくっつけてきて、首筋のところに柔らかい髪の毛が当たる。吐息のような声が聞こえた。私も、と言ったのだろうか。小声すぎてよく分からないが、訊き返せない。感じる息苦しさに呼吸が荒くならないように耐えていると、ふっと手を握られた。温かく柔らかい、小さな子供のようにちょっと湿った手の感触。鼓動が速くなる。

キスしよう、と囁かれ、そちらを向くと、七輝はもう顔を寄せてきていて、背中に手が回された。目をつむってしまってから、これでは狙いがつけられないぞ、と思い、その瞬間に柔らかいものが唇に当たった。一度離れて、今度はより深く。

動けない、と思いながらもなんとか腕を上げて、七輝の肩を抱こうとする。ようやく引き寄せる決心がついたところで唇が離れた。七輝が離れる。回していた手をどうすればいいのか分からなくなり、中途半端に触れるか触れないかのところで止まる。

それをすり抜けるように七輝が立ち上がった。「戻らなきゃ。お姉ちゃん心配する」先に行かれてしまいそうで、僕も急いで立ち上がる。立ち上がると、爪先の湿った感触を思い出した。そういえば足が濡れているのだった。

急いで携帯を点灯させ、もと来たところを引き返す。自然と寄り添って歩くようになり、肘のあたりが触れたのをきっかけに手を握った。

ホテルまでの帰り道は、握っている七輝の手のことしか考えられなかった。歩きながら彼女は最初、きゅっと強く握り返してきたが、すぐに躊躇うように力を緩め、それでも指先だけは離れないように絡めてきた。それでは物足りない気がして僕が握り直すと、最初はまた強く握り返してきて、痛いほどだった。それがしばらくすると緩み、掌が離れ、七輝の指先が、生き物を愛でるように僕の掌をすっと撫でた。それからまた強く握りあい、お互いの手がなるべく密着するように、二人でいい位置を探りあう。それが突然離れたと思ったら、もう目の前はホテルなのだった。

「……今になって出てきた」

どういうことかと思って顔を上げたら、七輝は真上を見ていた。確かに夜空がグレーと黒のまだらになっていて、目を凝らすと、小さい星の光が見えた。

そういえば、星を見に出てきたのだった。すっかり忘れていたのだが。

ちらつく一等星を見た時、僕は急に閃《ひらめ》いてしまった。

「……そうだ。それだ」

七輝がこちらを見る。僕は応えた。

「……暗号、解けたかもしれない」

18

「……今回の暗号、いきなり長文だったでしょ。あれがそもそもヒントだったんだ」

後ろの七輝が息を切らしている。無意識のうちに早足になっていることに気付き、スピードを緩める。「あんな長文なんだから、たとえば一文字ずつ変換していくような作業は必要ない。そんなことを始めたら膨大になっちゃうから。この出題者はそういうことはさせない」

エレベーターのボタンを押したら、ドアはすぐに開いた。七輝と一緒に乗り込む。

「ヒントって……」

「露骨なヒントだ。この暗号は、これ以上ないくらいに露骨な形で、最初から堂々とヒントが提示されていた」僕は携帯の画面を見せる。少々字が小さいが、暗号文の最初くらいは判読できるだろう。「この暗号、ずっと電波望遠鏡の話、してるでしょ。しかも、ただの電波望遠鏡じゃない。プエルトリコのアレシボ電波望遠鏡の話だ」

——カリブのプエルトリコの某街南端部森林地帯境界際にはきわめて大きな天文臺設置済電波望遠鏡直径最大である。１９６３ねんにかんせい直径３０５ｍを記録地球最長径であり……

「雨音さん、部屋に……」いる？　と訊きかけて思った。もしかして清春が一緒にいるのではないか。あちらもあちらで大事な場面なのではないか。いや、清春のことだからそのままエロい局面に突入している可能性も。

どうしよう、と思ったが、七輝は携帯から顔を上げた。「ちょうどキヨ君もいるって。（自分は）飲んでるからおいで、って」

「……ならいいか」どうなったのか気になるが、訊くのは寝る時でいいだろう。部屋が一緒なのだし。

そう考えている間に七輝はさっさとドアをノックし、ノックしたのに返答を待たずに開けた。「お姉ちゃん暗号。ライくんが解けたって」

部屋の雰囲気は思ったよりまったりのんびり、正確に言うとダラダラしていた。

テレビがついていてバラエティ番組をやっており、雨音さんはベッドに胡座をかいて缶ビールをかっくらっている。テーブルに缶がすでに二本と、ロビー横の自動販売機で買ってきたらしき柿の種が口を開けて醤油の香りを充満させている。お先にやってるよー、お姉ちゃんおじさんっぽい、と姉妹は普通にやりとりしていて、椅子に座ってテレビを観ていた様子の清春も、おう暗号解けたって？　とのんびりしていた。これはどういう状況でどういう経緯なのだろうか。部屋にいるのに何もなかったのだろうかと混乱する。だがそうやってこちらに事情を悟らせない清春はとても大人っぽく見えた。一瞬だけ「どうだった？」の目配せをされ、恥ずかしくなって顔を伏せる。

だが当の七輝がついてくる。「ライくん、暗号の紙」

「あ、うん」雨音さんがこちらを観察している気がする。「ええと、まだ確定じゃないんですけど、たぶん」

七輝がビールの缶をどけてテーブルの上にスペースを作ってくれる。そこに暗号の紙を置いた。座る場所もないし床にそのまま膝をつく。

「そもそも、この文章そのものがヒントでした」皆を見上げる恰好で言う。台詞は名探偵っぽいんだけどな、と思った。「この暗号、プエルトリコのアレシボ電波望遠鏡の話をしています。検索すればすぐに出ます。アレシボ電波望遠鏡といえば、これです」

僕はウェブにつないだ携帯の画面を見せる。Wikipedia のページである。

——アレシボ・メッセージ。

1974年の話だ。SETI（地球外知的生命体探査）の一部で、地球から二万五千光年の距離にあるヘルクレス座のM13に向け、人類の自己紹介をするメッセージを電波で送信するプロジェクトが実行された。もちろん届くのは二万五千年後。そしてもし本当に文明を築いた異星人がいたとしても、彼らからの返信が届くのはさらにその二万五千年後になる。実際的な実験ではなく一種のユーモアというか、セレモニーのようなものだった。そしてその役を担ったのが、暗号が話題にしているアレシボ電波望遠鏡である。

アレシボ・メッセージには「1から10までの数字」「DNAの構成元素」「地球の位置」などの情報が込められたが、言語体系が全く違うはずの地球外知的生命体にも解読できるようにするため、絵の形で送信された。だが、○と●の連続に過ぎない一次元の電波信号で、どうやって二次元の「絵」を描いたか？　その答えがこれだった。

「アレシボ・メッセージは1679個のビットで構成されているんです。1679という数は特殊で、約数が23と73しかない。相手がこのことに気付いてくれれば、あとは信号を23×73に並び替えるだけで、正しい絵が浮かぶ」

雨音さんは分かったらしい。「ああ！」とこちらを指さす。清春の方は途中でついていくのを諦めた様子で「ふうん」と頷いているだけで、数学が出た途端に思考停止するのをやめい、とつっこみたくなったが。

「つまりこの暗号文も、表示方法を横23文字に変えれば……」

携帯を操作する。画面が小さいが、皆に見えるだろうか。

「うお、文字が……浮かんだ」

清春が口を開けている。「すげえ。見える見える」

「えっ、何？　どこに浮かぶの？」

「いや雨音さん。そうやって近付けるとますますわかんなくなるっすよ。離して。超離れてみて」

清春に言われ、雨音さんは追い詰められた人みたいに部屋の壁に背をつけた。まあ、試行錯誤すればそのうちこの人にも見えるだろう。

「もともと、この暗号の文はおかしいところがありました。変なところが平仮名に開いてある一方、『天文臺』とか、変な漢字を使っている。助詞が飛ばされることが多く、文法的な『てにをは』がしばしばおかしくなる。……すべて理由があったんです。画数の多い文字と少ない文字で●と○を擬似的に再現するため、特定の位置にだけ画数の多い文字が来なくてはならなかった」

「あーっ、読めた」結局、ベッドの端で背伸びをする姿勢に落ちついた雨音さんが、画面を見ながら声をあげた。「読めるね。『ＴＤＬ　Ｎｏ．26』……ＴＤＬって何？」

「TDL《東京ディズニーランド》」「TDL《東京ディズニーランド》」「TDL《東京ディズニーランド》」

三方から同時に全く同じ声が飛び、雨音さんはベッドの上で「おおう？」とバランスを崩した。「そっか」

「マジかよ。次、ディズニーか」清春が苦笑した。「とうとう舞台は夢の国へ」

僕の脳内にあのテーマパークの映像が浮かぶ。パレードの楽しげな音楽の中、風船が飛び、ポップコーンが弾け、夜空に花火が上がる。だが、はしゃぐ気分にはならなかった。華やかで幸せなその映像の真ん中に、「最後のボス」のような威容で、真っ黒く巨大な人影が仁王立ちしているのだ。

「どうする？　シーの方も入れるパス買う？」

雨音さんは楽しげで、七輝もさっそくディズニーリゾートのサイトを開いているようだ。だが僕は清春に目配せをする。清春もそれ

カリブのプエルトリコの某街南端部森林地帯境界際にはきわめて大きな天文臺設置済電波望遠鏡直径最大である。１９６３ねんにかんせい直径３０５mを記録地球最長径であり２０１６ねん起動ちゅうごく製球面電波望遠鏡ができるまではせ界最大の大きさ維持。これは、電波ぼうえんきょう実質大きいほど観測のけっかなど精度が上がるため軌道をまわり大気影きょうがなく観測するうちゅう望遠きょうなど登場するまでは、最高のせいどでかんそくができる施設だった。だが現在では、ケーブルがあいついで断線ふくきょう衝突でかがみが断裂したためいまは廃棄決定済廃墟然としたとても寂寥かんのただよう諸行無常盛者ひっすいといった風景になっている。だが、そもそも１９６３ねんに建造されたものが、それから６０ねんものちょうき間動いていた、ということのほうが、おどろくべき事実である。そのためにはむりもしたが、アレシボ電波望遠鏡観測記録が天文がくにもたらしたのは水星自転周期長期修正連星観測でパルサーの確認、またたいようけいがい惑星の発見などあり、期待されたやくわりはみごと完遂した感覚である。現在では軌道望遠鏡があるが我我のすむ宙域では、精精、終端部兼極狭部だけが観測されたと表現する情況。結局、その概略がまだ茫漠としている状態は継続し科學てきに発達をまつ状況なのである。観測限界は現在約数百億１ｙ程度限界でありそれより遠宇宙だと観測無効なので無理。それはアインシュタインのそうたいせいりろんだ。現在相対性理論等によって物質最高速度理論値は電磁波伝達限界高速度で、限界観測域兼移動限界値距離４６５１ｙ範囲限りで最長となる。ひかりを超すはやさでの移動能力だと計算上質量値負設定ということで、自然界のそんな超軽質量物質存在証明はりろん破綻時にしかでない概念的なものです。逆説で理論展かいするならもし将来これをりろんで解決超高速空間移動新物質まで存在証明達成破壊的新理論構成論文現実的発表のとき宇宙観測限界域突破というあらたなせかいがじしんるいのまえにひろがる

に気付き、こちらに頷きかけた。

今回は日時の指定がされている。そこにはおそらく「人」が待っている。板橋省造はもう亡くなっているはずだが、この暗号ゲームの遂行を委託された人間が。いや、その場合ならまだ安全なのだが、それ以外の誰かがいる可能性もある。

次が最後の決戦だ。いよいよ、僕たちで姉妹を護らなくてはならない。

19

自分の立ち位置とは対称の座標にあってどうあっても絶対に接触しないもの。メリーゴーラウンドの反対側のようにこちらが右に回ればむこうも右に、左に回ればむこうも左に回るもの。[*12]あれだけは絶対に縁がないし興味もないと思っていたもの。正直なところ「ああいうのを喜ぶ単純な人たち」と揶揄《やゆ》気味に見ていた部分のあるもの。それを自ら頭に載せる日が来るとは思わなかった。

それとはつまり「ディズニーリゾートで浮かれた人たちが頭に着けているあれ」である。正確には、僕が付けているのはソーサラーミッキーカチューシャ。魔法使いの帽子が着いているやつだ。清春のがミニーでなぜこいつとカップルなのだと思ったが、七輝が頭に載せてきた上に清春がくるりと回って「手を広げ、踵《かかと》をつけて爪先を立てる例の感じのポーズ」をやってきたのでつい左右対称に合わせざるを得なかった。七輝のはベルで、雨音さんはプーさん。だがこの人は着けた瞬間から「ハチミツー」しか言わなくなったためコミュニケーションに支障をきたしている。プーさんってそんなゾンビみたいな人だっただろうか。

とはいえ、つい人を浮つかせてしまう問答無用のパワーがある場所だった。東京ディズニーランド。結局「(ディズニー) シーまでは一日では無理」ということでこちら限定のパスポートを買ったのだが、確かに広くて盛りだくさんで、どちらを向いても夢の国なのだった。どこにいても常に聞こえ続けている楽しげなディズニーミュージック。植え込みの形からトイレの性別表記まで、視界に入る物すべてに抜かりなく魔法がかけられた園内装飾。キャストのみなさんの笑顔と動き。揺れる色とりどりの風船。鼻孔を刺激するキャラメルポップコーンの甘さ。目を背けていようが聞かないふりをしていようが、園内をただ歩いているだけでロリポップな色彩とスパンコールの輝きが全身の穴という穴から入ってきて、これではどんなに

＊12　右利きの人間が乗り込みやすいように右回りとしていることが多く、通常は回転方向を変えたりはしない。

気難しい爺さんとかでも頬を緩めてしまうだろう、と思う。そもそも僕の場合はただの高校生なのでそこまで言い訳する必要もなければ否定する理由もない。これは、楽しい。雨音さんはまだしも、あんまりこういう場所を好むイメージがなかった七輝まであっさりはしゃいでいるのも宜なるかなと思う。

八月二十日。生憎《あいにく》の曇りで、夕方には夕立も警戒されるらしかったが、日差しがないのはありがたかった。暗号により指定された二十時四十分の時点で、熱中症で倒れてなどいたら目も当てられない。それでも体力気力はきちんと維持し、ちゃんと食べておこう、と思った。もっとも園内で売られているスモークターキーレッグもしょうゆバター味のポップコーンもだいぶ食欲をそそり、空腹どころか昼食が苦しい状態になっている。

「何分待ち？」

「六十分だって」

「きついかー。先にお昼行く？」

「いかだ乗らない？　こっち三十分待ちだって」

暗号が指示していたのは二十時四十分、つまり閉園時刻直前なのだが、当然のことながらそれに合わせる理由はない。せっかくだから遊んでいこう、という話になるのは当然で、午前九時の開園に間に合うようにＪＲ舞浜駅に向かい、そこから普通に一日コースで遊んでいる。頭に耳を着けた高校生男女三名と大学生女子一名。

傍からはさぞかしキラキラと幸せそうに見えるのだろう。実際にキラキラと幸せなのだった。だがもちろん完全には楽しめない。暗号の解答が合っているのか。二十時四十分に何が待っているのか。僕と清春は来る前に耳打ちしあっていた。警戒すべきだ、周囲に目を光らせていよう、と。現在、午後零時四十分。気温三十一度。北北東の微風。あと八時間で決着がつく。

だが夢の国は今のところエンターテイメント以外のものが何もないし、清春もすっかりそれを忘れて本気で楽しんでいるように見える。なんだかんだでいつも誰かが何か食べ物を持っていて、雨音さんが買っていたミルクチョコレート味のポップコーンをもらい、かわりにしょうゆバター味を差し出しながら、楽しいな、としみじみ感じていた。僕は今、友達と一緒にディズニーランドに行っているぞ、と思う。忘れていたが耳も着けている。風羽君とかが今の僕を見たら何とコメントするのだろうか。何も言わずに去りそうで困る。

本当に慣れた人だと分単位で計画を立てて回るらしいよ。もうそれ資格だね「ディズニー準二級」とか。そんなことを話しながら七輝と一緒にマップを持ってあれこれ検討していると、彼女がふっと顔を上げてこちらを見た。僕、というか僕の着けている耳だ。

「どうしたの?」

「ライくん、けっこう似合ってる」

「……ん？　ありがとう……？」似合うかどうかの自覚は全くなかった。「七輝も似合ってる。ベルって、ぴったりな気もするし」

「ありがと」七輝はひとしきりくすくすと笑い、それからぽつりと言った。「……楽しいね」

その顔がまた可愛くて、どうしようもない気持ちにさせられる。

七輝とは、これまで通り普通に接している。大津でもホテルに戻ってからは普通で、二人きりになる時間もなかったから、自分たちが恋人同士なのだとちゃんと確認するチャンスもなかった。帰宅後は普通に連絡をとりあっていたが、それはこれまでもそうだった。そしてその後も今日まで、二人で会ったりする時間はなかった。要するに、どこが変化したのか、何も変わっていないのか分からないのだ。琵琶湖畔でのことが夢だったのではないかと本気で思えてきて、さっと影がさすように不安になる。一方、清春の方も雨音さんと何かあったのか、何もなかったのか、全く分からない。まあ清春ならそのあたりの演技は上手いだろうから、悟られないように自然にしているのだろう。二人がこっそり目配せをしあったり、やりとりが親しげだったり、と変化したような様子もない。もちろん雨音さんは伊豆大島以降、僕に対しても普通で、帰りに国分寺駅で口にした、謎めいたあの一言は忘れたかのようになっている。僕もそれに従うことにした。彼女の言う通り、いずれ分かることなのだろう。

そして七輝も言っていた。――「暗号が解けても」。

すべてに共通する直感があった。立原姉妹は暗号に関して何か知っている。暗号が解ければ、たぶんすべてが明らかになる。


真のディズニーは花火の後に始まるのだという。日によって日程は異なるが花火が二十時三十分。閉園が二十一時。ほとんどの客が花火終了と同時に帰り支度を始めるから、この最後の時間にはアトラクションが並び放題になるのである。それを説明してくれた雨音さんはしきりに悔しがっていた。

「今日はその時間、ないんだよね。くそう。ビックサンダーマウンテンですら乗り放題なのに」

「お姉ちゃん。……前から思ってたけど、ビッグサンダー・マウンテンだよ？」

「えっ？　どこか違う？」

「『ビック』だと“victim《犠牲者》”の略語になっちゃうよ」

「うわー。それはひどい」

立原姉妹の無関係な会話を聞きながら、周囲に目を光らせている。ここまではすべてを忘れて遊んでいたかのようだった清春も「任務」を思い出した様子で、今は真剣な顔をしていた。

二十時三十分。周囲は確かに「祭りの終わり」の雰囲気になっていた。すっかり暗くなって園内の照明があるところでだけ照らし出される客たちの顔。風船に手提げ袋に残ったポップコーン。祭りの残滓《ざんし》を手にした人たちが喋りながら、手を繋ぎながら皆、同じ方向に流れていく。園内にも「終わり」の音楽が流れていて、子供たちの二割くらいは遊び疲れて寝てしまって、親に抱っこされている。夢の時間は終わり。目が覚めたら家、なのだろう。

「あと十分」携帯を見ていた清春が言う。「怪しい奴はまわりにいないけど」

その言葉を聞いて、また周囲を警戒する。

僕たちがいるのは南西側にある「スイスファミリー・ツリーハウス」の前だ。栗東で見つけた暗号の答えは「TDL　No. 26」。公式サイトでも、入口でもらえるパンフレットにも同じ地図が載っているのだが、園内施設には番号が振られており、26番がここなのだった。確かに閉園直前のこの時間帯に人が集まりそうな施設ではない。

だが、あと八分、となったところで突然、雨音さんが声をあげた。

「まずい」

見ると、彼女はマップに顔を寄せていた。「『No. 26』、もう一つあった。気付かなかった」

え？　と寄ってきた清春にマップを指さして示す。「ほらここ。バス停」

清春の反対側からマップを覗く。雨音さんの長い指が隅のバスターミナルを指していた。確かに小さいながら番号が振ってあり、「26」の表記があった。

「ちょっ、嘘だろ。しまった」清春が携帯の時計を見る。「いや、今から走れば間にあうか」

「でも、ここが正解かも」七輝が言い、駆け出そうとしていた清春が止まる。

「普通はここだと思う。だけど時間が閉園直前ってことを考えると……」僕もとっさに結論が出せない。「ゲートの外にあるバスターミナルの方かもしれない。閉園直前にここに来たら、人の流れと違うから目立つ。仕掛けた人が見つかっちゃう可能性もあるし」

「どっちだよ」

「どっちもありえる」あと七分。

「二手に分かれよう」雨音さんが七輝の手を引く。「こっちお願い。私たちはバスターミナルの方に行ってみるから」

「いや」清春が止めた。「俺が雨音さんと一緒に行きます。ライ、ここ残れ」

「了解」気をつけて、と言おうとしてやめる。「任せた」

振り返る雨音さんを促し、清春が離れていく。急に不安になり、迂闊《うかつ》だった、と思う。まさかここにきて清春と離れるというのは予想外で、心細さが襲ってくる。

自分の弱気を叩き出すつもりで、両手で顔を叩く。大丈夫だと思う。仮に誰かがここに来るとしても、時間帯が遅いとはいえ開園中のディズニーランド内でおかしなことはできないはずだ。危険なのはむしろ清春と雨音さんの方かもしれなかったが、あちらも園の目と鼻の先だし、何よりこの時間帯、帰宅する客でごった返しているだろう。衆人環視だ。こちらもあちらも。

夢の終わりの音楽が続いている。光るグッズを手にした客たちが同じ方向に流れていく。僕たちだけが流れから外れ、立ち止まっている。手を握っていようか、と思って隣を見ると、七輝はツリーハウスの裏の方を見ようとしていた。

「七輝」

「てっきり誰かが来るんだと思ってたけど」七輝はすっと離れ、ツリーハウスを囲む柵越しに小走りで周囲を回る。

視界から外れるのはまずい、と思い、彼女を追った。一瞬見えなくなったので不安になったが、彼女はすぐに見つかった。なぜかしゃがんでいる。

「……どうしたの？」

「……よく考えたら、誰かが私たちを見つけて何かを渡しにくる、っていうのは無理だよね。むこうは誰が『解答者』なのか、見分ける方法がないんだから」七輝は立ち上がり、振り返った。「……日時の指定は、単に『仕掛けた暗号をすぐに回収してもらうため』だよ。ディズニーの中はいつも綺麗に掃除されてるし、人通りが多すぎるから」

「ああ……」言われてみればそうだ。

七輝はすっと手を差し出した。見覚えのあるビニールパックがあった。

「落ちてた。たぶん、帰るお客さんに紛れて落としてってたんだと思う」七輝は言った。「あったよ。最後の暗号」

「……最後?」

「たぶん、そうだと思う」

S=S=B・ー*/K0B・*K・Jー/K0*ーK○T・R0○/HーRー・
D○=/○SーY0*・/B○G0*・H○/N○R0N○K・/S○Z=*
R0/S○S○**/K=T0*・W0/ーN0R・

20

僕はとっさに周囲を探した。それから駆け出しかけ、七輝の手を摑んでからあらためてツリーハウスの周囲を回った。人はいなかった。閉園時刻が迫り、ゲートから少し離れたこのあたりを歩いている人がそもそもまばらなのだ。

僕はそのまま、七輝の手を引いてゲートに向かった。七輝は携帯を出して雨音さんに連絡をしてくれたようだ。それが済むと、僕の手を強く握り返してきた。

終わりかけの魔法の国。ゲートはまだ明るいが、周囲はもう暗い。あの暗がりに戻って、もう少しだけこうして手を握っていたいと思ったし、もうひと回りだけしてこない？　と提案しようか悩んだ。だがもう閉園時刻だ。みんな帰っているし、外では清春と雨音さんが待っている。ゲートに近付くと、七輝がすっと手を離した。

エントランスの噴水のところで七輝が立ち止まり、ちょっと写真撮ろうか、と言ったので、二人とも携帯を出す。どちらがどちらを撮って、と二人して迷った後、僕は勇気を出して七輝の肩を抱いた。二人でくっつき、噴水が入るように手を伸ばしてインカメラで撮影する。たったそれだけで、図々しかっただろうか、などと心配してしまうところが情けない。

だが七輝は僕を見つめ、ふっと顔を寄せてキスしてきた。

ふわりと七輝が離れる。まさかこんな人の多いところでされるとは思っていなかったが、二度目のキスをした、と自覚すると、信じられないような幸福感が僕の全身を熱く痺れさせた。どこかで、琵琶湖でのことは夢だったのではないか、という気がしていたのだ。夢ではない。ゲートを出て、後ろには電車もバスも走っている。ここは現実だ。

やっぱり嘘ではなかったのだと思うと、驚くべきことに、僕は大胆になった。きっとこのくらい許されるんだ、という気持ちがあり、それは甘えなのかもしれなかったが、とにかく僕は七輝を抱きしめてから離れ、肩に手を添えてもう一度キスした。今度は離れなかった。拒まれる不安はあったが、七輝はすぐに僕の背中に手を回してくれた。

昼の感触を確かめながら、人から見られているのだろうな、と思った。だがすぐに、いいだろう、と突っぱねた。暗いし、カップルなんて他にもたくさんいる。誰も僕たちのことなんて見ていない。これまで何度も街中で、カップルの振る舞いは見せられてきたから知っている。カップルなんてものは図々しくて、まわりなんて見えていないものだ。だからこれでいいのだ。華奢な体。温かい感触。ちゃんと確かめておきたかった。

ん、とかすかに声を出して、七輝が離れる。離れた途端にへたりこんでしまったので焦った。

「あ、ごめん」慌ててしゃがむ。「大丈夫?」

「……大丈夫」七輝は胸に手を当てて肩で息をしていた。

それから顔を上げて、覗き込んでいた僕に微笑む。「……びっくりした」

怒った様子はないな、と臆病に確認する。

立ち上がるのに手を貸し、まだ呼吸を整えている様子の彼女の手を引いて26番のバスターミナルの方に向かった。長距離バスの停車場になっているようで、こちらに向かう人はずっと少なかった。雨音さんと清春の影を見つける。手を離すのがさっきより惜しくなくなっていることに気付いた。

「お姉ちゃん」

「『最後の暗号』……」雨音さんは妹をじっと見ていた。「……あった、の？　それが」

暗がりでも分かった。雨音さんの表情が、これまで見たこともないほど厳しくなっている。暗号の紙を渡す七輝も同様で、横から覗き込もうとした清春が躊躇うほどだった。

雨音さんが僕に紙を示す。「これ……」

「あ、撮りました。携帯で」頷く。「たぶん、撮影してしまうと分からなくなる――というタイプの暗号じゃないと思います」

「そう」

雨音さんは紙をバッグにしまうと、妹の手を引いて、自分の隣に立たせた。「じゃあ……ここでいったん、お別れしないとね」

その言い方が妙にあらたまったものだったので、僕は急に不安になった。「あの、舞浜駅から……」

「ううん。タクシー呼んであるから」雨音さんは道路の方を振り返った。「ちょうど来たみたい」

「あ、じゃ俺らも一緒にいいすか？　みんなで乗った方が安いし」

清春も僕と同じ不安にかられたのだろう。少し焦ったように言う。「確かに舞浜、

混むし。東京駅まで行きます？　なんなら国分寺まで行っちゃいます？　四人で割ればＩ
「いいえ。……ごめんなさい。私たちは、ここでお別れ」

雨音さんの様子が違った。何より、僕でも清春でもないどこかを見たまま微動だにしない。

「清春君。頼伸君。……今まで、本当にありがとう」

「えっ、いや」

清春が慌てたように言葉を探している。「いや、それって……」

姉妹の後ろにタクシーがするりと停車した。後部ドアが開き、雨音さんが後部座席に頭を入れ、運転手さんに何事かを伝えている。僕と清春は、何もできないままに突っ立って、それをただ見ている。

……「ここでお別れ」。

どこかで予感はしていたのだ。この姉妹との出会いはどこか現実離れしていて、だからいつか「終わり」が来てしまうのではないか、と。その不安がずっとあった。

雨音さんはこちらに戻ってきて、両手をお腹の前で揃えると、マナーサイトに載っている画像みたいに乱れのない、きっちりしたお辞儀をゆっくりとした。

「ここまで付きあってくれて、本当にありがとうございました」雨音さんはそこまできっちりと言ってから、ゆっくりと頭を上げた。「二人のおかげでここまでできた。

でも、この暗号は『解けない暗号』なんです。私たち以外には。……だから、ここまでです」

私たち、という言葉が僕たち四人ではなく、雨音さんと七輝のことだけを指している、ということに遅れて気付く。

あの、と言いかける清春に対し、雨音さんは唇を噛んで目を伏せている。

「勝手なことを言って本当にごめんなさい。でも元々、この暗号は私たち二人で解くはずだったの。……そこにライ君が、キヨ君が現れて、まるで奇跡みたいに私たちを手伝ってくれた」雨音さんはそこで一度、強く息を吐いた。「だけど、これ以上二人に甘えるわけにはいかないの。……もちろん、『報酬』が手に入ったら、ちゃんとあとで送ります。住所はホテルにチェックインする時に見たし。そこそこの額だと思うよ？」

そう言って無理矢理微笑む。「そこは期待してて」

「でも、そんな」

隣の清春を見たが、僕よりはるかに会話が得意なはずの清春は何も言ってくれない。

「私たちはこれから、しばらく連絡がつかなくなると思います」雨音さんは言った。「でも、全部終わったら必ずこちらから連絡して、すべて説明する。……だから、少しだけ待っていてくれると嬉しい」

清春は何も言わない。僕も何も言えない。確かに最初から不安だった。暗号がすべて解けたら、その後僕たちはどうなるのか。

最初に考えなくてはならなかったのに、ずっと考えずに先延ばしにしていたことだった。それが今、目を背けていたつけを取り立てにきている。

雨音さんは七輝に、タクシーに乗るように促す。七輝が動かないのでもう一度促し、それでも動かないので、ぱん、と腰のあたりを叩いた。七輝は連れていかれる家畜のように頭を垂れ、背中を丸めて後部座席に乗り込む。それと一緒になだれ込むように雨音さんが乗り込む。ドアが閉まり、声が届かなくなった。カボチャの馬車だ、と思う。だが違う。魔法は解けたのだ。

車が動く瞬間、雨音さんがこちらに頭を下げるのが見えた。七輝の姿はよく見えなかった。

それから家まで、どうやって帰ったのかは覚えていない。電車に乗ったはずなのだが、記憶の中に確かなものが全くないのだ。清春とは、国分寺駅で別れる時すら一言も言葉を交わさなかった。そして一人きりで夜道を歩いた。その暗さだけは覚えている。

――「全部終わったら必ずこちらから連絡して、すべて説明する」。そう言っていた。言っていたのだから。だから。

真っ黒になった頭の中で、切れかけた救難信号のように、その言葉だけがかすかに点滅を続けていた。

遅く帰ってきた僕に親が何も言わなかったのは、「一日遊んで疲れたんだな」とでも解釈してくれたのだろう。もともとうちの親は、最近の僕に「新しい友達ができた」ことを、こちらが戸惑うほど喜んでくれていた。

気がついたら自室のベッドの上で、服はそのまま。バッグはストラップを波打たせて床に投げ出されていた。目覚まし時計を見ると午前一時で、眠っていたのだと気付いた。背中にじっとりと汗をかいている。空気が妙に蒸し暑いなと思ったら、エアコンすらつけていなかったらしい。体を起こし、リモコンを取ってスイッチを入れる。

夢の時間は終わり。目が覚めたら家。

去ってしまった。七輝も、雨音さんも。

友達と一緒にディズニーランドに行った。七輝とキスした。そして突然去っていってしまった。なんとなく、もう二度と会えないのだろうな、と直感している。たて続けに起こった様々なことが様々な感情を同時に連れてきて、気持ちがぐちゃぐちゃになり、もう疲れた、どうでもいい、と思った。僕はそのまま再び眠りについた。

だが、人間というのは単純で他愛のない存在である。翌日昼頃までばっちり寝て目覚めた僕は、昨晩の感情の嵐はどこへやら、あっさり現実に順応していた。最初に考えたのは「歯磨きをしていなかった」と「シャワーを浴びなくては」だった。

自室を出ると、現実そのものの自宅の風景があった。

シャワーを浴び、冷房のついた居間で家族と一緒にいつもの昼ご飯を食べていると、本当に夢の世界から戻ってきたかのようだった。いつもの食卓だし、いつもの家族の顔だ。夏の暑さもないし、毎日のように通知を受け取っていた携帯も沈黙している。日付だけが過ぎ、お盆が近付いている。ふと思った。僕はこれまで眠っていたのではないだろうか。何日も何日も。伊豆大島も琵琶湖もディズニーランドもみんな夢で、家族に訊いたら「何を言ってるの?」と、きょとんとされるのではないだろうか。夢のように出会って、夢のように別れた。なら途中も全部夢だったという方がしっくりくる。いや、その方が楽かもしれない。僕は楽しい夢を見ただけ。それなら何も失っていないことになる。

だが自分の部屋に戻ると、魔法使いの帽子がついたミッキーマウスのカチューシャが、ちゃんと床に転がっていた。僕はそれを手に取り、机に置いた。夢ではない。彼女も、確かに存在していた。何より。

携帯を取る。充電し忘れていてバッテリーがぎりぎりであることに気付き、ケーブルを挿したままSNSのメッセージを確認する。立原七輝。立原雨音。そして成田清春。夢のような「仲間」三人はちゃんと存在していたし、それまでのやりとりも残っていた。何より。

S=S=B・ー＊/K0B・＊K・Jー/K0＊ーK○T・R0○/HーRー・
D○=/○SーY0＊・/B○G0＊・H○/N○R0N○K・/S○Z=＊
R0/S○S○＊＊/K=T0＊・W0/ーN0R・

暗号が残っていた。七輝が「最後の暗号」と言っていた。だが。

「……なんか、解けそうな気がする」

呟き、集中するために椅子を引いて机につく。充電ケーブルの長さが足りないので机の下のコンセントに挿し直す。雨音さんは「解けない暗号」だと言っていたが、本当にそうだろうか。

「この『/』が区切りだとすると、ひと区切りが十文字前後。アルファベットの子音と『=』『・』『0』『○』『ー』の組み合わせ。時折『＊』が入る」

口に出して確認する。ひと区切りは一文字を指すのだろうか。一単語を指すのだろうか。素直に解釈すれば後者だろう。ローマ字表記で十文字前後、というのは日本語の一単語の長さと一致する。そしてアルファベットが「子音」しかなく、「=」「・」「0」「○」「ー」の五種類の記号はアルファベットの後に来ることが多い、となると、『アルファベット＋記号』の組み合わせで一文字を表している可能性が大きい。というより。

　画面を拡大してみる。

　子音とセットで、大部分が子音の後に来て、時々単独にもなる、五種類の文字。

　……となれば、それは「母音」ではないか。では時折出る「＊」は何だろう。子音でも母音でもない文字。それに「＝」「・」「0」「○」「ー」が「a」「i」「u」「e」「o」のどれに対応するのかが分からない。

　……いや、分かる。

　子音でも母音でもない文字はつまり「ん」だ。「ん」が「＊」で、残りの「＝」「・」「0」「○」「ー」が「a」「i」「u」「e」「o」だというのなら。

「……口の形か！」

　思わず口に出していた。「＊《ん》」は「口を閉じている形」を表している。他の五文字も口の形だとすればすぐに理解できる。「○《a》」「ー《i》」「・《u》」「＝《e》」「0《o》」。確かに口の形だ。

「……やった」

　解けない暗号などではなかったのだ。むしろ、これまでの暗号の中では簡単な方だった。つまりこの暗号は、最初から読むと「せ」「せ」「ぶ」「い」「ん」／「こ」「ぶ」「ん」「く」「じ」／「こ」「ん」「い」……。

「……あれ？」

読めない。そもそも最初の「せせぶいん」からしておかしい。日本語の語彙においては「せせ○○」という発音はあまりないのだ。

椅子の背もたれに体重を預ける。ぎゅしり、という苦しげな音が耳に障る。

この読み方ではないのだ。あまりにもしっくりときてしまうから、絶対にこれだと思ったが。七輝に言う前に違うと気付いてよかった、と思い、いや、彼女はもういないのだった、と考え直す。

では、他の答えがあるだろうか？

やはり一筋縄ではいかないのだ。面白い。僕は闘志を燃やした。

だが結局、その日は何も思いつかなかった。そして携帯がメッセージを受け取って震動することもなかった。

21

「現実」に戻った日々はそのまま過ぎていった。やることがなくなり、無風の暑さだけが残った。携帯は鳴らなかった。七輝からも、雨音さんからもメッセージはなく、もちろん清春からもなかった。こちらから清春に送るべきメッセージは思いつかなかったし、雨音さんからあれだけはっきりと「終わり」を告げられてしまったら、「途中」で連絡をすることもできなかった。はっきりと言われたのだ。「全部終わったら必ずこちらから連絡して、すべて説明する」。ということは、「全部終わるまでは連絡をしないし、説明もしない」ということだった。

だが、「全部終わる」のは一体いつなのだろう。来週あたりに終わるのだろうか。来月なら大丈夫だろうか。十月までかかる？　半年。一年後まで終わらなかったら。もしそうなったら、一年も音信不通の相手に今さら連絡を取るだろうか。雨音さんにしろ七輝にしろ、自分の気まずさだけで僕たちを「切って」自然消滅を待つような人とは思えない。だがたとえばあと一年半経てば、僕は受験をしてどこかよその地方にいるかもしれないのだ。その頃にはたぶん、この夏のことは「過去」になってしまっている。僕がどんなに忘れたくないと思っても、次の夏は確実に来るのだから。

そんな終わり方になってしまうのだろうか。だがそれが一番「現実」である気がする。常識的に考えれば、立原姉妹と会ったのは五回だけで、それもみな、ここ三週間程度の間のことなのだ。客観的には「行きずりの人」「一期一会」とさして変わらない。

だからこのまま、終わりなのかもしれない。

雨音さんはともかく、七輝からも全く連絡が来ないことで、その確信は強まっていった。最初の一日二日は「キスまでしたのに」とみっともなく恨んでもみたが、そのみっともなさに自分で耐えられなくなり、なるべく平静でいようと努めるようになった。何か理由があるに違いないと念じて、それ以上は考えないことにした。

夏休みが過ぎていった。やることが急になくなり、僕は毎日昼まで寝ているようになった。なんとなく風羽君とゲームをしたり、いつもの本屋に行ったり、ちょっと自転車で遠出してみたり、いつものように過ごして、夏休みが終わりに近付いてきた。突然思い立って勉強をしたり、そうだもう少しお洒落な服を揃えてみよう、と考えたこともあったが、そんなもの買ったところで一緒に出かける相手もいないし、と思うと、勇気を出してまで店に入る理由がない気がしてやめた。このまま二学期になるのだろう。清春とはまた、教室の別々の位置にいるまま、視線も合わせないようになるのだろう。

なんだ結局元通りじゃないか、と思う。もちろんこの夏にした様々な「初めて」の経験は大きい。いつか「次」の機会が来た時に役に立つのだろう。立原姉妹と清春のおかげで、僕は得しかしていない。楽しい思いしかしていないのだから、もうけたのではないか。巨大なプラスがプラスマイナスゼロに戻っただけだ。

それは分かっている。そしてそういう計算がいかに本質から遠く、つまらないものであるか、ということもまた、どこかで分かっている。得したとか損したとか、役に立ったとか無駄だったとか、そういうことではない。僕はまだ七輝に会いたいのだ。清春や雨音さんと一緒に何かをしたいのだ。

それでも、もうどうしようもなかった。何より暗号が解けなかった。表面上は単純な換字式暗号に見えるのに、解き方がどうしても出てこない。それで徐々に絶望が強くなった。やはりこれは雨音さんが言っていた通り、立原姉妹にしか解けない暗号なのだろうか。たとえば、彼女たちしか持っていない情報が必要なのかもしれない。

……だが。

違和感があった。この暗号だけではない。すべてにあった。雨音さんの言葉。七輝の態度。葛西の時、伊豆大島の時、清春が言っていたこと。この違和感は「このまま終わりはいやだ」という気持ちが見せる蜃気楼《しんきろう》ではない。確かに実在するものだ。何かあるのだ。僕が見落としていた何か。それに今、気付きかけている。

暗号を表示した携帯の画面がスリープモードになり、それをタップして明るくし、またスリープモードになり……を、何回繰り返しただろうか。家のすぐ外を救急車のサイレンが通り、ふっと顔を上げる。窓の外は真っ暗で、部屋の中が映っている。そういえばカーテンを閉めないままだったと気付く。夕飯後に部屋に戻り、ベッドの上か机の前か絨毯《じゅうたん》の上。そこをぐるぐる移動しながら、ずっと暗号のことを考えていた。最初の頃はまだ何か思いつくたびにメモをとっていたが、今ではその余地もなくなり、メモとシャープペンシルはただ出したまま、僕だけが唸る時間になっている。

のろのろと立ち上がった。いいかげん潮時というやつなのだろうかと思った。暗号になんとなく取り組み、全く進展がなく集中力が切れる。自分を叱咤してまた取り組む。ここ数日、そういう無駄な時間が続いている。さっさと諦めて、もっと生産的な何かをするべきではないのか。すでにだいぶ時間を浪費してしまっている。高校二年生の夏休みがこのまま終わっていいのか。だが、カーテンを閉めようと窓に近付き、真っ黒な窓ガラスに映った自分の顔に気付いた。

不満げな顔だった。口をへの字にし、何か言ってやろう、というふうな上目遣いで前を見ている。だが目は落ち着かなげにちらちら動き、思考を回転させている。自分はこんな顔をしていたのか、と意外だった。要するに、全く諦めがついていない人間の顔だ。

僕は部屋着のハーフパンツを脱ぎ捨てて着替え、携帯を摑んで部屋を出た。

別に、どこに行くつもりもなかった。ただ少し体を動かして外に出れば気分が変わるだろうと思っただけだ。自転車に乗るほどはっきりと目的地があったわけでもなく、僕は静かな夜の住宅地をただ歩いた。夜の空気はそう湿ってもおらず、暑くもない。街路灯の下でアブラゼミが仰向けになっている。夏の終わりが確実に近付いてきていた。

外に出たところでヒントがそこらに転がっているわけではない。だが足は自然と駅の方向に向かう。駅前は明るかったが、人はまばらにしかいない。国分寺駅前のモスバーガーはまだ営業中で、昼間と同じ顔をして明かりを点けている。その前で立ち止まり、見上げた。あの二階席。姉妹が隣に座り、そこから始まった。

……そうだ。違和感はあの時。

「おい」

後ろで声がした。誰かに声をかけられる心当たりはなかったので、最初は関係ないだろうと無視していたのだが、その声はもう一度「おい」と呼んだ。それで気付いた。

振り返ると清春がいた。

「……何やってんだ」

どう返していいか迷った。「……そっちは？」

「予備校の帰りだよ。いつもこの時間」清春は一つ溜め息をつくと、一気に喋りだした。「お前まだあの暗号やってんの？　雨音さんに言われたよな？　俺たちには解けない、って。その上で『絶対あとで連絡するから』って言われたら、もう待つしかないいだろ。なんだか知らないけど、雨音さんの意志が固いのは見てて分かっただろ。悪あがきしたって無駄だって」

僕は言われている途中で気付いた。清春も、言い終わってすぐに気付いたのだろう。

「……キヨだって、未練あるんじゃないか」

僕に会った途端にこんなにずらずらと言葉が出てくるということは、そういうことだ。

だったら、と思う。まずこいつを説得する。

清春はばつが悪そうに目をそらしていたが、口を尖らせて言った。

「……しょうがねえし。むこうから離れていったんだから」

「それであっさり諦めるの？　むこうだって、どう見ても未練があったじゃん。本心から僕たちが要らなくなったわけじゃない。何か事情があるんだよ。それ知りたくないの？」

「だから、解決したらむこうから連絡が来るって」

「それっていつのこと？　もう一週間経ってる。何ヶ月後のことになると思う？」

「知らねえって」清春が声を荒らげた。「お前はまだ未練あるの分かるけどなあ。俺はもう振られたんだよ」

「……そうなの？」

「……いや、言葉で言われたわけじゃねえけど」清春は自分の顔を見られたくないのか、路地の暗がりの方に一歩動いた。「空気で分かるだろ。琵琶湖の時。二人きりになった。俺はなんとかそういう雰囲気に持ってこうとしたけど、雨音さん、そのたびに話、変えるし。ああ避けてるんだな、ってことぐらい分かるって」

「それは……」

清春の方は駄目だったのだ。二人のイメージからすれば予想できたはずのことなのに、自分でも意外なほどショックを受けていた。

「……でも、まだ分からないじゃん。はっきり断られたわけじゃ」

「分かるんだよ！」清春の声が大きくなった。「空気で分かるだろ。『ああ、こっちのこと好きだったらこれはやんないな』っていう感じ」

「百パーセントじゃないんでしょ？ キヨが言ってたんじゃん。やらかしても別にいい。失敗したって別にどうってことない、って」こういうことに関しては師匠だと思っていたのに。「僕は自分から言ったよ？」

「マジで？ お前すげえな」清春は上を向き、両手で顔を覆った。「俺、絶対無理だ」

「なんで？ モテるじゃん」

「俺、自分から告白したことないんだよ。いつもむこうから来てたから」清春は顔を覆ったまま言った。「……なんかさあ、あるじゃん？ 新しいつきあいができると。新しい友達の輪ができてさあ。その中に女の子が何人かいれば、一人か二人は『あこの子たぶん俺のこと好きなんだな』って態度で分かる子がいるじゃん」

「……今の、ひとに言わない方がいいと思うよ」

「そういう子に対してOKサイン出してたらそれでつきあえるわけ。そうでなくてもさあ。いいな、って思う子がいたら、それとなく知らせればさあ。OKなわけで」

「マジで他の人に言わないでね?」

「でも雨音さん、全然違うんだよ。超しんどい。今の言葉どんな意味かなーとか、いちいち悩むの辛い」清春の声が弱々しくなった。「悩んでばっかで辛い。今のちょっと引かれたかもとか、本当はライの方が好きなんじゃないかとか」

「ないでしょ。ていうか誰か好きになったら普通、そんな感じだと思うけど」

清春の嘆きが当たり前すぎて、こちらはかえって落ち着いてしまった。要するに、清春は初めて好きな人ができたらしい。「……ぜんぜん諦めきれてないじゃん」

「そうだよ!」

「じゃあ、動こうよこっちから」いつの間にかこちらが励ます立場になってしまっている。「それにまだ分からないと思うけど。たとえばキヨ、恰好いいところとか見せれば」

「何だよそれ?」

「いろいろあるじゃん。ダンスとか」

昨年の文化祭のことを思い出す。特に見るべき場所も一緒に回るべき相手もいなかったからぶらぶらしていたのだが、ダンス部の路上パフォーマンスは見た。まだ同じクラスでなかった成田清春の姿も確かにあり、しかも一年生の中では一人だけうまく、見にきていた他校の女子が「あの人恰好よくない？」とひそひそ騒いでいた。

だからそのことを伝えた。「……僕でさえ覚えてたくらいなんだから」

「いや、ないでしょ。……そもそもどうすんだよ。いきなり目の前でダンス始めたら引くわ」

「文化祭では踊るんでしょ？　来てもらおうよ。見たら絶対、見方変わるよ」言いながら、自分であっと思った。それはいいかもしれない。「それ一発で好きになったりはしないかもしれないけど、ちょっといいな、ぐらいは絶対思う」

「お前に言われてても。ていうかそんなうまくねえし」

「いや、めちゃくちゃうまかったじゃん」

僕は知らず前のめりになっていた。立原姉妹をうちの文化祭に誘う。それがとてもいい打開策に思え、目の前が開ける感じがする。「そんな自信ないの？　でもすごかったし」

「それっぽくやっただけだから。たいしたこと、やってねえし」

「嘘だ。じゃあちょっとやって見せてよ。絶対すごいってキヨ」

「なんでだよ」

清春は嫌がったが、僕は自分の思いつきに勢いづいていた。前のめりに「見せて」

としつこく粘ると、清春は「だからなんでこんなとこで」「全然たいしたことない」と言いつつも、とうとう、たたん、とリズムを刻んで体を動かした。「こんな感じで。ぜんぜん普通だから」

「いや、すごくない？　どんな感じ？」

「だから、こう」清春は通行人が来ない路地に一歩入ると、急に軽やかにステップを踏み始めた。「こんな感じで、ワン、ツー、スリー、フォー」

清春がバッグを足下に置いて動き出した。急に動きが変わった。美しいリズムで体を上下させ、脚を交叉《こうさ》させ、滑るように左右に動く。まるで彼の足下だけ氷のリンクになったような。いや、重力がなくなったような。

清春は自分の足下を見たまま踊る。ワン、ツー、スリー、フォー。上半身が水平にスライドする。足が地面を打つ。空中をキックする。投げやりな雰囲気があったのは最初の一瞬だけで、今の清春は一人でリズムを呟き、自分の肉体に集中している。ワン、ツー、スリー、フォー。ＣＧの人間のように地面をスライドする。右腕だけが空中にぴたりと止まり、それを残して体が動く。シュッと素早くスピンする。音楽も照明もない路地で、自分内部のリズムとだけ対話するように清春は踊った。跳ぶ。うねる。回転する。そしてパッと両足を前後に開いて落ち、そこで動きを止める。

「はいこんな感じ」清春はさっと立ち上がり、パンツの汚れを手で払った。「最初の方、リズム滅茶苦茶だったけど」

「すごい！」

思わず拍手していた。実に単純極まる、インコか何かでも言えそうな感想だったが、それしか出てこなかった。「めちゃくちゃ恰好いい」

「どうも」照れているようで下を向いている。「たいしたことしてない」

「いや、すごいって。雨音さんに見せようよ。絶対。絶対これ見る目、変わるって」

「いや」清春はそそくさとバッグを手に取った。熱くなったのかシャツをつまんでぱたぱたとはためかせている。「いや、でも……まあ文化祭は出るけど」

「呼ぼう」僕は清春に歩み寄った。「暗号を解くんだ。解いた、って連絡すれば絶対会える」


あの時よりさらに静かだ、と思った。時間帯が違う。あの時は昼下がりだった。今は深夜だ。僕の気分も違う。あの時は立原姉妹と急転直下、一緒だった。今は清春と二人だ。だが店内に流れる音楽には聞き覚えがあった。

国分寺駅前のデニーズである。二人ともドリンクバーだけを頼み、それぞれの携帯をテーブルに置いて腕を組んでいる。

「……え？　それ違うの？　それっぽいけど」

「変換してみると分かるよ。日本語になってない」

僕が一度試みて失敗した「口の形」について説明すると、清春は唸った。「でもローマ字読みっぽい感じだよな……」

ルーズリーフに変換した文字を書き込んでいる清春のつむじを見ながら考える。自分一人で悩んでいた時より、何か、できそうな気がした。これまで考えていたことをそのまま他人に喋っただけなのに、堂々巡りの感覚が薄れている。

とはいえ、気のせいなのかもしれなかった。「進めている気になっているだけ」というやつだ。暗号解釈としては、新しいものは何一つ浮かんでいない。ただ清春の反応から、やはりローマ字に変換できるのではないか、という見方が優勢になっただけだ。

S＝S＝B・ー＊／K0B・＊K・Jー／K0＊ーK○T・R0○／HーRー・
D○＝／○SーY0＊・／B○G0＊・H○／N○R0N○K・／S○Z＝＊
R0／S○S○＊＊／K＝T0＊・W0／ーN0R・

それとも／が「区切り」ではなく文字の一部なのだろうか。だがそうすると、なぜわざわざ／にしたのか、という点に納得がいかなくなる。Sが「サ行」でBが「バ行」なのではなく別の行だとしたらどうだろうか。それもおかしい。普通に考えればSは「サ行」になるはずなのであって、「普通でない」読み方をさせたいなら、そのように読めるヒントがどこかになければならない。

暗号やパズルにも、あるいはなぞなぞにも、暗黙のルールとフェアネスの概念があるのだった。たとえば「1＋1＝？」と訊いて「田でした」と答えさせるだけでもフェア・アンフェアの差は出る。解答が「2」と「田」の二パターンありえるのだから、「見たままを答えてください」と指示するなど、どちらがより有力かを判断する材料を与えなければならないのだ。これまで板橋省造の暗号は、そのフェアネスに厳格だった。「TDL」の暗号が「23×73」以外の何物でもないことを示すため、暗号文の内容はアレシボ電波望遠鏡についてのものだった。「火の神」が川崎のJFEではなく三原神社であることを示すため、「百合が大きく咲くまで」と書いていた。だから今回も信用できるはずなのだ。何の説明もなく「実は『S』は『た行』に変換するのが正解だったんです！」などということはしない。

だが、それなら。

そこで思考が止まってしまい、仕方なく、今はさして飲みたくないメロンソーダを口にする。さっきからその連続で、もう二杯目が四分の一程度しか残っていない。

僕は唸った。

だがその僕に対し、清春が言った。

「……なあ。これ、できてねえ？　すでに」

顔を上げると、清春はルーズリーフをこちらに押し出してきた。「これ」

ルーズリーフの文字はさして増えていなかった。暗号の原文に添えて、僕の誤答である「口の形」に従って変換した後の文が書いてあるだけだ。

「……どういうこと？」

「いや、それ。さっき言ってたやつ。口の形なんじゃないか、っていうやつ。……なんとなく最後まで変換してみたんだけど、読んでみ」

清春がそう言って自分のコーラを飲み始めてしまったので、僕はおとなしくルーズリーフに書かれたものを読んでみた。

S＝S＝B・ー＊／K0B・＊K・Jー／K0＊ーK〇T・R0〇／HーRー・
D〇＝／〇SーY0＊・／B〇G0＊・H〇／N〇R0N〇K・／S〇Z＝＊
R0／S〇S〇＊＊／K＝T0＊・W0／ーN0R・

「『せせぶいん／こぶんくじ／こんいかつろあ／ひりうだえ』……」僕が試した時のままで全く変わっていない。やっぱり間違いじゃないか、と思ったが、清春が目で促してくるので続けて読む。「『あしよんう／ばごんうは／』……ん？」

清春が頷き、続きを言った。「『なろなく／さぜんろ／ささんん／』……」

僕が最後の部分を言う。「……『けとんうを／いのる』」

せせぶいん／こぶんくじ／こんいかつろあ／ひりうだえ／あしよんう／ばごんうは／なろなく／さぜんろ／ささんん／けとんうを／いのる

……読める。少なくとも最後の部分は。「……『けんとうを／いのる』」

「だろ？」清春が身を乗り出した。「他の部分も、なんとなく読めねえ？」

「読める。法則性が分かった」ルーズリーフを顔に近付ける。「『／』で区切られた文節、最初と最後の文字はそのまま。途中の文字だけ順番を入れ替えてあるんだ。その証拠に、三文字で構成される最後の『いのる』だけはそのままだ」

いや、そもそも「けんとうをいのる」などという語は、「場所」を示すだけなら必要のない一文だ。つまりこの最後の二文節は、この暗号の法則性を示すヒントとして、わざと付けられたのだ。

だとすれば、この読み方が正しい。

「『せいぶせん／こくぶんじ／こいんろつかあ／ひだりうえ』」読めていく。場所はすぐそこだ。「『あんしよう／ばんごうは／ななろく／さんぜろ／さんさん／けんとうを／いのる』」

――西武線国分寺コインロッカー左上。暗証番号は76033。健闘を祈る。

「読めた」思わず立ち上がっていた。「間違ってなかったんだ」

清春の勘も、最初に変換した時の僕の勘も間違ってはいなかった。この暗号は「口の形」に応じて変換する。ただしそこで出てくるのはそのままでは意味の通らない文章で、文節ごとに中間の文字の順番を並び替えるという操作を、もう一つ加える必要がある。二重の暗号だったのだ。

ここまでの過程で暗号慣れしていたところを逆手に取られた。最初の二、三文節を変換した時点で意味の通らない文章が出てきてしまったから、そこで「この変換方法じゃないようだ」と諦めてしまっていたのだ。それこそが罠だった。清春は今回、おそらく初めてちゃんと暗号に取り組み、「とりあえず全部変換してみる」という単純な方法でこれを解いた。

「西武線コインロッカー」清春がコーラを置き、店の入口を振り返る。「すぐそこだな」

「行こう。いや、その前に」僕は携帯を出した。「雨音さんに連絡しよう。コインロッカーだし」

「おう。……ん？　コインロッカー？」

「そう。目的の物がコインロッカーに入れてあるのだとしたら、まず雨音さんに連絡しなきゃいけない」僕は言った。「でなければ、正解しても意味がないと思う」

22

ＪＲ国分寺駅は最寄りで、小さい頃から、家族で出かける時によく使っていた。高校生になってからは、この駅から一人で出かけることも増えた。何より最寄りの「駅前」として、放課後に、休日に、何度も遊びにきている。僕のスタート地点でありゴールだった。通路は広いが構造は単純な駅だ。南口から入ると、まっすぐ正面に北口が見える。改札はその途中。手前に入ればＪＲ。奥に入れば西武線。どちらも、エスカレーターを下った先にホームがある。慣れ親しんで、目をつむってでも歩ける駅。

だから、僕はこの駅の色々な顔を知っている。制服の塊が行き交う平日の朝。待ち合わせとセレオの買い物客でランダムに混む休日の昼。帰宅する人間が吐き出される夕刻。閑散として闇の底に沈む夜。

だが今夜この時の国分寺駅は、そのどれとも違った。旅の終わりの地。事件の真相が明らかになる場所。うちの近所のこの駅が「最後の決戦の場所」になる日が来るとは思っていなかった。

ＳＮＳで雨音さんに「暗号が解けた」とメッセージを送った。西武線国分寺駅のコインロッカーの前で待っています、と。雨音さんはすぐに読んでくれたようで、夜中ではあったが、「すぐ行きます。三十分後にそこで」と返信があった。待つ時間はそのままデニーズで潰した。二人とも会話する気はなく、なんとなく携帯を見て。決戦に向かう前の時間潰し、である。

そして今、「着きました」の連絡を受けて西武線の改札を通っている。深夜の構内に人は少ない。コインロッカーはすぐだし、雨音さんの姿もすぐ確認できた。なんとなく歩みを緩めた清春に代わって前に出る。雨音さんもこちらを確認したようだ。SNSでは書かなかったから、清春がいることに驚いているようでもある。

「……こんばんは」

「こんばんは」

清春の言う通り、雨音さんはこうして見ると美人だった。すっとした立ち姿に綺麗な黒髪。急いで出てきただろうに、着ているワンピースは涼しげでよく似合っている。

「先に連絡しておこうと思いました」僕は言った。「暗号の指定する場所が、コ、イ、ン、ロ、ッ、カ、ーだったので」

どんな顔をするかと思ったが、雨音さんは微笑んだ。「……さすがだね」

「お前、さっきもそう言ってたけど。……どういうこと？」

横から清春に訊かれる。疑問に思っても特に質問してこなかったのが清春らしいと思う。僕ならすぐ訊いている。

「暗号が指し示す場所が『コインロッカー』なんてことはありえない」僕は答えた。「コインロッカーの保管期限は通常三日で、それを過ぎたら預けた荷物は回収されてしまう。解答者が暗号を解いてここに来るまで何ヶ月かかるか分からないのに、そんな場所を使わないよ。これまでみたいに、長期間誰にもチェックされなそうな場所を選ぶ」

雨音さんが頷く。その彼女を見て言う。

「コインロッカーに『次』を置けるのは、解答者が僕たちであるということを知っていて、しかもその動向を把握できる人間だけだ。僕たちは暗号が解けたら、必ず雨音さんにも連絡を入れるから」

清春はああ、と頷いたが、すぐに表情を変えた。僕が決定的なことを言ったと気付いたのだろう。「ちょ、それって……」

「そう」僕が頷くと、雨音さんは目を伏せた。「暗号の『出題者』は雨音さんだったんだ。おそらく、七輝さんと二人で」

立原姉妹は「解答者」ではなく「出題者」だった。

このことに気付いた時、僕は不思議なほど平静だった。ああやっぱりそうか、と腑に落ちる感覚すらあった。それまでずっと抱いていた違和感の正体にも思い当たった。

「……たとえば、ディズニーの時の暗号も、今考えてみるとおかしかった。どうして『No. 26』なんだろう？　場所が『スイスファミリー・ツリーハウス』でなければならない理由はなかった。バスターミナルの番号は28までしかないんだから、『No. 29』以降にすれば、正解の場所が園内なのかバスターミナルなのか、迷うこともなかったのに」雨音さんを見る。「あれは、場所の候補を二つにして、僕たちを二手に分けるためだったんですね。四人が一緒にいたら、暗号の紙をこっそり設置することが難しくなる。二手に分かれれば、あなたと七輝さんが二人組になって、暗号の紙を『発見』したことにできる」

実際には立原姉妹は二人だけになれなかったため、僕の隙をついて七輝が仕掛けた。あの時、彼女は暗号の紙を「見つけた」のではなく「置いた」のだ。

それだけではない。一番おかしかったのは、七輝にしろ雨音さんにしろ、相応に頭がいいはずなのに、暗号解読の役に立ったことが一度もなかった点だ。これまで暗号はほぼすべて僕が一人で解いてきた。清春はともかく、立原姉妹が一度も解いためしがなかったのは、やはりおかしかった。家系図の暗号の時には七輝が一部、解読したような感じになっていたが、あれは暗号の肝がすでに分かっていて、黙っていてもいずれ誰かが先に進むであろう段階になってからだ。雨音さんにいたっては解読どころか、ヒントになることすら一度も言っていない。それは自分が飛び抜けて優秀だからだ――などと考えるほど、僕は自惚《うぬぼ》れていない。

「じゃあ何？　俺たちは……」清春は言葉を切る。状況を頭の中で整理するのが追いつかないようだ。「……一緒にいる二人が出した暗号を必死で解いてた、ってこと？　なんで？　遺産は？」

「出題していたのは七輝。私は調べものをしたり、現地に行って暗号文を仕込んだりっていう実行犯」雨音さんは不穏な答え方をした。「板橋省造は実在の人物だけど、暗号とは関係がないの。……ライ君に話した『手紙』のことは嘘。私と七輝は最初、作った暗号をばら撒《ま》いて、不特定多数の人に挑戦してもらうつもりだった。もちろん、最後まで解答してくれた人にはささやかな賞金を贈る。そういう遊びのはずだった」

　清春も、雨音さん本人の口からそう言われてしまっては、信じざるを得なくなったようだ。

「……『遊び』って。そんな遊びがあるんすか？」

「ウェブ上で出題しようとは思わなかったんですか？」

　僕と清春が同時に別のことを質問したが、雨音さんは僕たちを均等に見て答えた。

「小さい子なんて、よく大人になぞなぞを出さない？　自分の作ったクイズやパズルを誰かに解いてもらう、っていうのは、誰でもやる遊びだよ。三歳児からミステリ作家まで」

　それから自嘲気味に苦笑する。「……最初は確かに、ウェブ上で発表していたの。

でも、あまり面白い結果にはならなかった」

「ウェブ上で出題すると、解答者は気軽に集合知を使うでしょうね。問題をコピペしてSNSとかで広めてしまう。一対一の勝負は無理です」

そのあたりのことは、僕にも容易に想像がついた。

「そう。問題はすぐに拡散されて、解ける時は一瞬。解けない時はずっと解けなくて、こちらが解答を発表すると『問題が悪い』の大ブーイング。ウェブ上ではそうなるの。食いついてくる人の大部分は時間と手間をかけて取り組むつもりなんてない。それに匿名だと、幼稚な感情を隠そうとしない人も多い。解けないと苛々するのか、頭の勝負で負けたことを認めたくないのか、腹いせでひどい言葉を書き込んでくる人も多かった。私たちが女であることを知られたら、危険ですらあったでしょうね」

父が囲碁のネット対局をやっているから、似たような話を聞いたことがある。実際に碁会所などで対局すれば非常識な人間はめったにいないのに、ネット対局ではマナーのかけらもないユーザーが多いらしい。敗色濃厚になるとわざと引き延ばして相手を待たせる。挨拶一つなく接続を切る。中級者がわざと初心者を選んで対戦し、相手をいたぶるような打ち方をする——レベルが上がったり、有料のアプリになるとそういう人間は激減するらしいが。

ウェブ上ではどこでも見られる普通の光景だった。「無料で匿名」の場にはろくでもない人間が多く集まるのか、普段はそうではない人もマナーがいいかげんになってしまうのか、おそらくはその両方なのだろう。

「……だから『アナログ』にした?」

「やっぱりアナログだね、って話しあったの。紙で大量に印刷して、然るべき場所にばら撒く。そっちの方が『宝の地図』っぽくていいしね」雨音さんは頷いた。「もちろん問題をウェブ上に上げられたら変わらないんだけど、撮影したりスキャンしたりするひと手間が必要になるだけでだいぶ違うんじゃないかと思ったの。アナログだと『あなたに挑戦しています』っていう感じもあるし、きっと真剣な挑戦者も見つかるって思った」

僕は最初の、モスバーガーでのことを思い出していた。隣のテーブルで姉妹がしていた会話。

——これ、分からないよ。こんなの解ける人いるのかな?

——でも、ここにヒントあったらむしろつまらなくない? 情報がこれだけしかない、っていうのがポイントなんだと思うけど。

あれはすべて「出題者」側の会話だったのだ。そして。

「……問題を作っている最中に、僕が乱入しちゃったわけですね」

「七輝があんなダッシュしたの、久しぶりに見た」雨音さんは思い出したのか微苦笑を浮かべる。「ライ君は最高の挑戦者だった。どんなに難しい問題をぶつけても諦めずに解いてくれるし、知識が豊富でネタが通じるし、何より楽しそうにしてくれた」

雨音さんの視線に照れる。清春もこちらを見ている。

「そこにキヨ君も加わって、七輝は引けなくなった。というより、夢中になった。この二人ととことん勝負してみたい、って」

「楽しかったです。すごく」僕は言った。「終わってほしくなかった」

「ありがとう。そう言ってくれるとほっとする」だが雨音さんは、ディズニーランドで見せたのと同じ、丁寧なお辞儀をした。「でもやっぱり、黙っていたことは申し訳ないと思う。……振り回してごめんなさい」

「いやいやいや」

「いやいやいや」

僕と清春は同時に手をぶんぶん振ったが、清春の方はまだ驚いているらしく言葉を続けた。「いや、まあびっくりしたっすけど。楽しかったけど、そのためにマジで滋賀県まで行ってきたんすか？　準備の労力が半端ないっすよ」

「お金とか労力を惜しんでる場合じゃなかったの。七輝にとっては最後の夏休みだろうから」

雨音さんは普通の調子で言ったが、それを聞いた瞬間、僕の心臓がどくりと鳴った。

まさか、という声が頭の内側から聞こえる。何度も繰り返され、反響してだんだん大きくなっていく。まさか。まさか。僕の表情が変わったのを見たのか、清春も狼狽《うろた》える様子で僕と雨音さんを見比べている。

まさか、と思う。そんなはずはない。いくらなんでも、それはない。だが、まさか。意識の底には違和感としてこびりついていた。七輝の妙に多い荷物。息切れした様子。彼女は走らない。まさか。

雨音さんは目を細めて僕を見る。こちらの心理を分かっていることが明らかなその目が、僕の不安を膨らませる。まさか、本当にそうなのか。

雨音さんは、僕をじっと見たまま言った。

「七輝の体は弱り続けている。これまでの旅ですら、無理をしていたの」そして目を閉じる。「医者からは、もってあと二百日と言われている。通常は半年以内だと」

23

目の前にいきなりカーテンが下ろされた。二百日。たったの。聞き間違いではない。

「肺やリンパ節で、ある種の腫瘍細胞が増えていく病気なの。原因はよく分かっていない。極めて珍しい病気だけど確実な治療法がなくて、厚生労働省に難病指定されている」雨音さんの声から色彩と抑揚がなくなった。「若い時期から発症し、十年生存率は九十パーセント程度。予後は症例ごとに違う。初期症状で気胸があった場合は一般的に予後がいいケースが多いけど、息切れがきっかけで発見された場合は予後が悪いケースが多い。七輝はこちらだった」

突然の情報の奔流《ほんりゅう》が僕の感情を麻痺させる。難病。腫瘍。十年生存率。予後。無数の人間をただ「情報」として処理するために使われる医学用語はどこまでも無機質で、目の前の個人とどうやってもうまく結びつかない。

だがその一方で、思い出していた。伊豆大島の帰り、雨音さんが言っていた。「きみが思っているような人じゃない」。「本当の七輝を知ったら、あなたは絶対に驚く」。

……そういう意味だったのだ。

「普通は二十代か三十代になってから発症する病気なの。だけど十代で発症するケースも少数ある。通常はゆっくり進行するけど、進行が速いケースも少数ある。治療薬はあるけど、効果があまりみられない症例も少数ある」雨音さんは下を向く。「少数、少数、少数。……なんでうちの七輝がそれなの。神様を殺してやりたい時期もあった」

感情を殺しているはずの雨音さんの言葉に、かすかに苛立ちが混じる。当然だ。

理不尽すぎた。数字を見れば、確かに「少数」存在するのだろう。今この日本にも、どこかにそういう人がいるのだ。だがそれがなぜ、よりによって立原七輝なのか。

「残る手は肺移植しかなかった。でも」雨音さんはワンピースの胸元を握る。「私の肺は役立たずだった。血液型が合わないの。親も、祖父母も。……あとは脳死移植しかない。でもドナーがいない。肺移植はドナーがぜんぜん足りない。平均で二年以上待たされるの。こっちは二百日しかないのに」

「僕の」

意識せずに口を開いていた。自分の手首に視線を落とす。

「……僕はだめですか？　血液型が合わない、っていうことは、Ｏ型ですか？　僕、Ｏ型です」いや、生体移植は血縁者でないと駄目なのだ。それなら。「もし僕が……」

「やめて」

雨音さんが僕の胸ぐらを摑んだ。「できるわけないでしょう。あなたが知れば、そういうふうに言いだしかねない。だから七輝は黙っていたの！」

雨音さんはすぐに手を離し、僕から離れた。よじれた襟元の皺だけが残った。

「……ごめん。あなたに怒るなんてどうかしてる」雨音さんは眼鏡を外し、腕で目許を拭ってからかけ直した。「本当に、ライ君とキヨ君には感謝してる。七輝が次の夏休みを迎えられる可能性はゼロに近い。だから決めたの。最後の夏休みに、あの子がやってみたかったことを全部やろう、って。……きみたちのおかげで全部できた。ありがとう」

「それって……」清春が呟いたようだ。「……やっぱり、そういうことだったのか」

雨音さんはもう一度目許を拭い、ふっ、と息を吐いて肩を落とすと、清春に言った。「こういうことは、キヨ君の方が鋭いみたいだね」

清春はこちらに頷く。少し遠慮がちに、発言の許可を求めているかのようだった。

「……前にもちらっと言ってただろ。やたら簡単な暗号が交じってる、って。東山魁夷記念館のと、葛西臨海公園のやつ」清春は今度は、雨音さんの方を向いた。「なんであそこだけあんな簡単なんだろう、って思ってたんすけど。……その日、海で遊ぶ予定だったんすね」

「そうだね」雨音さんは頷く。「七輝は『死ぬまでにやってみたいこと』をいくつか言っていた。暗号を追うこの旅は、それを叶えるための旅でもあったの。『友達と海で遊びたい』『船に乗って島に行ってみたい』『泊まりがけの旅行がしたい』……『友達とディズニーに行きたい』」

僕にもようやく分かった。だから、あそこだけ簡単な暗号を出した。……すぐ解けるから。

東山魁夷記念館を指し示す暗号は難しかった。だが次の、葛西臨海公園を指し示す暗号は簡単で、すぐに解けた。僕たちは海に移動し、そして葛西臨海公園で見つけた暗号もすぐに解いた。だが次の目的地が伊豆大島だと分かり、いきなり伊豆大島には行けないから、必然的にその日はそこまでとなった。これらはすべて、僕たちを海に誘導し、そこに留まらせるように計算されていた。

「七輝の『死ぬまでにやってみたいこと』には、もっと些細なものもあったよ」雨音さんは僕に微笑みかける。「『友達とファミレスでダラダラしてみたい』とか、『自転車の二人乗りをするシチュエーションを体験してみたい』とかね」

最初の日のことを思い出して顔が熱くなる。そういえば積極的だった。あれも「やってみたいこと」だったのだ。……余命二百日の立原七輝の。

二百日。たったの。高校三年生にすらなれない。

何か手はないんですか。本当にそれだけなんですか。

訊こうとしたが声は出なかった。訊けるはずがなかった。雨音さんはこれまで何十回、あるいは何百回、同じ問いをして、答えを探し、そして否定されて絶望してきたはずだからだ。ここでさらにもう一回、自らの口から否定させてはならない。

だが。

「……七輝さんは、今、どこに?」

雨音さんはそれを聞くと、静かに答えた。

「ごめんなさい。それは言えない。もう入院しているの」

雨音さんの急いだような口調で、絶対に無理なのだ、ということが分かった。

「正直に言えば、私は最初から危ないな、って思ってた。きみという『挑戦者』が目の前に現れてくれたことは確かに幸運だった。でも七輝が、きみにのめり込みすぎていることも分かった。私は何度も忠告した。病気のことを隠し続けるのも難しくなっていくし、仲良くなればなるほど、その後が辛くなる、って」雨音さんは自分の左腕を右手で摑んでいる。「七輝自身も、きみと離れられないようだった。それでも駄目だったの。どうしても、きみと離れられないようだった。……きっと、最初の日からもう、きみのことが大好きだったんだろうね」

雨音さんはくるりと背中を向けると、後ろのコインロッカーに手を伸ばし、左上の一つを開けた。取ったものをこちらに差し出してくる。緑色のＵＳＢメモリだった。

「用意していた『賞品』は、あとで二人の家に送るね。……それと、これはライ君に」

受け取るしかなかった。雨音さんは「一人で見てね」と囁いた。

雨音さんが去り、僕と清春は改札を出てそれぞれの家に帰った。別れ際、清春が何か言っていた気がするが、全く覚えていない。ただ、死後の世界のように何もない、暗い路地を歩き続けていたことだけを覚えている。それに思い出していた。大津での、清春との会話。「役に立つ、立たない」「どう生きるか」……。それがとんでもない茶番のように思えた。「どう生きるか」？　あと二百日しか生きられない人の隣で、ずいぶんと呑気なことだ。僕自身だって、そもそも長く生きられるという保証なんてないのに。

琵琶湖畔では、確かに七輝とそういうやりとりをしていた。だが、あのやりとりを本当に理解していたのは七輝だけだったのだ。僕は他人事だと思っていた。あの時、すでに隔てられていたのだ。冥界の河《ステュクス》のこちらとむこう。死の了解がある者と、ない者に。

その事実が、僕に確信させた。

立原七輝には、もう会えない。

家に帰り、自分の部屋に入って、もらったUSBメモリは机に置いた。そのままベッドに倒れ込んだ。疲れていた。

掛け布団のにおいに鼻をうずめる。もらったUSBメモリがある。机のノートPCで、見なくてはならなかった。後でいいか、という気もした。どうせ、もう会えないのだ。

だが、そうはいかなかった。僕だけのために作ってくれたメッセージだ。渡してくれた雨音さんの方だって、いろいろなものをこらえているはずだった。そのくらいの想像はできる。

僕は体を起こし、いつもの学校の課題を片付けるような手つきでノートPCを起動画ファイルが一つ。ワープロソフト用の文書ファイルが一つ。動画ファイルの方をダブルクリックする。ダブルクリックがうまくいかずにファイル名を変更する操作が始まってしまったり、動画再生アプリがなかなか起動しなかったりして、時間がかかった。早くしてくれよ、と、ふてくされたような気持ちでそれを待った。

ウインドウが開き、パジャマ姿の少女が映った。映像で見ると何か印象が違い、一瞬「これは誰だ」と思ったが、間違いなく立原七輝だった。ベッドに座っているが、病室だ。撮影したのは昼間のようで、背後の窓の外は明るく、外の景色が見えた。高圧電線の鉄塔が右端に見える。これはどこだろう。

画面の中の七輝はいつも通りの表情をしていたが、その後ろに見えている呼吸器と、左の手首から延びた点滴のチューブが、彼女の状態を表していた。本当に病気なのだった。つまり、本当にあと二百日。

――ええと。ライくん、一人で見てくれてるよね？　他の人、いないよね。ちょっと恥ずかしいし。

少し遠い声が、思っていたよりずっと普通の口調で聞こえる。

――これを見てくれているっていうことは、お姉ちゃんからだいたいのことは聞いていると思います。今日は体調がいいし、苦しくなったらすぐ呼吸器つけるから、心配しないで見てね。

顔よりも、声で確信させられる。スピーカー越しで変な感じがするし、どこか違和感はあるのだが、間違いなく七輝本人だった。本人のあっさりした態度と、当然のように置いてある医療機器。父方の祖父が死ぬ前のことを思い出した。家族で病室を訪ねた。確かにこんな感じだった。

――まず、謝りたいです。本当にごめんなさい。

画面の中の七輝が、深々と頭を下げる。

――お姉ちゃんから聞いたと思いますけど、要するに私が、ライくんたちと遊んでもらいたかったんです。旅費……の分その他は、「賞品」という形でお返しできるんですけど。でも、嘘をついていた埋め合わせは、それじゃできないですよね。

謝らなくていいのに、と思う。そのおかげで会えた。すごい夏休みだった。僕は得しかしていない。そんなことは、七輝だってとっくに分かっているはずなのに。こんな手続きは無駄だ。僕たちはそんな他人行儀にならなくてもいいはずなのに、と悔しく思う。

――ただ、たぶんお姉ちゃんは一つだけ、事実と違うことを言うと思うので、訂正しておきます。

画面の中の七輝がそう言ってベッドに座り直す。それを見れば、続きも聞かざるを得なかった。

――私が暗号を作ってライくんたちをあちこち振り回したのは、私が「死ぬまでにやりたかったこと」をするためではありません。いえ、もちろんそれもあったんですが。それは、もしできれば、みたいなもので。……そんなことより、私はライくんと……あなたと、限界まで勝負をしてみたかった。

七輝がまっすぐにこちらを見る。目が合った、と思い、視線をそらせなくなった。

——私は小さい頃から、謎解きが大好きでした。解くのも、出題するのも。二歳の頃からなぞなぞを出し続けて親が困っていたらしいから、たぶん生まれつきです。でも、小学校の……五、六年生くらいからかな。私の考えたパズルに面白がって挑戦してくれる人はいても、正解してくれる人はいなくなった。みんな、難しすぎて分からないって言うの。最初は作り方の……つまり公正《フェアネス》さの問題だと思った。もっと論理的にはっきり、答えはこれしかない、って分かるように作ればいい、って。でもそれは違った。正解を言えば、みんな納得してくれたから。分かりにくさの問題じゃなかったの。純粋に、難易度が高すぎた。

実際に、暗号はかなり難しかった。偶然に助けられて閃いた部分もかなりある。

——私はいつも、そっと手加減をしながら謎を作った。このくらいなら解いてくれるかな、これだと難しすぎるかな、って。いいアイディアを閃いてとっておきの問題ができても、少しでも難しくなってしまったら、もう出せる相手はいなかった。そうやって「成仏」していない問題が私のノートにはまだ山ほどあるんだけど。……でも、こんなことを話す私はきっと「嫌な奴」に見えるんだろうな、と思います。でも、ライくんなら……大丈夫。だと思うけど。

画面の中の七輝が自嘲気味に苦笑いを浮かべる。早口の院内放送がバックに流れ、そこが病院であることをまた認識させられる。

——お姉ちゃんから聞いてると思うけど、ネットで不特定多数に見せるのも駄目でした。ごくごく少数、すごい人もいるんだけど、その何百倍もひどい人がいて、問題文をちゃんと読めないのにアンフェアだって怒ったり、解けないと腹が立つのか、ぜんぜん関係ないこちらの人格まで攻撃する人たちだらけだった。だから私は何年もずっと、本気で相手をしてくれる人を……本気で手加減なしの謎をかけても、解いてくれる人を探していたんです。でも現れなかった。だから、本当は諦めてたの。今回の、私のとっておきの「暗号」も、きっと誰にも解かれないまま、何年も世界のどこかを漂うことになるんだろうな、って。

七輝の瞳が、画面越しに僕を捉える。撮影場所からは何十キロも離れているのだろうし、そもそも何日も前の映像のはずなのに、彼女が「僕を見た」のが分かった。

——そこにライくんが現れたの。ライくんが一つ目の暗号をすぐに解いて、私はびっくりした。私は、私が「本気で」難しくした問題をさっと解ける人を生まれて初めて見た。しかもその人は一時間以上もかけて、次の問題も解いてくれた。それだけでなく、「楽しい」って言ってくれた。面白い人っているんだね、って。その人は物識りで礼儀正しくて、優しそうな、私と同じ高校生の……男の子だった。

七輝の目が僕を愛おしむように捉える。今、この前に彼女がいるわけではないのに。

——奇跡だった。神様が連れてきてくれたんだ、って、本当に信じたくらい。七輝が僕を見ている。僕もそれをじっと見ていた。エアコンの風がゆるやかに吹く僕の部屋で、画面越しに、時間越しに見つめあっている。

——ライくんが現れて、私はすぐに夏休みの計画を変更しました。暗号をばら撒く必要なんて、もうありませんでした。ライくんとどこまでも本気の勝負をして……一緒にいることしか、頭になくなってた。……お姉ちゃんは心配してた。「先のことを考えてる？」って、何度も言われた。「どうしたいのか、ちゃんと決めておかないと」って。

画面の中の七輝が目を伏せる。

——ずっとこのままではいられなかった。いつかは病気のことを知られるし、私の体調が悪くなって、外に出かけることもできなくなる。ライくんと仲よくなればなるほど、あとが辛くなる。……たぶん、お互いに。だから本当は、先のことを考えなくちゃいけなかったのに。……私は、ついずるずると先延ばしにしていた。でもずっと怖かった。ライくんはとても賢くて、気がついてくれるから。いつか病気のことがばれる。ばれたらどうしよう、って。ライくんがその時、どんな顔をするかが怖かった。……私は「余命二百日の少女」だから。

七輝はそこで、何かを振り払うように強く息を吐いた。

——本当に。……私の病気を知ると、まわりの人が一斉にさっと距離を取るの。みんな私を労り、励まし、あるいはどう接していいか分からない、という顔で避ける。「難病」という単語にここまでの……人を遠ざける力があるとは思わなかった。本当に爆弾みたいな威力ですよ、この単語。せめて病名を聞いてからにしてほしい。

画面の中の七輝はそこでいったん沈黙し、オーバーな身振りで溜め息をつき、肩を落としてみせた。たぶん気持ちを切り替えたのだろう。話し始めたことでいろいろ思い出したのかもしれなかった。

——病室を訪ねてくる無神経なおばさんとかが、平気で言うんです。「可哀想ねえ」って。すごい失礼だと思わない？「可哀想」っていうのは、相手を自分より下に見ていることが前提の感情だよね。なんで勝手に見下されなきゃいけないの？よく知りもしない相手をいきなり見下すのって、すごく非常識だと思うんだけど。

何やら愚痴になってきた。画面の中の七輝は頰を膨らませている。妙な気分だった。七輝のこんな表情を見たのは初めてで、どう反応してよいか分からないのに、僕の気分は確実に落ち着いてきている。

——そもそもですよ？「余命二百日」って言うけど、人間の最高齢は百二十歳くらいなんだから、人間は生まれた瞬間から全員「余命四万三千八百日」だよね。平均寿命で考えたら、六十歳くらいの人はもう余命一万日切ってるし。それに「余命」はあくまで確率であって、十五歳の人だって今日、いきなり死ぬかもしれないわけでしょ。どうしてそれを棚に上げて他人に「可哀想」なんて言えるのか、理解できなくない？　能天気すぎて自分が今日死ぬ可能性を忘れてるのか、それとも怖くて現実を見たくないから忘れたふりをしてるのか知らないけど、死を他人事だと思って、自分はまだ先だし、って決めつけてるのって、ちょっとボーっと生きすぎだと思う。そんなボンヤリ生きてるくせに人のこと「可哀想」とか、すっごい頭、くるんですけど。

画面の中の七輝は腕を組もうとし、点滴の管が絡んで無理であることを思い出したのか、諦めて膝の上に手を戻す。

――まあもともと「余命〇〇日の××」みたいなの、嫌いではあったんですよ。そういう売り文句で「十回泣ける！」とか、何なんアレ？　って。「泣ける」が売り文句になるっていうことは、泣くって気持ちいいことなわけだよね。なんで人が死ぬのを肴《さかな》にして気持ちよくなってるんですか？　っていう。いや、娯楽だしフィクションだからそういうジャンルもありですけど、人の死を消費している自覚はあるんですかっていう。……ああ。すみません。愚痴が過ぎました。

画面の中の七輝は顔を覆った。

――引かれてたらどうしよう。引かないよね？　今の、カットした方がいいかな？

誰に訊いているのだ、と思った。なんだか雨音さんに似ている。やはり姉妹なのだ。

それと同時に気付く。こちらが普段の彼女なのだろう。たとえば、雨音さんに見せているような。

会っていた時の立原七輝には常に、どこか謎めいた印象があった。時折、素顔らしきものを見せてもほんの一瞬で、すぐにそれは言葉の少なさの中に隠れてしまった。つまり、僕が見ていた彼女は常に意識して、自分を抑制していたのだろう。

――ええと、まあ、その。

七輝がこほん、と咳払いをする。だが、そのついでにすうっ、と長く呼吸をするのを見て、彼女の体調を嫌でも思い出してしまう。無理をしているのではないか。

――まあ、その。私自身が「余命二百日の少女」になったら、そういう嫌さをすごく、実感として、強く思い知らされたんです。しかも現実に、私を肴に「可哀想」「けなげねえ」って愉しんでる人たちも目の当たりにするんです。腹が立ちますけど、「善意」っていうことになってるから何も言えないし。……つい、そうなっちゃうのは仕方がないところもあるし。

ああそうか、と思う。ここまで一方的に話す七輝を見たのは、僕は初めてなのだ。そう考えると、僕は彼女のことをまだぜんぜん知らない。

――でも、実際にそれを見せられたので、やっぱり怖かったんです。あなたに……ライくんにそう扱われたらどうしよう、って。

「そんな」

思わず口に出しかけたが、画面の中の七輝はまるでそれを見ているかのように続けた。

――そんなことはないはずだって、分かっています。でも、一瞬だけ顔に出てしまうことはどうしようもない。会っていれば、どこかでそういう瞬間があるかもしれない。余命二百日って言っても、綺麗なまま百九十九日を過ごして、二百日目にいきなり死ぬわけじゃないんです。私はこれから、少しずつ弱っていく。少しずつ呼吸器をつけている時間が増えて、少しずつ身だしなみに手が回らなくなっていって、苦しそうな顔をすることが増えて、ベッドから起きられなくなって、その最後に死ぬんです。実際にそうなったら、きっとライくんもどこかで、私を「可哀想」だと思ってしまうかもしれない。……それを想像したら、会うのが怖くなりました。

そんなことないのに、と思い、その後すぐに、本当にそうだろうか、と思った。そんなことない、とこの場で言うのは簡単だ。だが実際に彼女に会ったらどうだろうか。呼吸器と点滴を着け、苦しそうにしている七輝を見たら。そして彼女が日に日に弱っていくのを見続けたら。実際にそうなったとして、それでも僕は、そんなことない、と言えるだろうか。

――私が「難病」になり、「余命」が宣告されてから、まわりの人は全員、変わってしまいました。変わらないように踏みとどまってくれているのはお姉ちゃんだけです。

画面の中の七輝がこちらを見ている。

――でも、踏みとどまり続けるのがどれだけ大変かは、そばで見ていて分かります。ライくんには、そんな思いをさせたくないです。それに。

画面の中の七輝が、大きく息を吐いた。

――私は、あなたが好きです。これから会えば、もっと、どんどん好きになると思う。そうなればなるほど、あとが辛くなります。もっと、もっと生きたいのにって、思ってしまう。……そうなる前に、終わりにした方がいいんです。

これは、そういうことなのか、と思った。僕は今、別れ話を切りだされているのだ。

――だからライくんも、私のことは忘れてください。この一ヶ月だけの、特別な何か……幻のようなものだったんです。そう思って……次の、いい人を見つけてください。お姉ちゃんとか、どうかな？　気が合うと思う。

笑わなくていい、と思う。絶対に無理をしていると分かるのに、どうして笑おうとするんだろう。だが画面の中の七輝は笑っていた。

――ありがとう。さようなら、ライくん。私は、あなたに会えて本当によかった。

画面が暗くなる。ウインドウを見たら、コントロールバーはもう完全に右端にくっついていた。マウスを動かしてなんとかしようとしたが、これ以上は何もなかった。

本当にここで終わりなのだった。

僕は椅子から立ち上がった。そのままベッドに倒れ込もうと思ったが、すぐにやめて座り直した。緑色のＵＳＢメモリの中にはまだ、ワープロソフト用の文書ファイルが一つ、入っていた。何かに急かされるように開く。

そこには、短いメッセージが入っていただけだった。画面は空白が多く、白の中にぽつぽつと言葉が浮かんでいる。

会いにきてほしい
私はここにいると
本当は叫びたい
あなたに会いたい
でも私は
分かっている
会うべきではないと
あなたの幸せを願うから
笑ってさよならを言う

「……さよならを、言う」

そこだけ口に出して、それから画面に手をかけた。そのまま閉じようとしたが、それだと次に画面を開いた時にまたこれを見なければならなくなると気付き、きちんとファイルを閉じてシャットダウンした。

ベッドに倒れ込み、天井を見上げる。照明の光が目に入って眩しい。

……笑ってなんか、いられるもんか。

24

その晩は結局、そのまま眠ってしまった。

もちろん、悪あがきはした。携帯の地図を見て、せめて七輝のいる病院がどこなのか分からないかと色々調べてみたのだ。だが、どうにもならなかった。映像には病院名を特定できるものが何もなく、唯一のヒントは窓の外、右端を走る高圧電線だったが、高圧電線の分布図と地図を比べても、該当する病院は一つもなく、病院探しはそこで詰みとなった。それが分かると、これまでせき止めていた徒労感がどっと決壊した。病院名が分かったところでどうしようもない。彼女自身が「さようなら」と言ってきたのだから。ふてくされた気分で目を閉じていると、そのままいつの間にか寝入っていた。

そういう寝方をすると朝まできちんと眠れないもので、僕は朝の五時頃、笛のようなヒグラシの声が響きわたるのを耳にしてさっと目を覚ました。変な寝方をしていたせいで左肘あたりが痺れていた。むっくり体を起こし、変な寝癖がついている頭を押さえながら部屋を出て、まだ暗い洗面所で明かりを点けないまま、顔をばしゃりと濡らす。歯を磨いていない、風呂にも入らないと、という日常的な防衛本能が働くと同時に、起きる直前に見ていた夢を思い出す。誰も出てこなかった。楽しい夢ではなかったが、悪夢と言うほどでもなかった。だが僕は何かに文句を言っていた気がする。そう、たしか。

――いやいやいや。ありえないから。

確かに僕はそう言っていた。洗面台の縁に手をついたまま、その意味を考える。あれは怒りではなく、もっと余裕のある、「つっこみ」に近いトーンでの「ありえないから」だった。何がありえなかったのか。

「……いや、そうか」

すぐに分かった。確かに、ありえない。僕は眠りながらそれに気付き、夢の中でずっと叫び続けていたのだ。

洗面台の冷たい感触と、足の裏から伝わる床の感触。それが徐々に、僕の体温で温かくなっていく。動くのは億劫だったし、動いてはいけない気がした。今、まとまりかけているところなのだ。動くと思考が崩れてしまう。

「……そうだ」

思考がきちんと積み上がったことを確認し、僕は呟いた。

「ありえない」

洗面所を飛び出し、自室に入る。椅子を引くのももどかしく、パソコンの画面を開いて電源を入れる。前髪をつたって滴がキーボードに落ちた。椅子に腰を据えてそれを拭っている間に起動が済んだ。緑色のUSBメモリは挿したままだった。マウスを操作し、ファイルを開く。例のテキストを表示する。たった九行。詩のような別れの言葉。

「……違う。こんなはずがない」

口に出して呟いてみても、間違いない、という確信は揺るがなかった。そう。冷静になってみれば分かる。これが別れの言葉のはずがない。なぜなら。

「……らしくなさすぎる！」

僕の知っている立原七輝は、こんな出来の悪いポエムを残して去っていくような、凡庸《ぼんよう》な人間ではない。何より、「余命〇〇」のステレオタイプに口を尖らせて不満を言っていた彼女が、まさにステレオタイプそのものの、こんな別れ方をするはずがない。そして。

携帯を出し、表示された画像と比較する。間違いがなかった。この雑なポエムに使われているフォントは、暗号文に使われていたフォントと同じだ。「ＨＧＰゴシックＥ」。通常のフォントではなく、わざわざこのフォントに変更している。これが偶然のはずがない。これは暗号なのだ。

……それなら、こっちのもんだ。

すでにこの時点で、この暗号の読み方はすぐに分かる、という予感があった。そういえば、映像の方にも違和感があったのだ。

再び映像ファイルを再生する。二度目だからなのか、落ち着いているからなのか、単に朝だからなのか。僕は極めて平静に、七輝のメッセージを「確認」しながら映像を観ることができた。そう。本当の僕はこっちだ。そういう気もする。

そして気付いた。

画面の中の七輝は、左腕に点滴をしている。彼女は左手で字を書いていたから、左利きだったはずだ。一本だけの点滴を、利き腕の方にまず刺すものだろうか？

画面の中の左腕は、実は右腕なのではないか。つまり。

「……『鏡』」

確証はないが、確信はあった。たぶん、間違いない。画面の中の七輝は左右逆だ。自分を直接撮影するのではなく、病室に大型の鏡を設置し、それに映った像を撮影している。それで違和感の説明がつく。顔が左右対称な人間などいない。僕がいつも見ていた立原七輝と、この画面で見る立原七輝は左右が逆だった。だから違和感があったのだ。

「……キヨ、サンキュー」

清春が教えてくれたのだ。自分のことばかりでなく、相手をよく見ろ、と。

それで気付けた。この映像は左右逆。だとすれば、それはなぜか？　僕は映像を止め、文書ファイルの方を開いた。

会いにきてほしい
私はここにいると
本当は叫びたい
あなたに会いたい
でも私は
分かっている
会うべきではないと
あなたの幸せを願うから
笑ってさよならを言う

「……左右逆」

このメッセージが左右逆であったとするならどうか。つまり、右から左に読むのではなく、左から右に読むのだとしたら。

笑ってさよならを言う
あなたの幸せを願うから
会うべきではないと
分かっている
でも私は
あなたに会いたい
本当は叫びたい
私はここにいると
会いにきてほしい

意味が逆転する。僕の思考が加速する。パズルが解けていく時の、いつもの感覚だ。AはBに、BはCに、すべてが然るべく繋がる。ウェブで地図を開く。この映像が左右逆だというなら、七輝の後ろに映っている高圧電線も左右逆なのだ。病院との位置関係を逆だと仮定して、高圧電線の分布図から病院の位置を絞り込む。

「……見つけた」

まさにぴったりという位置に、一つの総合病院が建っていた。ここからだと電車で一時間半程度。たいして遠くない。窓の外を拡大すれば、どの病棟の何階の病室なのかも見当がつく。つくようにしているのだろう。七輝のことだから。

この映像も、最後の暗号も、彼女の葛藤の結果だろう。このまま別れるべきだ、という良識と、それでも会いたい、という本心。きっとそうだろう。だからこの形になった。「もし解けるなら」。「暗号を解いて会いにきてくれるなら」。

僕はパソコンを閉じ、立ち上がった。

「……会いにいくよ。七輝」

余命わずかな人間は恋愛を諦めなければいけないのか。そんなはずがない。

もちろん、いきなり行くほど非常識ではない。病院名と「最後の暗号」が解けたことを伝えるため、雨音さんに連絡すると、今日は面会できるから七輝に伝えておく、という返信があった。僕はすぐ風呂に入り、身だしなみを整えて、出発の時間を窺った。

七輝の入院している病院までは迷わなかった。わりと田舎であり、しかも駅から遠く、バスを待つのがもどかしくて勢いでタクシーに乗ってしまったのだが、これが結構な金額になり（田舎のバス路線の距離感をなめていた……）、次からはちゃんとバスの時刻を計算して来よう、と決めた。これから何度も通うことになるのだから。

病棟も病室も雨音さんに教えてもらっていたから、全く知らない土地の総合病院でも、受付で迷うことはなかった。あるいはこちらにも話を通していてくれたのか、ナースセンターの看護師さんはにこやかに親切に、七輝の個室を教えてくれた。看護師さんが何かすごくキラキラ笑っていたのはどういうことだろうと思ったが、まあ仕事柄「笑顔が鍛えられる」のだろうと納得する。

病室のドアをノックして開けると、彼女はそこにいた。ベッドから体を起こしていて、服も髪もきちんとしている。僕は「準備していてくれたのかな」とくすぐったく思うと同時に、やっぱり可愛いなあ、と頬が緩んだ。というか、もっと端的にデレッとした。

読んでいた本を膝の上に置いて、七輝が微笑んでいる。僕は、どうだ、と笑ってみせた。

「解いたよ。僕の勝ち。……賞品をもらいにきた」

「……ありがとう」

この声が聞きたかったのだ。滑らかで甘い、七輝の声。

僕はベッドの横に行き、それから、微笑む七輝と久しぶりのキスをした。

25

それからについては、あまり語るべきこともない。

たぶん僕よりも清春の方がドラマティックに過ごしたのではないかと思う。僕たちは再び連絡を取りあうようになり、僕は清春に何度も文面をチェックされながら、SNSで雨音さんをうちの高校の文化祭に招待した。清春はそこで、ダンス部の部長さんいわく「別人のような気合」で練習したダンスを披露した。

正直、すごかった。なんというか、オーラが違うのである。清春のダンスは技術的にも「まわりと別のことをやっている」レベルで突出しているのが分かったが、それだけなら部長さんもそうだった。だが清春はそもそも一人だけ、ステージに立った時の意識が違った。他の部員たちが「練習したダンスを見てください」だったのに、清春だけ「お前ら全員、俺に惚れただろ?」と言わんばかりの蠱惑《こわく》ぶりで、それが踊りの動きの端々と、なにより表情に表れていたのだろう。一人だけ目立っていたし、一人だけプロのようで、単にセンターにいるだけなのに、他の全員が清春のバックダンサーに見えた。その差は観客にもはっきりと分かったようで、昨年は「あの人恰好よくない?」だった他校女子の囁きが「あの人、すごくない?」「プロの人?」「やばいんだけど」になり、明らかにざわついていた。観客は清春と部長さんのコンビを見たがり、アンコールまで起こり、二人が出てくると歓声があがった。それを観ていた雨音さんの「……キヨ君、こんな顔するんだ」という呟きを清春に伝えたら、清春は「っしゃ!」と拳を握って驚くべき高さのジャンプをした。以来、それまでSNSでは基本的にグループ通話しかしていなかった雨音さんは、清春と個別にやりとりをしているらしき様子もある。めでたい。清春と僕は最初、教室では話さず、SNSだけでやりとりをする関係だったが、清春は面倒臭くなってきたらしく、じきに教室でも普通に声をかけてくるようになった。興味関心のあるジャンルが全く重ならなかったが、慣れた相手となら別にそれでいいのだと僕は知った。

僕と七輝は、というと、少なくとも他人に話すようなことは何もない。僕は日々、時間とお金をつぎ込みつつ、他県の総合病院に通っている。一時帰宅の時は家にも行き、ちゃんと御両親にも挨拶した。そこで一つだけ謎が解けた。竹芝客船ターミナルで感じた視線と、新幹線ホームで僕を見ていた男性は、いずれも立原姉妹のお父様だった。考えてみれば親の同伴なしであちこち旅行に行っていたのだから、親としては心配になって当然で、こっそり見送りにきていたらしい。「うちの娘に手を出しやがって」的なことを言われるのかと怖かったが、さすがにそんな時代遅れの御両親ではなく、普通に歓迎してもらえた。逆にちょっとした折にさりげなく二人きりにしてやろうという意図が見え見えで、ありがたくも困惑する場面があった。

病院でもじきに顔を覚えられてしまったので、人に見られずに二人でいちゃいちゃするため、僕も七輝も密会場所を探したり、隠密行動をとったりというスキルが身についた。七輝いわく「入院患者はとにかく退屈」だから、患者にはひとの噂に群がってくる性質があるそうで、長期入院の飢えた野獣たちに見られて話の種にされるのはなるべく避けたかったのだ。ひと目があってくっつけないことも多く、もどかしくもあったが、二人で協力して人に見られない場所を探したり、看護師さんがむこうを向いた隙にこっそりキスをしたりするのは、それはそれでほどよいスリルがあって楽しかった。もちろん二人きりになれた時はお互い大いに求めあってくっついたし、彼女の体に負担をかけない形を探りながら、物理的にもちゃんと愛しあった。清春が言っていた通り、めくるめく快感のようなものはなかったが、幸福感と充足感はすごかった。

もちろんこんなことを他人に話す気はない。間違いなく「けっ」と思われるからだ。

だが、その事実が僕を安心させる。なぜなら、恋人同士ののろけ話などというものは本来、まわりから「けっ」と言われるものであり。

まわりから「けっ」と言われるなら、僕たちは幸福な、普通の恋人同士だということになるからだ。

単行本版あとがき

一人称問題というのがあります。男性主人公の視点で小説を書く場合、一人称をどうするか、という問題です。

「主人公の一人称」は小説の中で最も多く出てくる単語の一つで、この本でも580回くらい出ているので重大な問題なのですが、困ったことに男性の場合、ちょうどいいものがないことが多いです。日本語の一人称といえば私《わたし》・私《わたくし》・僕・儂《わし》・あたし・あたくし・あっし・うち・俺・俺様・わっち・おれっち・おいどん・オイラ・我・ワレ・小生・拙・あちき・当方・拙者・吾《あ》・吾《わ》・オラ・某《それがし》・本官・当職・朕・ミー・妾《わらわ》・身共・僕《やつがれ》・手前・自分・こちとら・吾輩・麿・漏れ・愚生・わて・うら・ぼくちん・下名・余・不佞《ふねい》・愚禿・弊職・ギラ・オリ・ワー・オ、と無数にあるわけですが、痛い人扱いされずに普通に使えるものといえば「私」「僕」「俺」「余」ぐらいしかないわけです。メールでは「当方」としたりふざけた文脈では「小生」と書いたりしますが普段の会話では使いません。「愚禿」「本官」「わっち」では職業が限定されてしまいますし「吾《あ》」「吾《わ》」「拙者」ではいつの時代の人間だ、と思われます。「朕」「オイラ」「ミー」「オラ」[*1]に至っては使う人が限定されすぎていてもはや一人称代名詞ではなく固有名詞です。

ところが残った「私」「僕」「俺」、どれもなんとなくキャラ性がついていて困るのです。もちろんこのてのイメージは時代によって変わってゆくものなのですが、現在のところ、男性の「私」はやや丁寧すぎるきらいがあり、一人称が「私」の人は最低でもスーツと眼鏡が必要になってきますし、台詞も基本的に丁寧語でないといけなくなりますし、高学歴の優秀な金持ちで脱ぐと意外とマッチョながら性格的にはドSの変態でなければならなくなります。これでは主人公のキャラが限定されすぎです。同様に「僕」もちょっと幼い感じ、またはおっさんっぽい感じ（※現実に「僕」を使うのは六十代以上が多い）になってしまい、御曹司でエリートで潔癖症で完璧主義者で両親から愛情を受けずに育ったため葛藤を抱えていなければならなくなります。「俺」も言うに及ばずで、「俺」を名乗るなら職業は刑事か探偵か殺し屋で、そこいらのヤクザ相手なら素手でやりあっても四、五人は問題ない程度の腕っぷしを持ち、バーではドライマティーニかアレクサンダーしか飲んではならず、あまり笑ってはならず、動画サイトでハムスターの尻を見てほんわかしたりしてはならず、何か辛い過去を抱えていなければならなくなります。そんな高校生はまずいません。まあ、ここまで厳密には言わなくとも「私」＝「丁寧な人」、「僕」＝「ちょっ

＊1　「朕」は「天皇陛下の一人称」なので、他の人が使ってはいけません。

とひ弱な人」、「俺」＝「ちょっとタフでハード」みたいなイメージが勝手についてしまい、無個性型の主人公を書きたい場合は困るのです。もちろん無個性型などと言いだしたらそもそも「無個性」って何だ、という話で、一見平凡に見える人でも掘り下げていけば必ずどこかで妙なこだわりだのマニアックな嗜好だのといった変態要素を露呈して変態的に、つまり個性的になっていくもので、個性の強さなどというものは畢竟、どの時点で変態性を露呈するかという早い遅いの差に過ぎないわけですから、「完全な無個性人間」というのは物理学に言う「完全な真空」と同じくらいありえないものなのですが。

同様の問題が著者自身にも生じます。似鳥鶏の場合、「イベントとかインタビューに出てくるおっさんは影武者で、実際に原稿を書いているのは美少女」という設定にしているためおっさんの方は普段「俺」を使っているのですが、仕事で「俺」を使っていいのはハードボイルド作家だけで、青春ミステリとか書いているやつが使うと六ヶ月以下の懲役か三十万円以下の罰金または科料が科されます。そのためインタビューなどでは丁寧語で喋り「私」を使っているのですが、これは少々丁寧すぎ、また硬すぎるため、「今回はリラックスして盛り上がり、普段言わない深いところまで語り尽くしました」という雰囲気を出したいインタビュー記事などではあまり歓迎されないのです。

そこでどうなるかというと、後日送られてきたインタビュー原稿のゲラを見ると、一人称が「僕」にされていたりします。これを「一人称の僕化現象」と呼びます。前述の通りおっさんの方の似鳥は「私」か「俺」しか使わないのですが、ゲラでは「僕の場合、仕事は自宅でする部分とそうでない部分がありまして」などと喋っており、自分で読んでも誰だお前？　お前は俺か？　いやこの記事で喋っている俺こそが本物で今ここにいる方の俺は蜃気楼のような実体のないドッペルゲンガーなのか？　いや俺という存在が複数人同時に存在したところでこの宇宙からすれば何の問題もないわけで、むしろ生命に限らずあらゆる存在が固定的でなくゆるやかに相互連結した動的平衡状態にあることを考えれば複数の俺が重なり合って同時に存在し、また一瞬ごとに俺以外の何かに変化していっていると考えるべきで……というふうに、果てしなく悩み惑うてしまいます。

こうした状態ではやはり困るわけで、これは日本語の仕様ミスとも言えます。たとえば英語の場合、一人称は老若男女問わず全部〝I〟でいいわけで、全部それでいいがゆえに〝I〟に余計な属性がつくことがなく、こうした問題とは無縁です。まあ日本語の場合、一人称に何を用いるかによって相手との関係や当人の心情までも表現できるわけですから極めて豊かで便利な言語と言ってもよく、一人称をどれにするか問題はこの系統の言語に必然的についてまわる仕様のようなものと考えるしかありません。したがって「私」「僕」「俺」に加えて「無属性の一人称」を新しく作る、というのは無理があり、たとえば「無属性一人称」として「虚」を新しく作ったとします。それで「虚は昨日、駅前のモスバーガーで……」などと話すキャラを出したとしても、それは「無属性」ではなく「一人称につく属性を拒否するタイプの人間」という属性がついてしまいます。「『政治的発言をするな』という発言自体がすでに政治的発言」みたいなもので、他人の配偶者（男性）をどう呼ぶか問題（「旦那」はちょっと……）を解決しようと「パートナー」という呼び方を導入したものの、それを使うとかえって「その問題に対して意識の高い人」という属性がついてしまう、というのと同じです。世の中に完全なる無色透明などないのです。ちなみに「他人の配偶者（男性）をどう呼ぶか問題」に関して私は「相方」を採用しているのですが、これはこれでお笑い属性がついています。まあ言語というのは常に変化してゆくものでして、昔は尊称だった「貴様」「お前」が今では「喧嘩を売る用蔑称」にまで堕ちていることから考えても、そのうち状況が変わって「虚」が当たり前になる時代が来るのかもしれませんが、それよりも性を「男女」で二分して「男らしい、または女らしい」言葉遣いをするべきだ、という、よくよく考えてみると実は必要性のない謎ルールの方が先になくなる気がしなくもないです。そうなれば小説の登場人物の性もいちいち決めずによくなり、我々は孫たちに「令和の時代には小説の登場人物は『男女どちらか』でなくてはならなくて、『このキャラは男？　女？　どっち？』なんて訊かれていたんだよ」という話をするのかもしれません。

ただそれは未来の話です。現状ではまだ一人称問題が存在し、「私」も「僕」も「俺」も偏った属性がついてしまう以上、おとなしく「余」を採用することにします。あとがきです。デビュー作こそ高校を舞台にした学園ミステリでしたがあまり青春を意識したことはなく、本作は余にとって初めて「青春小説」を意識して書いたものとなりました。ミステリ書きの例に漏れず、余もネタ帳を常に持ち歩き、思いついたことを冬になる前のリスのように貯め込みながら生活しているわけですが、今回は溜まりに溜まった暗号のネタを放出できてほっとしています。なんで暗号のネタが溜まるかというと、暗号が出てくるストーリーというのがまずないからです。現実には、普通に生活している人間が「何かの事情で暗号を残す」なんていうシチュエーションはそうそうありません。特定の誰かにだけ伝えたいことがあるならSNSでもメールでもいくらでも手段がありますし、何かの事情で「皆の目に触れる形でしかメッセージを残せないけど、皆には分かってほしくない」というなら、二人の間だけで通じる了解事項（「いつもの場所で」等）を使って書けばいいわけで、暗号なんか書く必要は全くないのです。この「わざわざ暗号なんか書かない」問題はミステリのトリックにつきものの「そんなややこしいことするより夜道で轢き殺して逃げた方が早い」問題の兄弟でして、うまいこと解決できたのは会心でした。

一方で暗号を本の形に組むのはなかなか面倒が多く、ポプラ社の担当Sさんには大変お世話になりました。なんせ制作中の原稿では答えが間違っていたりしました。

校正担当者様にもお世話になりました。まことにありがとうございました。また、実は制作開始前、青春小説については大先輩の額賀澪さんに夜中にZOOMをつないでみっちりアドバイスをいただいております。額賀さん、お世話になりました。

本作は夏休みのお話ですが、うまいこと夏の初まりに発売となりました。ぴったりな装画を描いてくださいました爽々先生、ブックデザインのbookwall様、ありがとうございました。著者にはありえない爽やかな本になりそうです。印刷・製本業者様、いつもありがとうございます。今回もよろしくお願いいたします。どうか一人でも多くの読者に届きますように。ポプラ社営業部の皆様、取次各社、配送業者、そして全国書店の皆様。いつもありがとうございます。夏にぴったりの本です。今回もよろしくお願いいたします。

何より本書を手に取って下さいました読者の皆様。おかげさまでなんとか生存できております。本書が皆様に、しばらくの楽しい時間をお届けできますようお祈りしております。

似鳥 鶏

令和四年五月

文庫版あとがき

二人称問題というのもあります。これは一人称問題より深刻で、自分のキャラ以前に「そもそもどの二人称なら失礼でないのか？」という時点で悩ましいです。日本語の二人称といえばきみ、あんた、あなた、あなた様、お前、お前さん、お前さま、おたく、おたく様、そちら、そっち、そちら様、ユー、あんさん、お内、兄《けい》、卿《けい》、我《われ》、汝《なれ》、汝《なんじ》、お主、貴君、貴兄、貴公、貴殿、貴台、尊台、陛下、猊下、閣下、其《そ》処許《こもと》、うぬ、御身、其の方、きさま、てめえ、おどれ、おんどれ、のれ、どれ、おのれ、と無数にありまして、最後の方は明らかにケンカ売ってるので、この中で使えるのは「きみ」「あなた」「そちら」「卿」ぐらいしかありません。ということで余は仕方なく「閣下」を使うことにします。一人称は自分に対して使うものなので失敗しても自分の評判が怪しくなるだけですが、二人称は他人に向けて飛ばすので、失敗すると相手に対し失礼になり、場の空気が怪しくなり、その上で自分の評判もしっかり怪しくなります。もはやこれはただの爆弾です。そして正解がありません。よほどのことがない限り友達に「兄」「御身」「貴殿」は持ち上げすぎですし、逆に「あんた」「お前」は失礼になります。日本語の二人称には「目上の人に対して使う」「目下の者に対して使う」「同列の者または目下の者に足して使う」の三種類があるのですが、ちょっと待て、と思いませんか。なんで「同列の者」専用がないのでしょうか。「あんた」や「お前」が現代では失礼とされてしまい、しばしば男性が親しい女性に対して「お前」と言って怒られるのもこれが原因です。なぜか二人称はどんどん「見下す方向」に変化していくという面倒な性質があり、昔は尊称だった「御前《おまえ》」「貴《き》様《さま》」が今では見下す、あるいは敵意を示す侮蔑語にまで闇堕ちしてしまっています。一方ぎりぎりまともそうな「きみ」「あなた」もなんとなくロマンティックが滲み出てしまっていて、こいつは何を気取ってるんだ、という目で見られかねません。

つまり「何を使っても不穏」という事態になってしまっているわけです。話者数世界十一位の日本語がこんなポンコツでいいのでしょうか。いいはずがありません。ここはひとつ日本語の名誉回復のため、日本人全員、八十年代のヲタク[*1]のごとく「おたくはさあ」と呼びかけあうのがいいと思います。

ただ、余は個人的に「きみ」を推したいと思っています。「きみ」。なんだか戦前の文豪とかドイツのギムナジウムみたいで味があるではありませんか。「なあ、きみ。おれはこの十年、あちこちの雑誌に駄文を書き散らして糊口をしのいできたわけだが」「きみ！　エーリッヒ・フォン・シュバルツェンベルク閣下にこの手紙を届けてくれたまえ」……うん。味があります。問題はこんな台詞を現実に吐く機会など絶対にないことです。やはりいい二人称を使うためにはそれにふさわしい台詞を吐かなければならず、そういう台詞を吐くためにはそれにふさわしい状況や地位になっていなければならないわけです。となるとやはり文豪を目指すしかないようです。がんばります。もちろん本人のがんばりだけで文豪になれるわけがないのでして、担当編集S氏を始め、本書の制作・販売に関わったすべての方にお礼と「今後ともよろしくお願いいたします」を申し上げます。

そして何より、本書を手に取ってくださった汝《みまし》へ。まことにありがとうございました。また次の本で、こうしてお目にかかれますように。

令和六年二月

似鳥 鶏

X（旧Twitter）https://twitter.com/nitadorikei

Blog「無窓鶏舎」 http://nitadorikei.blog90.fc2.com/

＊1 「オタク」は昔、このように表記されるケースがあった。こうした「ほぼ同音異字化」はゼロ年代のインターネットスラングにみられた「俺→漏れ」「ねこ→ぬこ」「お布団→オフトゥン」と類似のもので、「あえて少し表記を変え、『自分たちはそれでも通じる』と確認することで同族意識を刺激し、帰属の快感を得る」文化の一種、フィストバンプのようなものではないかと推測される。

◉ 喫茶プリエールシリーズ

『難事件カフェ』(光文社文庫2020年4月/
幻冬舎文庫2013年9月『パティシエの秘密推理 お召し上がりは容疑者から』より改題)
『難事件カフェ2 焙煎推理』(光文社文庫2020年5月)

◉ 育休刑事シリーズ

『育休刑事』(幻冬舎2019年5月/角川文庫2022年8月)
『育休刑事　(諸事情により育休延長中)』(角川文庫2023年4月)

◉ ノンシリーズ

『迫りくる自分』(光文社2014年2月/光文社文庫2016年2月)
『きみのために青く光る』
(角川文庫2017年7月/KADOKAWA2015年2月『青藍病治療マニュアル』より改題)
『レジまでの推理 本屋さんの名探偵』(光文社2016年1月/光文社文庫2018年4月)
『一〇一教室』(河出書房新社2016年10月)
『彼女の色に届くまで』(KADOKAWA2017年3月/角川文庫2020年2月)
『100億人のヨリコさん』(光文社2017年8月/光文社文庫2019年6月)
『名探偵誕生』(実業之日本社2018年6月/実業之日本社文庫2021年12月)
『叙述トリック短編集』(講談社2018年9月/講談社タイガ2021年4月)
『そこにいるのに』(河出書房新社2018年11月/河出文庫2021年6月)
『コミュ障探偵の地味すぎる事件簿』
(角川文庫2021年12月/KADOKAWA2019年10月『目を見て話せない』より改題)
『生まれつきの花 警視庁花人犯罪対策班』(河出書房新社2020年9月)
『推理大戦』(講談社2021年8月/講談社文庫2023年11月)
『小説の小説』(KADOKAWA2022年9月)
『名探偵外来 泌尿器科医の事件簿』(光文社2022年12月)
『唐木田探偵社の物理的対応』(KADOKAWA2023年10月)
『刑事王子』(実業之日本社2024年2月)
『夏休みの空欄探し』(ポプラ社2022年6月/ポプラ文庫2024年6月)

似鳥鶏　著作リスト

市立高校シリーズ

『理由あって冬に出る』（創元推理文庫2007年10月）
『さよならの次にくる〈卒業式編〉』（創元推理文庫2009年6月）
『さよならの次にくる〈新学期編〉』（創元推理文庫2009年8月）
『まもなく電車が出現します』（創元推理文庫2011年5月）
『いわゆる天使の文化祭』（創元推理文庫2011年12月）
『昨日まで不思議の校舎』（創元推理文庫2013年4月）
『家庭用事件』（創元推理文庫2016年4月）
『卒業したら教室で』（創元推理文庫2021年3月）

楓ヶ丘動物園シリーズ

『午後からはワニ日和』（文春文庫2012年3月）
『ダチョウは軽車両に該当します』（文春文庫2013年6月）
『迷いアルパカ拾いました』（文春文庫2014年7月）
『モモンガの件はおまかせを』（文春文庫2017年5月）
『七丁目まで空が象色』（文春文庫2020年1月）

戦力外捜査官シリーズ

『戦力外捜査官 姫デカ・海月千波』（河出書房新社2012年9月/河出文庫2013年10月）
『神様の値段 戦力外捜査官』（河出書房新社2013年11月/河出文庫2015年3月）
『ゼロの日に叫ぶ 戦力外捜査官』（河出書房新社2014年10月/河出文庫2017年9月）
『世界が終わる街 戦力外捜査官』（河出書房新社2015年10月/河出文庫2017年10月）
『破壊者の翼 戦力外捜査官』（河出書房新社2017年11月）

御子柴シリーズ

『シャーロック・ホームズの不均衡』（講談社タイガ2015年11月）
『シャーロック・ホームズの十字架』（講談社タイガ2016年11月）

本書は、2022年6月に小社より
刊行されました。

本書には実在の地名などが出てきますが、
フィクションです。

夏休みの空欄探し

似鳥 鶏

2024年6月5日　第1刷発行

発行者　加藤裕樹
発行所　株式会社ポプラ社
〒141-8210　東京都品川区西五反田3-5-8
JR目黒MARCビル12階
ホームページ　www.poplar.co.jp
フォーマットデザイン　bookwall
組版・校正　株式会社鷗来堂
印刷・製本　中央精版印刷株式会社

N.D.C.913/310p/15cm　ISBN978-4-591-18201-7

P8101493